薄冰

陈东枪枪 著

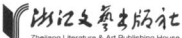

浙江文艺出版社
Zhejiang Literature & Art Publishing House

目 录
CONTENTS

第一章　卡尔登的较量 —————— 001

第二章　井田的胜利 —————— 014

第三章　76号的丽人 —————— 021

第四章　儒生杀手 —————— 032

第五章　既生瑜何生亮 —————— 038

第六章　似是故人来 —————— 053

第七章　神龙见首不见尾 —————— 068

第八章　长崎的雨 —————— 076

第九章　尤佳子的鹦鹉 —————— 085

第十章　毕业典礼上的致命礼物 —————— 094

第十一章　无法言说的重逢 —————— 103

第十二章	吉祥书场的姐妹花	113
第十三章	最后一杯咖啡	120
第十四章	替我活下去	131
第十五章	深夜拉琴人	141
第十六章	仓库里的秘密	148
第十七章	龙头哥的拿手绝技	161
第十八章	蜂巢里的花布包袱	169
第十九章	海乃家的罪恶	181
第二十章	宴会上的血色樱花	195
第二十一章	圣若瑟堂的送别	202
第二十二章	浦江饭店的夺命佳人	213
第二十三章	伊豆的雾夜往事	220

第二十四章　机场的殊死一搏 —— 226

第二十五章　芦苇荡里的最后一个魔术 —— 235

第二十六章　归来的梦中人 —— 241

第二十七章　保密局的深夜会议 —— 249

第二十八章　真假狸猫 —— 256

第二十九章　慈母堂的空城计 —— 267

第三十章　枣子湾别墅的危机 —— 279

第三十一章　关山月的计中计 —— 285

第三十二章　陈浅的生死劫 —— 290

第三十三章　枣子湾别墅的鸿门宴 —— 300

第三十四章　涂山寺的最后一枪 —— 308

第三十五章　尾声 —— 316

第一章

卡尔登的较量

1943年,上海。

叮叮当,叮叮当,铃声响过,电车缓缓停下,一个穿工装裤戴鸭舌帽的年轻人敏捷地跳下了车。他身材挺拔,轮廓分明,可惜一抬头,被帽子压得乱蓬蓬的头发和满脸的麻点令人生厌。他手中提着的工具箱上有醒目的"共荣剧团"几个字,让跟在他身后走下车的几个学生模样的男女眼中顿时闪过鄙夷之色。在此时的上海,"共荣"就是最刺痛中国人神经的字眼。

年轻人似乎心情不错,扫了一眼远远近近开始闪烁起来的霓虹灯,就吹着口哨,急匆匆地穿过马路朝着卡尔登大戏院走去。他当然有心情好的理由,听说今天有位大人物要来观看他们剧团的演出,只要忙乎一晚上,他们每个人都会有两块大洋的赏钱,兵荒马乱物价飞涨的年头,还有比这更叫人开心的事吗?一队日本宪兵操着整齐的步伐从年轻人身边跑过,他们枪杆刺刀上的寒光让年轻人的口哨不由自主地停了下来。他在心里暗暗对自己说,今晚的演出可马虎不得。这时,虽然离表演开始的时间还有两个多小时,观众们还没有到来,但卡尔登大戏院后门口,早已排了长长的队伍，按照梅机关情报科科长井田裕次郎的命令，每个进入戏院的人，不论是戏院员工、剧团演员，还是扫地阿婆，都要手持自己的名牌，接受严格的检查。

今晚到底是谁来看演出啊？弄出这么大的阵势！每个人眼神中都传达出这样一个疑问，但并没有一个人敢问出口。因为除了日本宪兵，四周还游荡着一些身着黑色西装的诡异男子，时不时突然揪住队伍里某个人，仔细盘查。他们来自那个臭名昭著的极司菲尔路76号，如果多说一句话，被他们找上麻烦带走，那可是有去无回。

麻脸年轻人不急不缓地跟着队伍前进。等轮到他的时候，日本宪兵让他抬起胳膊，仔细地摸过他的腰间和腿部，确认并没有携带什么不该有的东西。不等日本宪兵开口，麻脸年轻人就赶紧蹲下，打开了那个搁在地上的工具箱，里面的东西一目了然：扳手、钳子等修理工具，一副脏兮兮的厚绒布手套，一个破旧的瘪下去的水壶，两个白面馒头，一盒哈德门香烟。若说特别一点的，就是一个像万花筒似的玩意。

"这是什么？"

日本宪兵用生硬的中国话问，年轻人一拧筒身，光线射出，他呲牙一笑："这是我自己做的，有时候台上演员需要小的追光，用这个就行！"日本宪兵厌恶地一皱眉。麻脸年轻人察言观色，立刻拿起那包哈德门香烟，满脸堆笑地递给那个日本宪兵。日本宪兵倨傲地接过香烟放进自己的口袋，顺便扫了一眼麻脸年轻人的名牌，陈阿六，哼，真是个蠢名字！不过还算是个懂事的中国人！

日本宪兵一挥手，陈阿六就走进了戏院。他熟门熟路地拐过大厅，绕到了后台。演员们都在紧张地化妆穿表演服，剧团管事的正搓着手转来转去，叮嘱每一个演员今天万万不可失误，他一抬眼看见了陈阿六。

"阿六,你怎么才来?快快快!那个追光灯的灯泡你检修过了没有啊?背景幕布的拉绳你要再看一遍,千万不要拉起来不顺溜!"

"昨天我都仔细地检修过了,放心吧您!"陈阿六朗声答应着就开始忙乎起来,帮演员找捧花,把道具纷纷抬上舞台,把舞台灯光一一打开,不用管事的再吩咐,他所有的事都做得井井有条。看得出,虽然才来剧团一个月,但他手脚勤快,薪水要得又低,整个剧团没有对他不满意的。音乐响起,表演开场舞蹈的演员们纷纷去舞台边等候上场。陈阿六也麻利地拎起他的工具箱走过走廊,看左右无人,他打开墙边电闸的锁,以熟练的手法将一截新的保险丝换了上去,灯泡闪了闪,迅速恢复了。下了楼梯,尽头的一间小仓库里存放着道具服装灯具等杂物,陈阿六开了锁,闪身入屋。关紧门,上了锁,一转身,陈阿六的神情瞬间冷峻,似乎变了个人。他先从墙角一堆生锈的灯具后面找出一根黑色的铁管,再打开工具箱,拿出万花筒状的物件,从绒布手套中各掏出两块手掌大小的铁块,把两个馒头掰开,各取出一颗子弹。这些东西被他一字排开搁在桌上,陈阿六像孩子摆弄玩具似的,拼装起来,他的动作娴熟而轻巧,只听咔嗒咔嗒轻微的几声,几十秒之后,一把带瞄准镜的狙击步枪就已经握在陈阿六手中了。他手指轻柔地拂过枪身,仿佛抚摸少女的发丝。这的确是一把好枪,具有Kar98k毛瑟狙击步枪的灵魂,又比它更轻巧灵活,最妙之处在于它可以拆卸,是军统特地花重金找德国技师定制的。

陈阿六掏出口袋中的一块半旧的珐琅怀表,看了一眼,还有三分钟,行动即将开始!他往枪膛里装入两颗子弹,一边暗暗对自己说:"陈浅,你必须在三秒之内击中目标,你只有一次机会!"

一个月前，在山雨迷蒙的重庆，罗家湾19号，戴笠在办公室里，亲自把这把枪交给了自己最得意的部下陈浅。他脸色凝重地说："根据白头翁的线报，目标人物将在一个月后到上海，这个人关系到中日战局，他若死了，日本再无翻盘的希望！这个任务只有交给你，我才放心。上海区会派懂日语的精英配合你行动！"

陈浅立正敬礼回答："是，局座，不成功便成仁！"

"我等你回来庆功，蝎子从不会让我失望！"戴笠含笑举起手中的红酒。

"蝎子"这个代号是戴笠亲自替陈浅起的，他希望陈浅毒辣，一击而中，不给人以还手之机。第一眼在军队里看见这个年轻人练习打靶，戴笠就看出他身手了得，头脑冷静，是个干特工的好材料，所以点名把他要来。但陈浅自己，却只希望抗日杀敌，不管是在军队还是在军统局。所以他拒绝坐办公室，而是直接去了行动队，近两年来，他组织的暗杀汉奸的行动无一失手，他在军统内部犹如冉冉升起的新星。

外面的音乐和掌声如潮水般汹涌，看来，目标人物就要进场了。按照演出流程，该是他去更换道具灯光的时候了，陈浅迅速把工具箱里那个旧水壶拿出来搁在屋角，小心地拧松了壶盖。随即，他把狙击步枪用一块旧毛毯裹好，混在一堆道具中，扛在肩上，稳步走出了小仓库，随手锁上门。此刻，他依然是那个笑嘻嘻的陈阿六，为了今晚多挣两块大洋而努力干活。

许奎林随着一群记者走进了戏院，他油头粉面，穿着入时，若不是挂着记者证，拿着照相机，说他是个唱花旦的男戏子也有人信。作为棉纱大王许大埔的儿子，他应该有无数条路可以走，可是他父亲偏偏替他选了进军统，因为许大埔相信，要保住家业兴旺，家里就得有人当政府的官，而跟着炙手可热的戴老板，无疑是条升官的捷径。由于蝎子需要一个日语熟练的人,于是,曾经在日本留学三年、刚从临澧特训班毕业不久的许奎林被军统上海区区长毛森选中。许奎林在记者专席上坐下,他下意识地望了舞台左上方一眼,虽然他知道不可能看到蝎子的脸,但是他知道,蝎子就蛰伏在那里,已经箭在弦上蓄势待发。五个小时前,在大世界的游乐场旁,许奎林第一次见到了蝎子,准确地说,是看到了他的背影。一个年轻男子从他身边健步而过,撞了一下他肩膀,等许奎林反应过来,男子已经走远,一把钥匙精准地落入了他的口袋里。于是,许奎林打开了仁爱里一间老房子的门,房子里搁着一只箱子,箱子里有记者证、照相机和一张照片,还有一张纸条,蝎子亲自写的纸条,刺杀行动的每一个步骤都详尽于此。许奎林烂熟于心,烧掉了纸条和照片。他热血沸腾,手心微微出汗,蝎子的名字在临澧特训班时就不断被人提起,而今天自己就要和他并肩行动了!

一阵热烈的掌声在整个戏院里回荡,许奎林凝神望去,一个身材矮小稍稍谢顶的中年男子在一大群日本军人的簇拥下走进了戏院,他的笔挺西装在一大片土黄色的日本军装中显得那么突兀,他儒雅的气度也跟那些冷酷的军人和脑满肠肥的新政府官员大相径庭,许奎林精神一振,目标出现了!这就是那张照片上的人物,日本顶尖核物理学家——仁科芳雄。

陈浅也在同一刻从瞄准镜中看见了仁科芳雄。他已经藏身在舞台的升降梯上,帷幔之后,两盏射灯之间。他抓准了角度,只等仁科走进他的射程。但仁科真的出现时,他却迟疑了。这分明是一位学者,不像那些双手沾满中国人鲜血的鬼子。但仁科的存在会让日本有进行核试验的可能,他头脑中的知识可能会转化为一种可以杀死千万人的致命武器!陈浅一念及此,浑身一个激灵,手指紧紧扣住了扳机，微微眯起眼睛。他此时如同一只狩猎的豹子，在等待许奎林的信号。

两支舞蹈跳罢，演出间隙，许奎林跟着记者们一起被安排来到戏院舞台两侧，隔着几米的距离，记者可以给仁科和新政府军政要员拍照。许奎林乘几个日本宪兵不备，绕开他们，大踏步走过去，直奔第一排的仁科，一边举起了相机，一边高声提问：

"仁科教授！我是《申报》的记者，我想给您做个专访！您此次来华的目的是什么？"

仁科还没有反应过来，他身旁的两个日本军人就已经挺身而起，对着许奎林用日语怒吼起来，其中一个还劈手要夺许奎林的相机，许奎林就在那一刻按下了快门。

闪光灯闪过，所有人的注意力都被吸引到了这个为了抢新闻不顾一切的记者身上。一丝轻微的金属划过空气的声音，仁科微微晃了晃，胸口乍然绽放出一朵血色樱花，仰面向后倒去，颓然跌坐在椅子上。

人们还来不及惊叫，戏院的灯光突然熄灭了。伴随着陈浅无声的倒数，三，二，一！果然像他预料的一样，被偷换的保险丝正好在此时烧断，这是陈浅通过反复对比测试才最终达到的准确效果。

黑暗中，一片混乱和尖叫，混杂着咒骂声。有人在戏院后排用日语高声喊："不要乱，关门！不许一个人离开戏院！立刻抢修恢复电路！"

许奎林急忙丢掉相机，顺着舞台一侧出了安全门，快步绕到戏院的后面，在黑暗中，他只能摸索着墙壁前行，但他的速度并不慢，很快走到走廊尽头的一间屋子前，这是员工们私用的卫生间，只有戏院内部的人才知道。他屈指在门上有节奏地叩了三重三轻。这时，唰，走廊一侧的灯猛地亮了，闪了几下，又灭了。许奎林警觉地竖起耳朵，管事的正被日本兵大声责骂，看来电路修复不是很顺利。而戏院外面已经传来了日本军靴踩踏地板的咚咚声，显然，大批日本宪兵已经赶来了。许奎林被一条强健的胳膊拉进了门，门随即被关紧。

手电筒的光线中，许奎林终于看见了蝎子的脸，他看起来不过二十六七岁，肤色稍稍有些黝黑，目光锐利，眉目酷似电影画报上的某位当红男星。许奎林兴奋地低声说：

"蝎子，仁科死了！"

陈浅截断了许奎林的话，指了指搁在洗手池上的一套衣服、一个假发、一个证件，做了一个手势。许奎林立即会意，他马上动手脱下自己的格子西服，换上那套深色西服，套上假发，把证件放入口袋中。这时，他就是日本医生渡边一郎了。许奎林觉得自己的动作已经够快，没想到，蝎子比他快得多，他一扭头，蝎子早就变成了一个驼着背、满头白发、病歪歪的日本老人。更绝的是连手上的化装都没疏忽，青筋暴露的手颤巍巍地握着一根黄杨木拐杖。这时，头顶的灯唰地亮了，房间里变得亮堂堂的，两人交换了一个眼神，日本人的反应比他们预想的还要快，仅仅用了七分钟，就修理好了电路，此刻戏院门口应该已经布置好重重关卡了。陈浅从口袋里掏出一副金丝边眼镜递给许奎林，用苍老喑哑的声音叹了口气：

"渡边医生，你看我这衰弱的心脏是不是快要停止跳动了？"

许奎林戴上眼镜，走过来扶住陈浅，用流利的日语调侃他：

"山口校长，您老不用担心，您的心脏还是挺结实的，再活五十年也不是问题，不过，我们还是尽快离开这里，这戏院里面的人太多，空气太污浊！"

"走！"陈浅用黄杨木拐杖敲了一下地面。

两人走出房间的一刻，陈浅对许奎林轻声说：

"万一走出戏院前，我们暴露了，我会劫持一名伪政府官员做掩护，吸引日本人的注意力，你身上没枪，不会惹来麻烦，找机会混在人群中迅速离开，去仁爱里，这是命令！"

许奎林头皮一麻，计划再完美，也会有万一，他不是没想过被捕，只是不敢深想。昨天还是活色生香的生活，难道今天就会坠入万丈深渊，粉身碎骨？

陈浅看出了他的紧张，重重地在他肩头拍了一下。

"记住，你现在就是渡边医生，仁济医院的心内科医生，你特地赶过来看演出，一会儿，你还得赶回医院，做一场手术。"

许奎林轻轻点头，两人故意把脚步放缓，在走廊中间开始拉开距离，一前一后，随着惊魂未定的人们走向戏院前厅。

梅机关情报科科长井田裕次郎冷脸站在戏院门厅的背光处，他比一般的日本人身形要高大修长，今天他没穿军装，一身便服，脸上也没有军人的狰狞和冷酷，说他是个英俊的男子也不为过。可是，一旦他那双眼睛盯着你，似乎像带着无形的钩子，闪着寒光，随时准备剜你的心，不，是挖出你心里最深的秘密。井田默默扫视每一个在门口排队焦急等候检查准备离开的观众，他们面色惶恐，窃窃私语，他知道，刺客就在其中。而且根据重庆传来的情报，这个刺客就是军统王牌蝎子。井田轻轻地抽动了一下鼻子，他觉得他已经嗅到了蝎子的气息，蝎子已经近在咫尺！

"大佐，教授已经从后门上了车，荒木科长亲自护送他回宪兵队了，受了点惊吓，不过身体无碍。幸亏您料事如神，早就帮教授准备了替身，否则后果不堪设想！"北川健走到井田身边，低低耳语。他是井田的特别助理，井田所有的指令几乎都是通过北川传递，井田本人则轻易不在人前露面，所以即使日本宪兵队里，也有不认识井田的人。

井田的嘴角掠过一丝不易察觉的笑容："搜查的结果怎么样？"

"那个抢拍的记者没有找到，相机就扔在舞台边，所有戏院和共荣剧团的演员都控制起来了，发现只少了一个人，道具师陈阿六。但是没有找到武器，搜查还在继续！"

井田面无表情地吩咐："剧团所有人带回宪兵队，严刑拷问。他们随身的东西一样也不要漏，挖出陈阿六的来历，所有房间仔细搜查，看看有没有暗道地窖之类。"

"是！"北川答应着转身欲走，井田打了个响指示意他回来。

"他们一定还在这里，在这个戏院里，枪击到现在，没有超过十五分钟，他们要藏枪，换装，这都需要时间。现在，他们应该刚刚换了一副面孔混在这些观众里。去，现在开始放人，76号那些人靠不住，你到门口亲自盯着。"

"是！"北川快步穿过门厅，走向大门，他走过一位身穿黑色和服蹒跚而行的老人身边，由于脚步太快，不小心撞了他一下，老人晃了两下才站稳。北川忙停下微微躬身致歉，老人连向他摆手，表示自己没事。

北川心里猛然闪过一个悲伤的念头，自己远在北海道的爷爷也该有这么大年纪了，不知道他还能不能等到自己回到家乡的那一天了。

"老人家，您保重！"北川说罢，匆匆走向门口。

陈浅拄着拐杖，弯着腰低着头，掏出手帕擦着额头，借着眼角的余光望向刚才那个日本军官走来的方向，一个穿便装的中年男人静静站在灯光的阴影中，虽然无法看清他的脸，但能感觉到他浑身散发的强烈的肃杀之气。他是谁？陈浅收起手帕，缓缓朝着排队接受检查的人群走去,脑海中迅速闪过军统掌握的梅机关所有人员的资料。他确定,这个人一定就是梅机关头子影佐祯昭引以为傲的"梅花双杰"之一,不是特务科科长荒木惟,就是情报科科长井田裕次郎。

无论是谁,都是一个可怕的对手!

陈浅随着队伍缓缓向前移动,他发现,每个接受检查的人除了交出戏票之外,还要指认出身边坐的人,互相证明,而无法清楚指认的人则会被76号的人带到一边详细盘问,或检查证件,或打电话核实身份。日本人这招果然高明,人们为了洗脱自己的嫌疑尽快离开险地,不得不努力辨认出身边坐着的人。陈浅清楚地意识到,时间拖得越长,留下的人越少,他和许奎林越容易暴露,他必须启用第二套方案迅速离开卡尔登。于是,陈浅开始咳嗽,使劲地咳嗽,一连串压抑不住的、剧烈的咳嗽之后,他捂住胸口缓缓倒下。

周围的人群出现一阵小小的骚动,大家七手八脚地把这位晕倒的老人抬到一边,但除了解开领口掐人中,谁也不知道到底该如何处理。这时,许奎林拨开人群走了过来。

"我是医生,让我来看看!"

人群赶紧让开一个空间。

"啊,山口校长,是山口校长!"许奎林故作惊讶,随即开始急救。数脉搏,听心跳,做心脏按压,许奎林每一个动作都做得很逼真准确。躺在地上的陈浅微微动了动,脸色似乎缓和了一些。

这里的骚动不安也引起了日本宪兵和76号便衣们的注意,于是,76号行动队队长周左立刻跑过来查看。许奎林起身,掏出自己的证件,递给周左,神情焦急。

"周队长,我是仁济医院的渡边,这位老先生心脏病突发,必须立刻送医院做手术，不然很危险！我能否立刻送他先走？"

周左看了看证件，又看了看地上躺着的陈浅，迟疑不决，他做不了主。

"必须立刻，分秒必争，这位老先生是满洲奉天工业大学的退休校长，是对大东亚共荣有杰出贡献的，如果他出了什么事，恐怕影响……"许奎林故意不把话说完，盯着周左。

"渡边医生，您稍候，我去请示一下北川少佐。"周左态度立即很恭顺。

许奎林看着周左疾步走到大门口，在北川耳边低语了几句，北川望了这边几眼，微微点头。不一会儿，几个日本宪兵抬着简易的担架从戏院外面进来，众人小心翼翼地把陈浅移了上去。

许奎林心中暗喜，一切都按照陈浅的计划进行得很顺利。他急忙抓起那根黄杨木拐杖，跟着担架往外走去，日本宪兵和76号便衣们自觉地让出了一条路。

待一番忙乎，许奎林把陈浅在自己的福特轿车后座安顿好，悬着的一颗心已经落下一大半。

"感谢诸位，周队长，我马上带老校长回医院，会立即给他安排手术！"许奎林说着就打开车门打算钻进去。

众人都在忙着搬运晕倒的老人，谁也没注意，井田在什么时候也跟着走到了车边，他不动声色地看着这一切，此时才突然开口："渡边医生，你好眼熟，是不是东京医科大学毕业的？"

井田的日语带着纯正的东京腔，声音温和，但是却让许奎林心中一惊。

许奎林的确是在东京医科大学学习过两年，后来被父亲召回了国，参加了军统特训班。正因为此，蝎子让他冒充日本医生，因为确信他的手法不会被人看出破绽。但万一遇上了东京医科大学的熟人，还是难免会被揭穿。

许奎林猛地转身，眼前这个中年男子他却并不相识。

"哦，我是从东京医科大学毕业的，您是……"

"我是井田裕次郎，我也是东京医科大学毕业的，可以说是你的学长。"

一旁的周左这时才认出井田，惶恐地立正行礼："井田科长，不知道您今天也来了剧院！"

许奎林的拳头不自觉地握紧了一下，但随即松开了，微微躬身："幸会，井田前辈，我急着送这位老先生去医院，以后再去拜望您。"

但井田已经捕捉到了这一丝微妙的变化，这个年轻的医生，语音举止做派的确都像个日本医生，可是他的身体语言似乎泄露了什么，刚才要上车前，他如释重负般地嘴角下垂，脸部肌肉放松，自己喊他那一刻，他的身体微微僵硬，知道自己真实身份时拳头握紧又松开。井田那比猎犬还要敏感的嗅觉，隐隐地提醒他，这个年轻医生有蹊跷，但他又不能在没有任何证据的前提下阻拦医生送一位犯病的日本老人去医院。

井田绕到车后座，隔着玻璃望了望闭目躺着的陈浅：

"听说这位老先生是奉天工业大学的前校长，不知道他为什么独自一个人来看演出，他的家人难道不在上海吗？"

井田知道，如果这个年轻医生真的是刺客，他此刻一定急于离开，自己耐心地多盘问几句，拖住他，只要他急了，就一定会露出破绽。

许奎林自然只能硬着头皮回答："山口老校长的儿子在战争中牺牲，他的女儿前几个月生孩子，也回日本去了，现在是由一位保姆照顾他的生活，今晚应该是老校长受了新政府的邀请才过来观看演出的吧,没想到出了血案,人多拥挤,他才犯了病!"

这时,许奎林才感到蝎子的细致,他早已把山口校长的资料都完整地写在那张纸条上了,不然自己一时必然乱了阵脚。

井田听了这番毫无破绽的话,眼光一闪:"我看老校长病得不轻,渡边医生一个人不好照顾,让周队长陪……"

砰!一声巨响截断了井田的话,所有人都扭头望去。砰!砰!又是接连几声炸弹爆炸的声响,一个满脸血迹的日本宪兵跌跌撞撞地从戏院里面跑了出来,向井田报告:

"报告大佐,舞台后面的小仓库有炸弹,走廊尽头那个小卫生间里也有炸弹,戏院后面围墙被炸开了一大块,外面刚才有人丢手雷进来,我们有十几个人受伤!"

井田的脸色骤变,他没料到,今天的刺客居然还有这么多后援。难道蝎子已经从戏院后面成功逃脱?难道军统上海区的人全部出动了?

"走!去看看,周队长,你留下继续检查,北川,马上把宪兵队都调过来,再打电话给特别陆战队,让他们派人封锁整条街!"

井田丢下许奎林这边,率先往戏院里面跑去,北川和其他日本宪兵紧跟其后,只剩下76号的便衣们在门口继续检查滞留的观众。

第二章

井田的胜利

许奎林立刻上车，点火发动，车子顺着派克路疾驰，往静安寺路拐去。

陈浅从后座屈身坐起，开始一一撕下伪装。

"许奎林，稳住！速度慢下来，太快了会引人注目！"

许奎林踩了下刹车，车速慢了下来。他的确有几分惊魂未定，井田刚才分明打算让周左上车监视他们，万一在那一刻，炸弹没有炸响，军统的后援没有及时到达炸开围墙，此时什么情形很难想象。幸亏一切都衔接得那么巧妙，到现在为止，蝎子的计划每一步都完美地实现了！

"蝎子，我们到了仁爱里，车子怎么处理？"

"车丢在前面的路边，会有兄弟去处理，我们骑自行车去仁爱里！"

许奎林又一次不得不佩服蝎子，他把每一步都计划得那么精准。

井田仔细地查看了小仓库里的水壶炸弹，又查看了被炸开的围墙。他觉得有哪里不对，脸色阴沉凝眉不语，这是他思考的表情，连北川也不敢去打扰，只是垂首站着。这时，日本宪兵来汇报，扔手雷的不过十几个人，已经全部分散，钻进了小巷，要不要进行全城戒严去一家家搜查。

"错了，我们都错了，这是调虎离山！"井田眉头一挑，眼中射出寒光，"北川，刚才那两个人，那个医生和那个老人，一定是他们，这些军统的行动只是为了要掩护他们。去查，马上去打电话查，仁济医院有没有渡边，奉天工业大学有没有山口校长！其他人，周左，带你的人立刻去追那辆车，宪兵队，全部收回来，不用管那些逃走的军统了。去追，一定要追到他们！"

众人领命纷纷离去，井田肃立在现场，盯着那截炸塌的围墙，喃喃自语："蝎子！你跑不了！"

就在同一刻，陈浅和许奎林已经骑车拐进了仁爱里。巷子尽头的一间二层小楼早被军统买下作为秘密联络点，平时由一对母子居住作为掩护。两人把自行车停在门口树下，走过去屈指敲门，三重三轻，一个模样利索的上海阿姨立刻开了门，她就是负责这个联络点的钟嫂，她丈夫也曾经是军统特工，在一次刺杀行动中死了，于是，他们母子就被军统养了起来，正好也能做联络站的掩护。

陈浅和许奎林上楼换了一身青帮人物的打扮，陈浅动作敏捷地把那根黄杨木拐杖的头部拧开，小心地抽出那支用于刺杀仁科的狙击枪，藏在床底，明天毛森会派人来这里把枪取走送回重庆。许奎林戴上礼帽，从衣柜中取出两支柯尔特手枪，一人一支，别在腰后。

陈浅向许奎林伸出了手："兄弟，重庆见！这条巷子后面是青帮经营的妓院和赌场，你可以穿过去，然后去十六铺码头，那里有人等你，会送你马上离开上海。"

"蝎子，非常荣幸能和你合作一次，以后兄弟还要你多多提携！"许奎林真心诚意地佩服陈浅。

两人下楼和钟嫂打了个招呼，随即一前一后出门，陈浅还在钟嫂儿子的小脸蛋上摸了一把。陈浅往巷子前面走去，他打算穿过街叫一辆黄包车，直奔百货公司，他需要再换一身新的行头，反正戴老板批给他的经费绰绰有余。

许奎林则按照陈浅说的向巷子的后面走去，他盘算着能不能在码头找个地方给家里打个电话，向母亲报个平安。

许奎林只顾低头走去，却没注意撞到了一个打着哈欠，浓妆艳抹的妓女。她一见竟然是个细皮嫩肉的小伙子，就不管不顾调笑起来，一会儿说许奎林是乘机摸她，一会儿说许奎林眼生是不是第一次来玩。许奎林余光一扫，仁爱里巷口阴凉处有一名76号便衣正在抽烟。

便衣听到纠缠声探头巡视，巷中空无一人。

许奎林揽住妓女，一把将她拉进宅门口的阴影处，躲过了便衣的目光，又假装急色地掐住她的腰肉："好姐姐，你跟了我，等我赌几个钱回来报答你的恩情。"

原来是个穷光蛋，妓女听了这话，立马变脸，一鞋跟踩在许奎林的脚面："滚，老娘不做亏本生意。"

松了口气，许奎林佯装悻悻地溜走了。他朝对面巷子扔了颗石子，引便衣上前查看，自己从他背后闪过。正要走向赌场大门，只听便衣喝道："你！站住！干什么的？"

许奎林不慌不忙转过身，已经是一脸江湖气的笑容："怎么？出来找个乐子，不知得罪了哪路神仙？"

便衣不为所动："贵帮头？贵字派？"

这是青帮绝不外泄的盘道条口，许奎林知道，要是自己答不上来就死定了,幸好他深入了解过上海各帮派,迅速在脑中编定了一套假身份。三帮九代对答如流,帮名、船只、旗号情况也不差分毫。

"几只太平?几只停修?"

"四只太平船,二只停修。在松江领票,至湖北东门外,小石桥兑粮。"

便衣的态度缓和了许多,冲许奎林挥挥手:"兄弟,多有得罪,你去吧。"

松江,湖北东门,小石桥……不对!便衣回过味来,小石桥附近一段河道近期正在清淤,水运不通,这个人在撒谎!

察觉到便衣拔枪的摩擦声,许奎林明白,自己暴露了,常年训练的本能使他以远超常人的速度握枪在手,抢先扣动了扳机。

站在马路边的陈浅先看到了满街的76号便衣,他们沿着一家家店铺住户盘查过来,远远地,一辆日本军车在缓缓而行。

日本人已经意识到自己和许奎林的真实身份了,所以他们从丢下的那辆车开始,在附近几个街区挨家挨户排查。陈浅刚想到这里,仁爱里的枪声响了,陈浅犹豫片刻,立即横穿马路,朝着巷子里全力跑去。他一边跑一边拔枪,他知道,如果他不回去,许奎林命在旦夕。

陈浅跑进巷口就看见一个便衣横躺在地上,胸口中枪鲜血淋漓,而不远处,许奎林也捂住胳膊半蹲在地,脸上的表情痛苦不已。而自己身后,一阵奔跑的脚步声由远及近。

陈浅一个转身,甩手两枪,抢先跑进巷口的两个便衣应声倒地。

"走!"陈浅拉起许奎林,两人猫着身穿过几颗呼啸而过的子弹,直奔钟嫂的家。那是他们此刻唯一可以作为屏障的地方。

井田在十五分钟之后到达仁爱里。这时，周左指挥着把仁爱里其他住户全部驱逐出去，便衣和日本宪兵已经把那座孤零零的小楼围得铁桶一般，无数支长枪短枪都对准了二楼那个窗帘低垂的窗口，但是没有一个人敢近前，因为前面几次试图突破的便衣和日本宪兵都被一支狙击步枪干净利落地干掉了。他们的尸体就躺在那里，提醒着在场每一个人，这小楼里有一个神枪手！

周左快步跑向汽车，隔着窗口躬身向里面汇报：

"报告大佐，刺客就藏在里面，两个人，一个受了伤，地上有血迹。据附近的人说，楼里还有一对母子。"

井田默不作声地盯着这幢小楼，又望望地上的几具尸体。北川代替他责问周左："这么长时间了，为什么不强行突破进入？"

周左面有难色："少佐，里面的刺客枪法很厉害，一枪一个，已经死了好几个兄弟了！"

"难道区区两个人，还要调特别陆战队过来吗？你们76号都是干什么吃的？"

"少佐，是我无能，不过，如果能调两挺机枪过来，那一定能压住他们的火力！"

井田把手一抬，两个都不敢再多言。

"北川，你立刻去，让特别陆战队调几个毒气弹过来！周队长，你去喊话，二十分钟，给他们二十分钟的时间，如果他们不出来，就放毒气弹，让那对母子给他们陪葬！"

北川转身而去，周左小心翼翼地插了一句："大佐，万一这二十分钟，他们利用暗道什么的逃走呢？"

井田凝神望向那个窗口，悠悠地说："他不会，蝎子是不会丢下搭档逃生的，不然他就不会折回，他心里有情，这也就是他的弱点!"

周左浑身一寒,连连点头。

陈浅俯身在窗帘之后,紧紧扣住狙击步枪,警惕地向外张望。许奎林在他身后,一手拿枪,一手捂住不断渗出鲜血的伤口,竭力咬牙忍住不去呻吟。钟嫂和她的儿子小虎惊恐地藏身在床底,蜷缩成一团。

周左的声音透过厚厚的窗帘,传了进来。他说的每一个字都刺激着屋里的每个人的神经。

二十分钟!陈浅习惯性地掏出那块珐琅怀表看了一眼。他知道,这二十分钟,能决定他们四个人的生死。

空气像凝结住了,每个人都不说话,只听到钟嫂和小虎由于过于恐惧而急促的呼吸声。

"蝎子,你走吧!别管我们了,我是逃不了了,我会自我了断的!"许奎林首先打破沉默,他知道按照军统的规矩,蝎子本就不应该折回,自己犯了个致命的错误,就该付出生命的代价。他想发抖想害怕,可是,他还是没忘记自己在临澧受训时,教官所说的"不成功便成仁"!

钟嫂紧紧抱住小虎,泪如雨下,她知道,自己没有发言的资格,她唯有流泪。

陈浅的目光扫过每个人,望着小虎的时候,目光温柔了很多,他深深地吸了口气:

"钟嫂,一会儿我们走出去,你咬紧牙关,死也不要承认和我们认识,就说我们抓住你儿子威胁你开的门!许奎林,我们肯定会受到酷刑,你要准备好,挺住,留着这条命,也许还能活着回到重庆。"

随即,陈浅挺身而起,把窗帘掀开一个小缝,对着外面大喊:

"外面的人听着！我们出来了！不要开枪！"

井田透过半开的车窗，注视着蝎子和他的搭档走出了小楼，蝎子一扔掉枪，就被一拥而上的76号便衣拳打脚踢，直到周左一声喝止，便衣们才把两人五花大绑起来。被打得嘴角流血的蝎子身躯依然挺直，他还在不断和周左大声交涉着什么，似乎是让周左给他受伤的搭档救治。而他的搭档，那个冒充医生的年轻人，一直躺在地上，捂着伤口呻吟着。

"大佐，这个蝎子看来很难对付，是不是要带回梅机关，我们亲自审问？"北川贴着他耳边轻问。

"暂时不用，尤佳子今晚从学校回家，我要去陪陪她。明天一早我要陪仁科教授飞满洲，全程保护他的安全，这是影佐机关长亲自下的命令。蝎子就让周左他们带回去交李士群先审着，告诉他们，别让他死了，拿不下就等我回来亲自审。"

北川答应着正欲下车，井田又加了一句：

"告诉李士群，蝎子的那个搭档是个软骨头，适当地给他吃点苦头，再给他看场赛狗，他会是破获军统上海区的突破口！"

北川狐疑地一皱眉："大佐怎么看出来的？"

井田扭头望着他："如果今天我是蝎子，你是他的搭档，你会怎么做？"

北川思索片刻，恍然大悟："我一定会自我了断，誓死保住大佐冲出包围，而他不敢死，说明他贪生。"

井田残忍地一笑："如果蝎子知道他拼死来救的搭档叛变了，想必他的意志也会崩溃。"

夜色浓重，日本军车刺耳的引擎声渐渐远去，仁爱里家家户户紧闭门窗，一片死寂。一弯冷月高悬幽深的夜空。

第三章

—┆┆┆——

76号的丽人

哗啦,一盆冷水泼去,被绑在立柱上的陈浅在一阵剧痛中缓缓醒来。他整个上身印满了鞭痕和烙铁的印记,血肉模糊,双手的指甲被生生拔去了一半。若不是井田留话要他的活口,只怕这帮便衣下手更加狠毒。

陈浅咬着牙,努力侧过脸去,并不瞅那几个凶神恶煞的便衣,而是望向审讯室那焊着铁条的窗口。从巴掌大的窗口,透出一丝惨白的月光。陈浅的思绪已经飘出了这间黑暗的审讯室,甚至飘出了上海,飘向那遥远的黄山腹地的徽州村落。白墙黑瓦,金黄的油菜花正开得灿烂,一个短发旗袍的女子笑吟吟地拿着画笔朝着他一个劲地招手:"浅儿,快来,到娘这儿来!"一丝微笑浮上了陈浅的嘴角。

"嘿,他在笑,头儿,他居然在笑,这家伙是不是被我们打傻了!"一个便衣诧异地喊了一声。

正在桌边津津有味啃着糟凤爪的周左哼了一声:"你们懂什么,井田大佐说过,这叫精神转移法,是特工训练的一种方法,就是让自己的脑子不去想身上的疼,而去想开心的事,这样就扛得住酷刑了。"

"这样也行！咱们都打累了，他居然还能笑！"几个便衣议论纷纷。

审讯室的门打开了，李士群冷着脸走了进来。周左和众便衣都急忙立正行礼："李主任！"

"怎么样，周队长，你们也招待他大半夜了，有没有撬开他的嘴？"

周左尴尬地摇摇头。

李士群做了个手势，示意周左和便衣们都出去。

"你们也都累了，先去休息一下，我和陈先生单独聊几句。"

李士群把"陈先生"几个字咬得特别重，就是为了让陈浅明白自己已经掌握了他的真实身份。

周左等人答应着退了出去。

李士群一步步走到陈浅面前，贴近他血迹斑斑的脸庞，轻声说："陈先生，井田大佐让我问你，你知不知道你今天犯了一个致命的错误？"

陈浅却并没有料想中那么震惊，他轻蔑地一笑：

"是吗，那么请李主任转告井田大佐，在离开卡尔登大戏院的时候，我就知道今天我杀死的只是仁科教授的替身。但是，我也不算没有收获，仁科教授这下领教了中国人对他的热情，只怕再也不敢在公开场合现身了，你们76号各位显贵只怕也要睡不着觉了吧，担心下一个会不会就是你们自己。"

李士群吃了一惊："你怎么知道杀死的是替身？"

"尸体被抬出戏院的时候，井田都没走过去看一眼，如果死的是真正的仁科教授，井田还会那么镇定自若地站在那里指挥抓刺客吗？他恐怕要发疯了。"

"厉害！蝎子果然名不虚传，陈先生，你可以考虑加入我们，井田大佐临行前一再叮嘱，你这样的人才，如果肯弃暗投明，一定委以重任！你们军统的王天木就很识时务，他知道，人这一辈子什么信仰啊主义啊，都是空的，保住自己的命，享受荣华富贵才是最实在的。你年纪轻轻，还有大把美好人生，何必一条道走到黑呢？"

李士群觉得自己这番话，入情入理，陈浅怎么也得动三分心。

陈浅盯着李士群的脸，平静地听他说完才开口："李主任，我在想，如果有一天日本人觉得你这条走狗不听话不好用了，会怎么对你。"

李士群面上波澜不惊，心中不禁想到，的确，最近日本人对他似乎有诸多不满，总是明里暗里地监视他。这个蝎子洞察人心的本事确实厉害，只是……

李士群冷笑一声："挑拨离间这种下三烂的招数，枉费了你蝎子的名号。"

陈浅轻蔑地扬起头："李主任这种招安的把戏岂不更下三烂？自从进入军统，我就没想过活着出去，今日以身殉国，不胜痛快！"

"哼！既然你要当烈士，那就让你再多活两天等井田大佐回来。不过，你的那个搭档未必像你这样不知死活。"

李士群丢下这句话就转身出门，陈浅心里掠过一丝忧虑，但是他还是愿意相信，许奎林能挺得住76号的酷刑。

许奎林其实就在走廊尽头的另一间审讯室里，他已经被折磨得面目全非，处于半昏迷的状态中，便衣的皮鞭还是不断抽打在他身上，他断断续续地发出凄惨的叫声。周左陪着李士群走了进来，他近前几步，捏住许奎林的脸：

"招不招？说出军统的联络点，帮我们抓住毛森，你就不用受苦了。"

许奎林大口大口地喘着气，嘴唇微微颤抖："你们杀了我吧，杀了我吧！"

李士群嘿嘿冷笑了两声："许先生，你如果死了，你父亲的巨大家业可就要落到你哥哥一个人手里了，并不会有人知道你英勇殉国，你只会成为一具腐烂的无名尸体罢了！"

许奎林脸上闪过凄惶之色，这句话正戳中他心中痛处，他是妾室之子，一心想通过自己的奋斗超越大哥，踏足仕途，赢得父亲的重视，但是现在看来，只怕要成为无名之鬼了。但他还是不想当叛徒，他把心一横，双目紧闭，喃喃自语："你们杀了我吧，我什么都不知道，我什么也不会说。"

李士群招手叫来周左，在他耳边密语了几句，随即离去。周左会意，命人把许奎林解开放下来关进单人牢房，还找了个医生来给他处理伤口，不一会儿，还有便衣给他送来了几个馒头两个炒菜。许奎林不知道他们的用意，也实在是饿极了，抓起馒头狠命地塞在嘴里，他想，就算死，也做个饱死鬼吧。

一个便衣在外面瞧着他，诡异地笑着："吃饱点，明天才有力气看好戏！"

许奎林那时并不知道好戏是什么，直到第二天，戴着手铐的他被两个便衣推搡着进入一间封闭的屋子，门在他身后砰然关闭。许奎林的眼睛努力习惯着屋子里幽暗的光线，他才发现这间屋子里其实还有一个人，一个学生装束的姑娘，被塞住嘴巴绑在屋子中间的一根立柱上。她衣衫尽湿，仿佛被从头到脚淋了一盆油，散发出一种煎肉的香味，她竭力挣扎着，俊俏的脸庞因为恐惧而变得扭曲了。许奎林刚想迈步向她走去，身后的门又突然打开了，他先听到一阵狂吠声，随即十几只黑色的纽波利顿犬从他身边冲过，直奔那个被绑住的姑娘。许奎林只看到巨犬们黑色的身体在上下跳跃，尖利的牙齿轻松地撕裂了姑娘的衣裙和咽喉，他耳膜中充斥着姑娘的惨叫声，一声比一声凄厉！但很快，就没有声息了，只剩下巨犬们的啃噬声。

许奎林几乎疯了，他紧紧捧住自己的脸，指甲深深地陷进了皮肤里，浑身发抖，几乎走不了路，跌跌撞撞地奔向门口，拼命拍打已经关上的木门："让我出去，让我出去！"

门终于打开了，许奎林冲出来，摔倒在周左的靴子边，他开始拼命地呕吐，几乎把五脏六腑都吐了出来。等吐完了，他抬头望向周左，断断续续地说："我……我说！"

这种处死犯人的方式在76号内部被称为"赛狗"。这群纽波利顿犬都是被便衣们用死去犯人的肉喂养大的，据说，能挺过很多酷刑的汉子往往承受不了这种精神的折磨，有些人甚至会当场就疯掉。

不提审的两天里，陈浅一直在牢房里安静地待着，不吵不闹，端坐冥想，每天只吃很少的食物和水。等到周左带队根据许奎林的情报，抓了一批军统人员，捣毁了军统的两个秘密联络点，整个76号都大为振奋之时，李士群决定要啃一下最难啃的这块骨头。于是，他命令，让陈浅去体会一下赛狗，但不是去观看，而是去当猎物。井田说过要活着的陈浅，所以，李士群告诉周左，只要陈浅喊救命，就放他出来。李士群发自内心地想看到陈浅哀哀求饶的样子。

陈浅被戴上手铐和脚镣，淋上一桶油，被推搡进了那间散发着血腥味的屋子。他站定身子，观察了一下屋子的大小和布局。屋子中间那根立柱下的血迹和人骨立刻让他清楚了自己要面对什么。

门唰地打开了,十几只黑色巨犬蜂拥而入,直扑陈浅,陈浅双手抱成拳头,首先击中了跑在最前面的两只,让它们重重摔在地上,随即又抬脚踢飞了另一只咬住他脚脖子的巨犬。最凶猛的那一只扑向陈浅的面部,被他用手铐上的链条紧紧勒住咽喉,活活勒死。这下,镇住了其他的巨犬,它们只是远远吠叫包围,不敢贸然进攻,陈浅一步步退到立柱边,与它们怒目对峙。这些巨犬从小在76号驯养,骨子里也渗透着狡诈和残忍,有两只竟悄悄潜到陈浅身后,一左一右,朝着他的背后猛扑上去,陈浅一个利索的背摔,把两只巨犬生生摔在地上,哀叫不已。剩下的几只见状都夹起尾巴,退到门边,呜呜叫着,再不敢往前。屋外从窗缝中观看的周左看得倒吸一口气,陈浅身上的斗志和意志力都令人心惊,他只得命令手下打开屋门,放出巨犬,把陈浅送回单人牢房去。

三天后的深夜,浑浑噩噩的许奎林被带上一辆黑色轿车悄悄驶离了76号,他父亲在支付了一大笔赎金之后,终于从李士群手中赎回了儿子的一条命。但他清楚地知道军统绝不会善罢甘休,于是,76号散出消息,卡尔登的两名刺客,一名已经被处决,一名即将转送梅机关,交井田大佐亲自处理。

陈浅躺在一堆散发着霉味的柴草上,他额头烧得滚烫,双颊赤红,胳膊和背上被巨犬撕咬留下的伤口严重溃烂发炎,旁边搁着的一碗饭和一杯水都纹丝未动。在一阵阵的昏迷中,陈浅竭力让自己的思绪远离这个阴暗潮湿的牢房,回到小时候玩耍的河畔。油菜花落了,黄色的贡菊又开得漫山遍野,自己撒开腿在野地里跑,边跑边喊:"娘,娘,你去哪儿了?快回来!"

如果死亡已经近在眼前,陈浅希望自己能变回那个依偎在娘身边的小孩子。

牢门哐当一声打开了,陈浅听到了周左的声音:

"曼丽,你看一下,这家伙还有没有救。井田大佐马上就要回来了,我们得把他活着交到宪兵队去。"

随后,一个身形婀娜的女子轻盈地走过来,蹲下,用纤细的手指开始轻轻解开陈浅的衣服,检查他的伤口。

"他的伤口发炎了,导致高烧不退。幸亏他的身体素质很好,暂时还没有引起败血症,我给他伤口缝合处理一下,打一针,以后每天换一次药,相信他能恢复过来。"

"曼丽,简单弄一下就行了,只要别让他死在我们这儿就行,要不是井田要亲自审他,就凭他杀死我们几个兄弟,我们都恨不能活剥了他。"

周左说到这儿,话锋一转,开始跟女子温言耳语:

"曼丽,我买了今晚的电影票,你喜欢看的,胡蝶主演的,你赏个脸,陪我去看吧。我晚上和宪兵队做了交接,就开车去接你。看完电影,咱们去仙乐斯跳舞。"

"什么好片子呀?人家今晚还约了李太太去做头发啊!"

"你这么漂亮,做不做头发都很美。那说定了,我去接你。"

"贫嘴。"

陈浅只感觉到那女子一边在和周左搭着话,一边熟练地从药箱里拿出纱布和药水,开始给自己的伤口清创消毒,又注射了一针盘尼西林。

"周队长,我帮李太太从香港带的一个翡翠镯子刚才落在你办公室了,麻烦你去取一下。你办公室人多,万一待会儿找不到了,就不好说了。我这儿一会儿就好了。"

周左一听是给李士群太太买的东西,岂敢马虎,赶紧答应着,转身而去。

陈浅努力睁开眼睛，蒙眬中他发现女子一双秀眸正深深注视着自己，似乎在确认他是否清醒。突然，女子握住他的一只手，在他手心里快速地敲击起来。摩尔斯电码！陈浅心中一震，立刻专注地去感觉那一次次敲击。

"蝎子，今晚他们将把你转交给宪兵队，转运时是你唯一逃脱的机会。我马上会把一颗药丸缝进你胳膊的伤口中，你要在上车五分钟之后，设法取出药丸服下，药效很快，几分钟就会有狂犬病的症状，日本人最害怕烈性传染病，他们一定会把你送去嘉定坟场填埋。我们会有人在那里想办法营救你。你明白了吗？"

陈浅立刻反握住女子的手，在她手心敲下："明白了，谢谢！你是谁？"

女子浅浅一笑，并没有回答陈浅的问题，而是放开他的手，从药箱中取出药丸、针和医用棉线，开始快速消毒，随后低头细致地给他缝合起伤口。在周左进门前的一刹那，药丸已经被悄悄地缝进了陈浅的左臂中。

女子离开牢房后，陈浅的意识越来越清晰，他一直在努力回忆女子所敲击的每一个字，她现身的每一个细节，他知道她的名字叫曼丽，她是76号的专职医生。他猜想，这个美丽的女子或许就是戴老板口中的白头翁，这个代号级别很高，是军统早就安插在上海日伪高层的一枚重要棋子，一直就是和军事情报处处长关山月单线联系，从没人知道白头翁的真实身份。想到这儿，陈浅开始攒足力气坐起来，大口大口地吃着盘子里的饭，他需要体力。

从窗口透出的几缕光线渐渐消逝，牢房里暗淡下来，陈浅知道，生死就在今晚一举。

日本军车缓缓开出了76号的大门，陈浅蜷缩在车厢的一个角落里，双目紧闭，任凭日本宪兵怎么拖拽和踢打，他都没有反应。几个日本宪兵轻蔑地议论着，什么军统王牌特工，现在就是一条死鱼。

一个小头目用军靴踢了踢陈浅的脸："这个支那人不会是快要死了吧？让他这么死了太可惜了，应该送他去南京的防疫给水部，他会是个很好的试验品。"

陈浅知道他们所说的防疫给水部其实是一个细菌战实验室，残酷的活体试验就发生在那里。他尽量放缓自己的心跳，故意把身子蜷缩得更紧，不时地颤动一下，看起来好似在打着冷战。他在等待一个时机，几分钟之后，军车行进到一个拐弯处，似乎是路面不平，车身微微颠簸了几下，又似乎是有轿车挡住了军车的去路，小头目把头伸出去大声咒骂着，陈浅乘机翻了个身，背对着日本宪兵们，右手慢慢伸到左臂伤口处，一点点地撕开了缝合不久的棉线，取出了那枚药丸，迅速吞入口中。

"少尉，这个支那人好像不太对劲！"

一个日本宪兵首先发现了陈浅的变化，他浑身剧烈痉挛，大颗的汗珠从额头渗出，嘴里喃喃喊着："冷，冷，好冷！"不一会儿，又张大嘴巴拼命吸气，似乎呼吸很困难。日军小头目俯身察看了两眼，陈浅胳膊上骇人的伤口突然让他想到一个恐怖的名词：狂犬病。于是，日本军车开始全速前行，一停在日本宪兵队门口，日本宪兵们都纷纷跳下车，避瘟疫似的把陈浅一个人丢在车上。日本军医来察看时，陈浅已经死亡。经检查，确定陈浅就是狂犬病发作，而且似乎还混合有鼠疫的病毒，导致猝死。已经来不及向明天才能返回的井田汇报，特务科科长荒木惟来看了一眼这个囚犯的尸体，决定立刻填埋。

陈浅被两个身形粗壮的劳工扛着，进入一片小树林，那里早就挖好了一个深深的大坑,陈浅像破麻袋似的,被扔进了坑里。混杂着落叶的泥土,一铲一铲,纷纷扬扬,落在陈浅的身上脸上。日本宪兵唯恐被传染,只在远远的林子边上,持枪监视着劳工们把大坑完全填平,又用铁锹不断夯实,力求从表面完全看不出一丝痕迹。

在土层深处,陈浅双掌努力撑起,为自己赢得了一个小小的空间,但空气还是越来越稀薄,他的呼吸也越来越困难,随着泥土不断落下,外界的声音在逐渐消失,陈浅觉得几乎就要窒息。突然,土层似乎被拨开了一个手指粗的缝隙,一根长长的塑料吸管被塞了进来。陈浅连忙张嘴含住,一缕新鲜的空气缓缓吸入了他的肺部。

陈浅知道,此时他必须等待,等待日本人离去,等待营救他的人到来。时间似乎静止了,陈浅渐渐昏睡,他的脑海中,交替出现着许多支离破碎的画面,凶悍的狼狗,母亲温柔的笑容,戴老板举起的酒杯,奶奶手拿竹板一下下抽打他稚嫩的手心:"不许再提你那个娘,她死了,死了!"

不知过了多久,土层开始慢慢松动,似乎有人在使劲挖土。陈浅从昏睡中惊醒,他也拼命用双手双脚拨开泥土。几分钟后,陈浅的头终于露了出来,他贪婪地呼吸着夜晚林间略带潮湿的空气。

"他还活着!太好了!"一个欣喜的声音,借着铁皮灯笼的光,陈浅看见了一张黝黑亲切的脸,那是扛着他走进树林的那个劳工。

后来,陈浅知道了,这个劳工叫华哥,他被华哥用黄包车拉回了码头附近的一个大杂院里。在那里,他被一个十来岁的小姑娘精心照顾了几天,靠着小米粥和每天两个新鲜的鸡蛋,他熬过了伤口化脓引起的高烧。当陈浅恢复了一些体力,根据他们的行事做派，他已经可以肯定这些人一定不是军统，那么，那个救了他的女医生，也就不可能是白头翁。

一天深夜，陈浅睡得迷迷糊糊之时，听到了一个熟悉的声音在问华哥："他怎么样？可不可以下地了？"陈浅心中一动，那分明是曼丽的声音，但他还是闭着眼，没有动。

"这支盘尼西林，你可以给他注射。近期风声很紧，我不能再过来，你们安排吧，要尽快送他离开上海，越快越好！对了，这块怀表交给他，看来是他珍藏的东西。"

"他还真是个硬骨头，这么重的伤都挺过来了。不过，组织上这次决定救他也太冒险了。万一他回到重庆，露了口风，你会很危险。"华哥的声音里含着忧虑。

"抗战面前没有国共之分。凭蝎子在76号的表现，我相信他。"

陈浅心里一热，还是紧紧闭着眼睛。

两天后，华哥送陈浅到码头。临别，陈浅紧紧握了一下华哥的手："谢谢，谢谢你们救了我，替我转告飞天，我用生命保证，不会泄露她的身份。"

华哥微微惊诧，陈浅转身登船。

飞天，一个潜伏在上海的神秘中共特工，据说直接受周恩来领导，多次盗取日军绝密情报，是影佐祯昭心心念念要抓的眼中钉，也是被戴笠列为最有威胁的中共特工。

陈浅倚着栏杆，望向滚滚而去的江水，他在想，他能不能再次见到飞天呢？

第四章

儒生杀手

整个重庆浸泡在绵绵不绝的雨水中，爬山虎生长得格外茂盛，爬满了整个罗家湾19号的屋檐。戴笠阴沉着脸站在窗前看一份审讯记录，关山月在一旁耐心地垂手而立。关山月平时喜欢穿长衫，戴一副珐琅金丝眼镜，摇一把折扇，折扇上据说是名家题字，他的雅号，明月山人。不知他底细的人，常常以为他是个附庸风雅的商人，却不知他年轻时其实是军统的顶尖杀手，死在他手上的人不计其数，军统内部给他编了个绰号：儒生杀手。今天，关山月规规矩矩地穿着军装，因为他刚去了一趟中美合作所，就赶回来向戴笠汇报。

戴笠把审讯记录递还给关山月："被关押的这几天，陈浅有没有口出怨言？"

"这倒没有，只是一直要求面见您陈情。"

戴笠轻轻哼了一声："这个时候，我还是不要见他为好。中统那些人都知道他是我亲自选的，巴不得抓住我的小辫子，好向老头子告我的状。对了，几次询问，他的说法前后有出入吗？"

"没有，始终说他是假装狂犬病发，并假死闭气骗过日本人，才被送去填埋。被埋在土里一小时后，自己拼命爬了出来，跑到附近村民家里得救了。我、邱映霞、汤尚寿都轮流去审过他，说法完全一样，每个细节都没有差别。"

戴笠嗯了一声，又问："美国人不是给他做了一次测谎吗？结果如何？"

"斯蒂文亲自给他测的谎，整个过程，他的心跳脉搏都很正常，斯蒂文认为他说的都是实话。邱映霞和汤尚寿也认为他说的是实话。"

"说说你怎么想。"戴笠冷不防插了一句。

关山月略一沉吟："局座，我半信半疑，日本人行事很细致，手下向来没有活口，如果说陈浅完全没有别人帮助，就能从他们眼皮子底下逃出来，是颇有疑点，但是，如果说陈浅叛变，供出了咱们的秘密联络点，导致咱们的一批人被捕，那他应该留在76号里为日本人办事，怎么敢回到重庆来？这不是自寻死路吗？还有，那个许奎林，说是被处决了，可是，毛森手下的人却说，曾经看见他在十六铺码头出现过。"

戴笠微微点头，他心里是相信陈浅的，但是上海刺杀行动导致军统一批人员被捕，这个黑锅必须有人来背。关山月当然洞悉戴笠的心思，他这时才抛出了他早就想好的办法：

"局座，我已经发了电报给白头翁，核实整件事情的来龙去脉，相信过不了几天，就会有回音。"

戴笠踱步到皮椅旁，坐下："那好吧，如果白头翁确定陈浅叛变，不必再向我请示，直接处决。如果他没有叛变，那……"

关山月接着话茬："就马上带他来见您。"

戴笠摆手："不，那就让他去邱映霞那里吧，她手下正缺人，她带人很有一套，让她磨磨陈浅那高傲不合群的性子也好！"

"是，我记得局座您说过，我们军统不需要英雄，我们需要的是绝对忠于委座，绝对忠于您的人。"

戴笠赞许地望了一眼关山月，如果将来陈浅能有关山月的这份心计，那他就会是自己最完美的一件作品。

雨依然在下，中美合作所的一间单独囚室中，陈浅面前铺着一张过期的报纸，他手拿毛笔挥洒自如地写着什么。自从接受测谎之后，他已经被关押在这里好几天了，狱卒也都知道他是戴笠跟前的红人，没人敢为难他，所以日常供应样样齐全。

牢门轻轻打开了，陈浅一抬头，关山月含着笑走了进来。

"老弟，你真是高人雅士啊，在这里还能心静如水，下笔有神。"

陈浅忙起身行礼："处座，我只是在找个办法让自己的心平静下来。"

关山月走到桌前，俯身去看了看那张写满了字的报纸。

"辛苦遭逢起一经，干戈寥落四周星。山河破碎风飘絮，身世浮沉雨打萍……老弟，你这是自比文天祥，要舍身殉国啊。"

"只要局座给我这个机会，卑职愿意立刻赴前线杀敌，以洗嫌疑，绝不吝惜一身。"陈浅神情毅然，直视关山月。

关山月轻轻拍了拍他的肩膀："我知道，老弟你有一腔热血，不过，你留在这里，才更能为国效力。至于你在上海的事情嘛，已经完全调查清楚了，你自始至终都没有丢咱们军统的脸，局座口谕，卡尔登刺杀行动，虽然没有杀死仁科，但是震慑了日本人，灭了梅机关的威风，功大于过，仍授予你少校军衔，调任军事情报科副科长。"

陈浅立刻明白这是白头翁发来的情报所起的作用。他原来一直在行动处负责策划行动队的刺杀行动,其实已经是实际上的行动处处长,这下把他调军事情报科,其实是一种变相的降职。这一定是戴老板的意思,不管怎么样,刺杀仁科没有成功,一定要对自己做出一点处罚。

"多谢局座!"陈浅双脚一碰,一个标准的敬礼。

关山月从腰间取出一把柯尔特,递给陈浅:"你的枪丢在上海了,局座特意让我把他的配枪转送给你,老弟,可见局座对你期许很深哪。"

陈浅接过枪,掂量了几下:"果然是把好枪,邱科长是出了名的拼命三娘,跟着她,我的确该多练习练习枪法了。"

一个冷冰冰的声音在门口响了起来:"我答应要你,可不是让你来练枪的,是让你来帮我抓老鼠的!"

陈浅立刻挺身行了个礼:"邱科长,不知道您来了!"

一身军服的邱映霞并不看陈浅,径直走了进来,和关山月打了个招呼。军统局里几乎没有人见过邱映霞穿着便服的样子,她似乎永远都是不苟言笑的样子。但陈浅听过一些年资较老的军统人员私下议论,邱映霞年轻的时候很漂亮,甜蜜蜜的女孩子,怎么现在变成了个老姑婆了。陈浅倒是觉得这个军统罕见的女上校其实有一种别具一格的美,她既有男子的果敢刚毅,也有女子的细致入微。

邱映霞瞧了一眼陈浅刚才铺在桌上的报纸:"既然你是蝎子,即使你被关在这里,你也应该知道我要抓的老鼠是谁吧?"

陈浅目光闪了闪:"近期日本空袭的次数明显增多,多次成功躲过我方高炮部队的火力拦截,对我方造成极大的损失,如果没有内线,他们很难做到,所以,我们现在要抓的就是这只老鼠。"

邱映霞面露赞许之色,但是她又不愿意马上表扬陈浅,她从口袋中掏出一张折起来的电报递过来:"我们已经截获了一些他和日方联系的电文,他自称'独臂大盗',所用密码非常奇特,老汤虽然在加紧破译,但尚未找到密码本。说说看,如果我让你负责,你怎么着手找到他。"

陈浅接过电报,凝神仔细看了两遍,缓缓说:"从电文里分析,这个独臂大盗喜欢插进英文单词,他应该是受过西式教育,或者留过学,年龄不超过三十五岁。他选择的密码本应该是英文版的书,小说、教材,或者英文杂志,小说的可能性比较大。既然他这么了解高炮部队的部署,应该就是高炮部队的内部人员,或者能接触到高炮部队的人,军衔应该在少校以上,因为再低阶的军人就无法获得有价值的情报了。独臂大盗甘愿冒险为日军传递情报,无非是为了钱,他有了钱,就会频繁出入咖啡馆、电影院、舞厅这些场所,我们可以重点排查这些地方,出手大方、钱财来路不明的年轻军官,圈出重点人物,再进行监视跟踪,相信会抓住独臂大盗的尾巴。"

"好,精彩,精彩。"邱映霞还没说话,一旁的关山月连连称赞。

"处座谬赞了,我这只是纸上谈兵,真想抓到独臂大盗,还得依靠兄弟们全力去排查。"

陈浅说得诚恳,邱映霞嘴角难得地掠过一丝笑意:"既然你知道,那就别纸上谈兵了,快去给我瓮中捉鳖,一个月,我给你一个月时间,给我揪出独臂大盗。"

"是!"陈浅朗声应着,他最恨的就是无所事事。在这儿关了半个多月,天天吃吃睡睡,他感觉身子都快生锈了,早就摩拳擦掌想要干点什么了。

关山月哈哈一笑:"老弟,你也算是历了一番磨难,我今晚在九重天订了一桌，咱们军事情报处的几个科长都来，咱们兄弟好好喝一杯，也是庆祝一下我们情报处添了你这员虎将，不醉不归。邱科长，你赏个脸，也和同僚们聚聚，怎么样？"

邱映霞立刻恢复了那张万年不变的冰山面孔，淡淡道："处座，我不喜欢这种场合，我去了，你们反而不畅快。我还是不去为好。"

邱映霞临出门不忘叮嘱陈浅："你明天一早就到科里来，我会分配人手给你，独臂大盗的事一刻也不能耽误。"

望着她的背影，关山月心里暗想，这个女人，果然厉害，当年她还是译报员的时候，偶然译出了一份要刺杀宋美龄的电报，就敢去闯总裁府，力阻宋夫人登上专列，后来那趟专列果然爆炸，宋夫人从此对她另眼相看，她也在军统局内连升几级。可是，这么多年，她身边居然都没有过男人，难道，真的像他们暗地传言的，她曾是戴老板的枕边人，后来被弃，所以怨恨男人，发誓独身？

陈浅则想起了另一个女人，飞天，在诡谲多变的76号里，在心机深沉的井田眼皮子底下，她是不是安全？

第五章

既生瑜何生亮

陈浅坐在小洞天川菜馆二楼的一个包间里，他跷着脚，悠闲地喝着茶，眼角的余光却始终没有离开菜馆对面的一幢青砖小楼。小楼里静悄悄的，两扇黑漆大门紧闭。

楼梯噔噔地响，穿着油腻围裙的钱胖子端着两个盘子笑眯眯地推开了门，陈浅瞄了他一眼，不由得暗笑，他丝毫不用伪装，活脱脱是个厨子。

"陈科长，您大驾光临，小店真是蓬荜生辉啊，快尝尝我新创的独家菜：轰炸东京！"

钱胖子满脸堆笑，把盘子轻轻搁在桌上，随即把另一个盘子里的浇头利索地扣下，金黄的锅巴上淋着虾仁木耳炒制的浇头，滋滋作响。

陈浅一挑眉，拿起筷子，夹起一块锅巴放进嘴里，果然香脆多汁，咸淡合适。

"钱老板，这半个多月，你的手艺见长啊，轰炸东京，这个菜名还真有点意思。"

钱胖子听了称赞，小眼睛更是笑成了一条缝，在陈浅对面一屁股坐下。

"您不知道，我这几天就琢磨，这小日本天天轰炸我们，我们就不能轰炸轰炸他们？所以，我每天一炒这个菜啊，哗啦一倒浇头，我心里这个爽啊，轰炸，轰炸东京，轰炸天皇，我一天炒八盘菜，我就炸他们八次。"

陈浅放下筷子，故意一拉脸："钱耀祖，你是不是真的打算美滋滋在这儿炒一辈子菜了？目标人物怎么样？"

钱胖子立刻从凳子上弹了起来，收敛笑容，一个标准的敬礼："报告陈科长，我没偷懒，和兄弟们每天都盯着呢。"随即他在围裙上擦擦手，小心地弯腰从桌子下面的暗格里抽出一本记事簿，翻开念着：

"根据陈科长您分析出的几点，我们排查了几百人，把他圈为三个重点目标之一。沈雄，高炮部队参谋，三十二岁，曾经在美国留学三年，英语流利，独居未婚，平时喜欢打牌跳舞，打牌输赢都很大，可是好像从来不缺钱，吃喝穿戴都很讲究，穿衣服都是宝元荣定做的，跳舞喜欢找最红的舞女，他经常带舞女回来，但从不过夜，总是待上几小时就把她们送走。"

陈浅打断他："这些我都知道了，说重点。"

"是，沈雄这个月8号、14号、21号送走舞女回来，都有一小时拉紧窗帘闭门不出，和日军轰炸的时间相符。我前天借着送菜的机会，想探探他那屋子里的究竟，可是，他很小心，拉开门把钱递出来，把菜拿进去，根本没让我进门。昨天一大早，他出门，我就让一个兄弟盯着，他先是去了银行，拎了个皮箱回来，后来又开车跑回乡下，把他老娘接来了，又陪着他娘去买了不少东西，昨晚他难得没去找舞女，一直陪老太太，现在，老太太还在他房子里待着呢。"

陈浅脸色凝重："老汤昨晚已经破译出了独臂大盗的一封电报，说日军让他盗取的高射炮布防图他已经搞到手了，他再干最后一次就不想干了，要尽快离开重庆。看来，他要逃。去银行应该是把支票换成了金条，去接他母亲也是为了安顿一下老太太，他知道，他走了就不会再回来。"

钱胖子啊了一声："老汤已经破译了独臂大盗的密码啊，让他立了一功啊。听说他试了几十本英文小说，不过，还是多亏陈科长您给他指了这英文小说的线索，不然，他就是挖空心思也想不出来啊！"

陈浅却根本没注意他在说什么，他在想另一件事：如何能既抓住沈雄，又不伤害惊吓到他的老母亲？思索片刻，他已经有了计划，挺身而起，看了一下手表。

"不等了，今天收网。这样，老钱，你和两个兄弟守在这儿，盯死了，一只鸟都不能飞出这个屋子去。我马上赶回局里调行动队过来。一个小时后，我们行动。"

"今天就抓，沈雄家那个老太太怎么办？"钱胖子面有难色。

"等会儿行动开始之前，我和其他人先埋伏在你这里，让吴若男扮成舞女去敲门，等沈雄开门，就故意找他讨要嫖资，揪住他不放。这时，我们再冲出去，迅速制伏沈雄。这样，就不会伤害到沈雄的母亲，他做日谍罪有应得，可是他老娘无辜。"

"什么，让那个丫头扮舞女！科长，她哪儿像舞女啊？要胸没胸，要屁股没屁股，就一搓衣板。"钱胖子大惊小怪地嚷道。

陈浅横了他一眼："咱们科里就吴若男一个年轻女孩，难道你去扮舞女？"

钱胖子噎住了一会儿，但还是嘀嘀咕咕："可是确实不像啊，邱科长要是穿上旗袍，那身材准比她强多了。"

陈浅也不理他，径直朝楼下走去。他知道钱胖子怪话多，平时爱偷个懒，说说荤段子，但是他的枪法其实很不错，监视跟踪也是把好手。如果没有两下子，也别想在邱映霞的手下待好几年。

陈浅离开小洞天，快步往巷子口走去，一个穿长衫提着挎包的年轻男子和他擦肩而过，陈浅的脚步稍稍放慢了些，他听见那个年轻男子去敲沈雄家的门，好像是沈雄来开门。

"沈先生，我是宝元荣的，我师傅今天病了，让我来给沈老太太量量尺寸。"

年轻男子的声音很悦耳，让人听了很舒服，随即，沈雄让他进了门。

陈浅继续向巷口走去，但他总觉得有那么一丝不对劲，是什么呢？当他走到巷口时，他顿住了脚步，在马路另一边，停着一辆黑色的轿车，而街道上，好像多了些小贩，有的卖报纸，有的卖香烟，只是眼光都时不时地瞟向巷口。

陈浅立刻转过身，默默往回走，那个年轻男子的模样在他脑子里一点点地回放。是了，他穿着打扮的确很像一个小裁缝，可是他拎着提包的那只手，手腕处露出了一颗金色的有机玻璃纽扣，这种有机玻璃纽扣的衬衫明明是舶来品，在重庆只有时髦的军官少爷才会穿。他一定不是个小裁缝，那他是什么人？是日本人派来灭口的杀手？不，那些在街上张望等待的人，那种行事，更像是军统的人！陈浅想到这里，加快了脚步，几乎是跑向沈雄家的青砖小楼，正在小洞天里监视的钱胖子看见陈浅突然折返，知道一定发生了什么情况，立刻带着枪跑了出来。

"陈科长，怎么了？"

"他们要抢先动手了，快，叫上兄弟们，我们冲进去。"

这时，在小洞天执行监视任务的另外两个便衣也冲了出来。

陈浅来不及详细解释,他已经从腰间拔出枪,正要破门而入,突然,一声枪响,划破寂静的小巷,接着是一声撕心裂肺的喊叫:"娘!"砰,砰,又是两声枪响。

陈浅抬脚踹开了大门,几个人冲了进去,冲到客厅,就看到了躺在血泊里的沈母,她眼睛圆睁着,似乎死不瞑目。而沈雄则在客厅另一边趴着,双腿都中了枪,发出哀哀的惨叫声。

那个假扮成小裁缝的年轻男人正蹲在沈雄身边,一手持枪,一手则翻找他的口袋,听见陈浅他们跑进来,他似乎一点也不吃惊,也没有抬头,继续在翻找。

陈浅停住脚步,盯着那个年轻男人。在他身后的钱胖子气急败坏地喊道:"你这个王八蛋谁呀?冲进来就杀人,举起手来!"

陈浅一把按下了钱胖子的枪口。

这时,外面传来一阵纷杂的脚步声,刚才在街上扮小贩的那十几个便衣持枪一拥而入,齐声喊道:"谢科长,你没事吧?"

这时,年轻男子才缓缓抬起头,举起左手,对着陈浅和钱胖子张开手掌,得意地一笑:"高射炮布防图的胶卷,看来他还没来得及送走!"随即他起身,收了枪,抽出一支烟,点燃,吸了一口,对那群便衣命令道:"把独臂大盗带回局本部,再找个医生帮他看看,别让他死了,案情重大,局座要亲自审问。"

钱胖子这时也认出那帮便衣中的几个,都是军运科的,猛想起最近一直传闻军运科将空降一位科长,是孔家公子亲自举荐给戴老板的,毕业于美国某著名军校云云。他连忙悄声在陈浅耳边说:"前几天军运科那帮兔崽子就老是拉着我喝酒,套我的话,看来他们是跟着我们的线找到沈雄,诚心抢咱们的功劳!"

众便衣拖着沈雄出门,他频频回头哀叫着:"娘,娘……是儿子害了你啊!"

陈浅的目光从沈雄身上移向躺在地上已经没有了声息的沈老太，对钱胖子低声吩咐："去找几个人来把老太太好好安葬了吧。"

钱胖子答应着转身而去，被称为谢科长的年轻男子一直站在一旁吸烟，饶有兴味地看着陈浅，这时，才熄灭了烟，走过来，向陈浅伸出了手。

"陈科长，幸会，鄙人谢冬天。"

陈浅也伸出手，冷淡地握了握他的手。

"幸会，谢科长。"

谢冬天五官清秀，皮肤白皙，笑起来有两个浅浅的酒窝，像个刚出校园不久的大学生，要不是他眼神中一闪而过的狠辣，陈浅也无法想象他是如何毫不犹豫就杀了一个无辜的老人。

"陈科长，真不好意思，我奉局座的命令，追查独臂大盗，从高炮部队现役军官、留过学、收入不正常这几点下手，查到了沈雄，昨天他突然去接他母亲来，明显是想逃，我怕迟则生变，所以就出手抓人。没想到你们也是跟了这条线，也是今天动手，小弟确是无心，你不会怪我抢了你们情报科的功劳吧？"

谢冬天似笑非笑地望着陈浅，潜台词却是：我们都想抓独臂大盗，但我抢先一步，你两手空空。

"哪里话，谢科长，都是为党国效力，没什么抢不抢的。你果断出手，一举抓捕独臂大盗，大功一件，不过，沈雄犯罪，罪不及家人，他母亲未免死得冤枉。如果外界议论起来，只怕会说我们军统滥杀无辜。"陈浅把"滥杀无辜"四个字加重了语气，他知道谢冬天不会内疚，但是也要让他心里有些压力。

"无辜吗？这老太太说不定早就知道儿子是日谍，说不定昨天来就是打算帮她儿子传递情报的。委座训示过，宁肯错杀一千也不可放过一个。陈科长，你可不要妇人之仁哪。我现在要去向局座复命了，你们情报科监视的功劳，我不会忘了汇报的。"

"那就多谢谢科长。"

"言重了，以后小弟还有很多地方要向陈科长请教。"

谢冬天出了青砖小楼，往巷子口大步走去，笑容在他脸上一点点消失，他的眼神逐渐变得冰冷。一个声音在谢冬天脑海中说：陈浅，你的确名不虚传，可惜在军统里，只能有一个让戴老板另眼相看的后起之秀，只能是我，谢冬天。所以，我们只能是对手，永远的对手。

钱胖子带着手下取了寿衣香烛等物进入房内，看到陈浅仍然默立在窗边。同侪为了争权夺利就可视人命如草芥，陈浅见惯杀戮，此时却由于愤怒而脚底生寒，过了半晌才取香祭拜。

邱映霞是在一小时后得到独臂大盗被军运科抢先抓走的消息，她那时正在枪房打靶，听完老汤的汇报，脸上像是笼罩了一层寒冰，沉默了一会儿，突然举枪，对着靶子连扣扳机，一连串子弹几乎把靶子射穿。老汤在一旁默不作声，跟了邱映霞五年，他了解她，她是个眼里揉不下沙子的人。

邱映霞放下枪，冷着脸："老汤，我要出去一下，等陈浅他们回来，你就告诉他们。我的话，让他们来枪房练靶，练满一小时，然后再去写报告，把这次的事给我详详细细地写个报告，不写完今晚不许回家。"

"是，科长！"老汤答应着，欲言又止，看着邱映霞往外走，快走到门口，他又忍不住追上去说，"科长，你是不是要去罗家湾面见局座，为我们情报科扳回面子？去不得啊，其实谢冬天能去抢，一定就是局座默许的。他就是希望我们能互相争斗，这样才能更好地为他所用。"

邱映霞停住脚步，转身望着满脸忧虑的老汤，脸色缓和了许多，说："你还真是只老狐狸，什么都瞒不过你。我是要去面见局座，不过不是为我们情报科争功，而是向他汇报你今早破译的那封密电。"

老汤若有所悟："对啊，那封密电用的是日本特高课的专用密码，的确非常古怪，字面意思是家族聚会在即，所有亲眷将于三日后乘坐富士山号专列抵达上海，望井田兄和荒木兄能多加关照。如果这指的是梅机关的井田裕次郎和荒木惟，那么，能让这两个人一起出动来关照的，绝对是重量级人物。"

邱映霞点头："对，据上海区的情报，日伪的高官一直在等待来自东京的一个高级顾问团，我想，这批亲眷所指的应该就是这个顾问团。所以，他们越是怕出事，我们越是不能让他们那么平安地到达上海。"

"科长，你已经有了行动计划？"

"我已经和上海区的毛森联络了，他们也很想下一盘大棋，但是需要局座的批准。"

邱映霞整理了一下军帽，转身欲往外走去，老汤追问了一句："你想亲自去？"

邱映霞一扭头，眉毛微微一挑："你刚才也看到了，我的枪好像还没生锈。"说罢，邱映霞快步走出枪房。

老汤怅然地望了一会儿她的背影，他在心里说了一遍自己绝不敢说出口的话："其实，我很担心你，很想陪你一起去。"

邱映霞走出望龙门湖南会馆时，看见一个英俊的年轻人从车上跳下，彬彬有礼地和情报处的几位科长寒暄着，她知道，那是谢冬天。

谢冬天的皮靴踏过走廊的地板，咯噔作响，同样是穿军服，他穿起来就像是服装模特，几个和他擦身而过的女文员都忍不住回头望上一眼，心照不宣的眼神，似乎都在说，咱们军统局又来了一位美男子。谢冬天波澜不惊，目不斜视地走进了军运科的科长办公室，关上门。他已经习惯了被女人瞩目，从小他就是个漂亮的男孩，但是女人对于他来说，不过就是一件消遣品，与香烟红酒并无区别，这个世界上只有一个例外。谢冬天不知为何，想起那个女孩，就会觉得心口微微地痛，他走到唱片机前，轻轻移动唱针，哭泣般的赞美诗缓缓流出。谢冬天整个人陷入沙发中，手伸进领口中，握住了一个小巧精致的十字架，紧绷的神经彻底放松下来，所有的杀戮争斗在这一刻都远离了他。

"谢科长，谢科长，你在吗？"一个脆生生的嗓音在门外唤着，谢冬天只能从自我的世界里醒过来。他听出了这个声音，这是个得罪不得的大小姐，军统甲室的机要秘书。虽然只来了重庆一个多月，但是谢冬天对军统局内部人员都做了一番研究。

谢冬天一开门，一身艳丽洋装的沈白露就熟门熟路地走了进来，把手里一个糕点盒子搁在桌上。

"谢科长，我给你带了关东村的萨其马，你刚从美国回来，洋人的玩意肯定吃腻了，也尝尝我们这里的老字号。"

"沈小姐，你太客气了，应该我请你，怎么能让你破费呢！改天我请你去心心咖啡屋喝咖啡，希望赏脸。"谢冬天说着就赶紧给沈白露倒茶让座。

"一言为定，不许食言，我下了班都有空，你随时都可以打电话给我。"

沈白露并不落座，只是在屋里东看看西看看，看到唱片机，就好奇地拿起唱片来看。

"谢科长喜欢听赞美诗啊？你就是和他们那些人不同，真有品位。"

"哪里,随便听听。那就说定了,明天下了班,我开车去接你。"

沈白露一脸雀跃:"好啊,好啊,那我得好好想想穿什么衣服,和谢科长出去不能太马虎。"

"不需要了吧,在我眼里,沈小姐每天都很漂亮。"谢冬天的恭维话说起来滴水不漏。

沈白露果然被哄得很开心,拎起自己的小坤包,娇滴滴地和谢冬天告辞,说是去找自己的表妹。沈白露的职位不高,可是她的家世不凡,父母都是曾经追随过孙中山的老资格国民党党员,所以戴笠对她也很照顾。沈白露无论和谁都是有说有笑,所以她在军统局人缘最好,她刚一出谢冬天的办公室,就有便衣跑来献殷勤,告诉她,邱科长今天心情不好,罚吴小姐和陈科长他们在枪房练枪。

"哼,这个老姑婆,她哪天心情好过?我们家若男在她手下,可给她折磨死了。"沈白露跺了跺脚,气咻咻地往枪房走去。

枪房里,吴若男默不作声地又打中了一个十环,摘下耳罩,恰好听见钱胖子正在和陈浅闲聊。

"邱科长桌上摆着的那半张照片啊,据说撕掉的半张就是她的未婚夫,是杭州的一个大茶商家的少爷,婚期都定了,突然那小子说恋上了一个戏子,不娶咱们邱科长了,要退亲。后来你猜怎么着,没几天,那小子死了,走夜路被人一枪爆头。大伙都在传,是邱科长干的,可是没证据啊,那家人也不敢来找邱科长,谁不怕我们望龙门的啊。"

"道听途说,以讹传讹,以后别到处说了,小心邱科长崩了你。"

"是是，我也就是跟您说说，当个笑话讲，谁当真啊。"

吴若男放下枪，一扭头，冷不防地插了一句："如果我是邱科长，我也会那么做。杀了那个负心人！"

陈浅抬头诧异地望了一眼这个平时不言不语的小姑娘："Miss 吴还真是性情中人。"

吴若男被他瞧得心中微微一荡，突然开口向陈浅挑战："陈科长，我想跟你切磋一下。"

陈浅还没回答，一旁的钱胖子就连声说好："陈科长是神枪手，这谁都知道，不过小丫头你也不弱啊，听说你在军校里射击成绩是第一，你们俩赛一场，一定精彩，不过说准了，不管谁输都得请客，九重天。"

陈浅被他逗乐了，说："我发现不管什么事，你都能扯到吃上面去，难怪你胖呢。"

钱胖子呵呵直笑，吴若男却冷不防说："如果我输了，我请客，如果陈科长输了，还是我请客，不过，我想要那把枪。"

陈浅望望自己手里的那把柯尔特，那曾是戴老板的配枪，他爽快地点头："好，一言为定。"

一轮赛罢，已经比出了胜负，吴若男险胜陈浅一环，陈浅郑重地把那把柯尔特递给吴若男。

"归你了，希望你拿着它，多杀日本鬼子。"

"一定。"吴若男接过枪，俏皮地一笑，双颊莫名一丝绯红。

沈白露风风火火地走进枪房，钱胖子一见沈白露，忙不迭地叫Miss沈，接过她手中的糕点盒。

沈白露却不搭理他，径直走到吴若男身边，搭住她的肩膀说："若男，今天是你的生日，表姐给你订了全重庆最好的西餐厅，一起庆祝庆祝。"

"表姐，邱科长今天让我们在这儿练靶，一会儿还得写报告，走不了啊。再说，我也不喜欢过什么生日。"吴若男脸上的笑容渐渐消失了。

沈白露无视吴若男失落的神色，搂住她肩头，在枪房里转了一个圈儿："若男，我们去吃小蛋糕，喝花茶，用最好的陶瓷茶具。就坐我的车出去，风光一把。你舅舅心虽好，就是为人古板，从小不许我们出去。"

吴若男感激地看了沈白露一眼。见表妹开心了，沈白露开玩笑，嫌弃地按下吴若男手里的枪："你整天捣鼓这些刀啊枪啊，以后谁敢娶你啊，万一和那个老姑婆一样可就惨了。"

沈白露的声音又清又脆，吴若男吓得赶紧去捂沈白露的嘴："表姐，我求求你，你别瞎说了，我们是军人，练靶是应该的。"

钱胖子早笑得脸上的肉直颤，陈浅也禁不住微微一笑，沈白露的个性他倒是很欣赏，咋咋呼呼又不失可爱。

"Miss吴，你就和你表姐去吧，练靶的任务你已经完成了，至于报告，有我们就行了，邱科长回来有我担着。"

沈白露朝陈浅飞去一个眼风："陈科长，那盒萨其马是专门买来给你吃的，谢谢你上次陪我看电影，以后我表妹还要请你多关照，别让她一个女孩子老是冲冲杀杀的，干危险的事。"

吴若男连忙拉着沈白露往外走，生怕她再说出什么出格的话来。

钱胖子凑上来悄声问："陈科长，你和Miss沈看电影，你们……"

陈浅白了他一眼："朋友。"

钱胖子忙献殷勤："陈科长，咱们靶也练好了，去我那儿吧，我给你炒两个小菜，喝一杯，辛苦了一个月，让姓谢的抢了功，我们也去去这一肚子鸟气。"

陈浅一皱眉："你先回去休息吧，我还是得把报告赶完。"

"不用，咱们的报告啊，老汤会给咱们做得好好的，哪回不是他做啊！老好人，干事一丝不苟。"

"老汤，他也是个人物，听说还是关处长的同学。老资历了，业务能力也拔尖，怎么到现在还是个少校呢？"

一说起局里的人物，钱胖子顿时来了精神："他啊，他对当官没兴趣，感兴趣的就是那些翡翠啊古董烟斗啊。走，陈科长，去我那儿，咱们边喝边聊。"

陈浅和钱胖子离开时，还特意和老汤打了个招呼，但老汤眼皮都没抬，只是轻轻哼了一声，继续飞速地敲着打字机。他心里惦记的那个人此时已经在飞往上海的飞机上了。

邱映霞是三天后的深夜静悄悄地返回重庆的，还带回了一个人，一个被注射了大量麻醉剂，戴着黑色头套的人，几个狱卒把他抬进了望龙门看守所的单人牢房。邱映霞还特地叮嘱，除了局座、她和关处长，任何人都不能提审这个犯人。

邱映霞回到家，简单洗漱了一下，睡了两三个小时，天刚亮就匆匆赶到了望龙门湖南会馆。会议室里灯火通明，却只坐着关山月、谢冬天、老汤三个人。

"邱科长辛苦了。"邱映霞一进门，谢冬天和老汤都起身打招呼，谢冬天露出招牌似的酒窝。邱映霞冷淡地点了点头说："谢科长，你也辛苦了。"随即把自己在飞机上赶写的报告递给了关山月。

关山月简要地翻看了一下报告，合起折扇在桌上猛地一敲："好，这次炸富士山号的行动真是干净利落，炸死了日方十几名高级官员，我方只损失了五六个弟兄，局座昨晚知道后非常满意，连连夸你和毛森是党国精英，还要向委座为你们请功。"

邱映霞微微欠身："我那点小小功劳不值一提。都是毛区长策划周密，上海区的弟兄们行动迅捷，他们长期在敌占区工作，精神可嘉，该为他们请功。"

"哎，这次要不是你的情报科及时破译了这份密电，又怎么能这么准确地制订行动计划？你肯定是大功一件，老汤也是功不可没。"

谢冬天在一旁也忙插嘴："邱科长女中豪杰，真是我辈学习之楷模啊！"

邱映霞并不看他，话锋一转，谈起了带回来的那个神秘人物："处座，我们埋伏在铁路旁，打算歼灭爆炸后从车上逃下来的日本人，有一个日本人枪法很出色，格斗术也很厉害，接连杀了我们几名弟兄，幸亏毛区长在暗处，给了他一枪，才把他抓住。我们发现他随身携带的证件是特高课的，名叫浅井光夫。最让人吃惊的是他还带着一封日本前首相之子犬养健写给井田裕次郎的信，让井田在浅井到沪后，一切都务必按照浅井的意思行事，尽快完成交接，以完成帝国之大业。我和毛区长都觉得此人身份非同一般，所以才连夜把他带回了重庆。"

关山月的一双三角眼在镜片后面闪着兴奋的光："做得好，这个人居然能把犬养健和井田裕次郎联系起来，此次来华一定是身负绝密使命，我们一定要想办法撬开他的嘴，局座已经把这个任务全权交给咱们情报处。我想，先把他移到中美合作所去，那里更加隐蔽。邱科长、谢科长、老汤，你们三个一起去，各展其才，去审他，不给他喘息之机，速战速决。我等你们的好消息。"

"是，处座！"三人同时起身敬礼。

邱映霞刚欲出门又停步转身:"处座,我还想举荐一个人,和我们一起去提审浅井。"

关山月轻摇折扇:"我猜猜,陈浅,对吗?"

邱映霞难得地一笑:"处座果然是洞若观火,陈浅曾经在日本留学三年,精通日语,也了解日本人,他参与审问肯定有帮助。"

"好,就通知陈浅也去中美合作所,你们三个主审,他旁观,有任何发现及时提醒你们。"

关山月说罢,捕捉到了谢冬天脸上闪过一丝不易察觉的恼怒。他暗想,戴老板这次是把两个孙悟空都放在我这儿了,不过,不管是谁,都别想逃出我这个如来佛的掌控。

第六章

似是故人来

浅井光夫从昏迷中渐渐苏醒,他稍微动了动身子,发现自己被固定在一张椅子里,双手被紧紧铐住。他努力睁开眼睛,环视四周,很快就清楚了自己的处境,他身处一间封闭的审讯室中,雪白的墙壁刺激着他的双眼,也让他混沌的脑子开始慢慢把发生的事串了起来。他从富士山号上逃下来,遭遇到军统的伏击,他本来可以突出重围,却被冷枪射中肩膀,一个女人冲上来,劈掌给了他颈部一击,他重重摔倒在地,被一拥而上的军统特工们绑住了手脚,注射了麻醉剂。浅井深吸了一口气,他在特高课接受的训练告诉他,马上就会有暴风骤雨般轮番的审问,此刻,他需要绝对的冷静。只要他不乱,对方就别想从他嘴里套出什么。

审讯室的门开了,一个女人走进了浅井的视线,准确地说,是一个穿着军统制服的女人,浅井认识这张脸,她就是那个给他一掌的女人,此刻仔细看她,算是个中国美女,只是浑身上下散发出一股凛然之气。从她的军衔上看,她至少也是个科长,没想到却亲自去现场实施爆破抓人,浅井倒是对她产生了一点敬意。

女人在浅井对面的桌子边坐下:"我是军统情报科科长邱映

霞，浅井先生，你知道你现在在哪里吗？"

浅井的神色已经平静而淡然："重庆，军统局，是邱科长你亲自把我送到这里的。"

"你很聪明，不愧是特高课培训出来的，既然你已经知道自己的处境，难道不想和我们合作，为自己争取一条最好的出路吗？喝点水，好好想想。"邱映霞说着，把一杯水端到浅井的面前。

浅井用戴着手铐的手捧起杯子，喝了几口，抬眼望了望邱映霞："邱科长，我们日本人不像你们支那人那么怕死，我们觉得能为天皇献身是一件荣耀的事，对一个不怕死的人，还需要什么出路吗？"

邱映霞沉默了一会儿，缓缓说："你虽然不怕死，可是你就不想想你的家人？你的父母，你的爱人，他们不希望你死。如果你能说出来华的任务，我保证你能平安地活到日本战败的那一天。"

浅井突然哈哈大笑，笑了好一会儿才停下来。

"邱科长，这真是世界上最好笑的笑话，我们不会战败，战败的是你们支那人！"随即他望向一侧的玻璃墙，一脸的得意之色，"你的上级同僚都在看着吧，邱科长，我们日本的女人都是很温柔的，如果你还想跟我谈下去，就去换身衣服，打扮打扮再来吧。"

邱映霞知道他在刻意激怒自己，她忍住气，用犀利的眼神死死盯住浅井。

在镀膜玻璃墙的另一边，老汤暗暗替邱映霞捏着一把汗，谢冬天则在等待着邱映霞的失败，他心里已经谋划好了一套审讯方案。陈浅比较放松地坐在沙发上，他知道自己的角色，旁观，尽量不发言，但是他第一眼看见审讯室里那个完全陌生的男人，却有种奇怪的感觉，似乎在哪里见过他，他的神态，他的语调，甚至他喝水时的样子，都似曾相识。谁呢？自己到底在哪里见过他呢？陈浅不断在心里问着自己。

邱映霞和浅井的谈话断断续续，当谈到他的家乡时，他似乎流露出了一丝伤感，要求再次喝水，于是，邱映霞转身去帮他倒水，就在那一刻，浅井抬起手臂，嘴巴开始努力地靠近袖口。

"啊！小心他要服毒！"监视室里的三个人几乎是同时喊出了声。

邱映霞当然听不见玻璃墙这边的声音，但是她却以不可思议的速度转身扑向浅井，一手死死托住他的下巴，一手奋力撕下那截袖口。就在浅井发出号叫拼命挣扎之时，一群便衣冲了进来，死死按住了他。

一个小时后，浅井光夫面无表情地一口一口吃着饭，他吃得很仔细，小心地把扬州炒饭里面的胡萝卜挑出来放在一边，他的手边还搁着一杯咖啡，那是他自己要的。按照谢冬天的吩咐，满足他的一些要求，目的就是让他的神经放松，为后面的催眠审问做好准备。

老汤透过玻璃墙望着浅井，略显担忧："浅井看来受过很严格的训练，催眠对他未必管用。"

邱映霞喝着手里的咖啡，悠悠道："那就要看看这位谢科长的本事了。"她扭头问站在身后的陈浅，"你一直没说话，看出点什么了吗？"

陈浅欲言又止，斟酌着说："这个浅井，他在扮演别人，他在刻意隐瞒自己的真实身份。"

"怎么说？"老汤和邱映霞齐声扭头问。

"他的脸部肤色明显比身上的肤色更白皙，这不符合常理，正常人都是身上的皮肤因为藏在衣服里会更白皙一些。从侧面看，他下巴的线条很僵硬，和整个脸部都不协调，我怀疑他整过容。"

老汤和邱映霞都禁不住再一次望向浅井，仔细地盯着他那张脸，他究竟是谁？

谢冬天推开门走了进来，他竟然换了身白色西服，看起来就更没有一丝军人的戾气。

"浅井先生，我是谢冬天，很高兴认识你。这杯咖啡是我亲自煮的，你还喜欢吗？"

浅井的眼神阴沉而锐利："你是军统的人，至少和刚才的邱科长平级，少校科长，你想怎么样，软化我？"

谢冬天笑起来很有感染力，他笑着起身走到浅井身后，双手搭在他的肩膀上，俯身在他耳边悄声说："浅井先生，其实我和你一样，也很讨厌刚才审问你的那个女人。我们不是敌人，我们甚至还可以做个朋友。"

"朋友？这不可能。"浅井嘴里虽然这样说着，但因为谢冬天明显示好的态度，他的语气并不那么坚决。

谢冬天的语气变得更加柔和："浅井先生，从上海到重庆，你已经两天都没合过眼了，你已经很疲倦了，你应该休息一下了，闭上眼，想象一下，这里就是你美丽的家乡，你的家就在一幢海边的小屋里，你躺在舒适的榻榻米上，枕头上散发着青草的气息。风从开着的窗户外吹进来，吹得挂在窗口的一串风铃微微地响着。你睡着了，睡得很香很沉。"

浅井的眼皮开始慢慢沉重起来，虽然他的意志告诉他，这是个圈套，但是，对于家乡的强烈思念还是战胜了他的意志，他渐渐向后靠去，闭上了眼睛。

谢冬天的嘴角闪过一丝得意的笑容，他绕到浅井前面，继续催眠："浅井先生，你太累了，睡吧，睡吧，放松，告诉我，你的家乡是一个美丽的海滨小城，对吗？"

浅井闭着眼，喃喃地答道："我的家乡在长崎，那是一个非常美丽的小城。"

谢冬天的声音很有磁性，不紧不慢："告诉我，后来你离开了家乡，去了哪里？"

"去了……去了东京，我在东京读大学。"

"那么告诉我，你的大学生涯顺利吗？你什么时候离开大学去了特高课？"

谢冬天的这句问话似乎戳中了浅井的痛处，他身躯微微扭动，似乎想从昏睡中醒来，但谢冬天轻轻地把一只手搭在他的手上，浅井又慢慢安静下来，继续喃喃地回答："我应征入伍，被派到中国打仗，在上海，我们和中国军队打，他们很顽强，我们冲锋了好几次都失败了。后来，有一个中国人绑着炸药冲到我们这边，炸药爆炸了，我受了重伤。"

"浅井先生，告诉我，你是怎么加入特高课的？"

"我，我受伤毁了容，被送回东京，我舅舅来看我，和他一起来的还有土肥原先生，他说，会给我请最好的整容医生，还说，让我伤好了以后就去他那里工作，不用再回到战场了。"

浅井的话虽然断断续续，但是隔壁的邱映霞和老汤都听得一清二楚。

老汤兴奋地拍了一把陈浅的肩膀："你猜对了，真有你的，还真的整了容！"

陈浅却并无喜色，他心中的那个疑问几乎呼之欲出：浅井真的会是自己认识的那个人吗？

谢冬天几乎掩饰不住内心的得意，他知道，浅井的心理防线已经在崩溃，只需一步，最后一步，他就能问出浅井来华的真正目的了。他俯下身，靠近浅井，微笑着继续问着："告诉我，你这次来中国，有什么任务？要和谁见面？"

浅井的眼皮微微颤动："我，我……"

他的内心似乎在进行激烈的斗争，只是反复重复着"我"字。

谢冬天已经等不及了，他连声追问："告诉我，你的任务是什么？你要和谁见面？"

"我，我要见井田大佐，我的任务是……是……杀了你！"浅井的眼睛突然睁开了，他双眼圆睁，一跃而起，用手上的手铐猛地勒住了谢冬天的脖子，死死地勒住。谢冬天猝不及防，被勒得双眼凸出，几乎透不过气来。

所有人都被这一幕惊呆了，一时没有人能做出有效的反应。守在审讯室门口的几个便衣手忙脚乱，却碍于谢冬天被勒住脖子，并不敢贸然开枪。

陈浅不知什么时候已经一步跨进了审讯室，他大喝一声："秋田，秋田幸一，你好好看看，我是谁？"

已经陷入半疯狂状态的浅井被这一声完全唤醒了，他凝神望向陈浅，好一会儿，他低低唤了一声："陈浅君，真的是你，陈浅！"

"是我，秋田，我是陈浅，是和你在一起住了三年宿舍的陈浅。"陈浅的脸上泛起了笑容，眼睛却微微湿润了，因为眼前这个男人就是秋田幸一，他以为已经在战场上阵亡的好友。

陈浅向秋田伸出了手。浅井似乎也为与陈浅的再度重逢而感动，他手上的劲不知不觉松了，谢冬天乘机从手铐中挣脱出来，退到一边，捂着脖子，大口喘着气。

浅井望着陈浅，突然龇牙一笑："陈浅君，真好，我没想到死之前还能见到你，我死而无憾了。"

陈浅感觉不妙，但已经来不及，浅井的手上竟然多了一把枪，那是谢冬天的枪,他反转枪口对准自己,扣动了扳机。几乎在枪声响起的同时,陈浅扑了过去。枪口被稍稍撞偏,浅井的胳膊上鲜血横流。

"快,送他去医院!"在陈浅的喊声中,便衣们才反应过来,一拥而上。

浅井躺在病床上,他听见轻轻的脚步声,知道是陈浅来了,他依然紧闭着眼,此刻他宁愿不要见到陈浅。

陈浅走到床前,凝视了浅井片刻,说:"秋田君,我记得你喜欢吃鳗鱼饭,不喜欢吃胡萝卜,每次吃饭你都会把胡萝卜挑出来。那时候我们俩都会在下课后去打工,你去的是居酒屋,我去的是澡堂,每次你都会把没卖掉的寿司悄悄拿回来给我吃,而我则会在澡堂打烊后悄悄放你进去洗澡。"

浅井依然闭着眼,陈浅知道他醒着,只是不愿意和自己对话。

"秋田君,那时候你跟我说,你的家乡长崎是多么美丽,一年四季都有灿烂的阳光和温暖的海风。你还教我唱《长崎的雨》,'被浓雾笼罩的外国船啊,汽笛向岛上的天空鸣叫。你怀念的荷兰坡,如果不停地走,肩上就会下起雨来……'"

"别唱了!"浅井突然睁开眼,眼神中射出一种可怕的光,"秋田幸一已经死了,死在战场上,他的墓地在东京郊外。我是浅井光夫,特高课的特工,你是中国军统局的少校科长,我们已经没有什么旧情可叙,你走吧。"

陈浅默默听他说完,才开口:"可是就算我当年站在秋田的墓前,我也没觉得他死了,我只是觉得他去了很远很远的地方,终有一天会回来。他说过,要带我去长崎玩,去看他父母,还有他心爱的樱子。"

"樱子"两个字似乎一下子击中了浅井的软肋,他的嘴唇微微颤抖:"别说了,别说了,别提她,我从战场的死人堆里爬出来,就是为了活着再见到她,可是,她却应征当了慰安妇,她坐的那条船在横渡海峡时沉了。从得到她的死讯的那一刻,秋田幸一就彻底被埋葬了,浅井光夫只为他的国家而活着。"

"即使他的国家发动了一场侵略战争,残杀了无数像樱子一样美丽善良的姑娘?秋田君,我知道你的良心没有死,只是在沉睡。"陈浅的语气稍稍激动起来,看得出来,浅井的内心焦灼,但他选择了闭口不言,扭过头去,不再看陈浅。

"秋田君,关于你这次来华的任务,我来说说我的推测,你可以保持沉默,只需要听着。"陈浅的声音具有一种非凡的穿透性,缓缓地到达浅井的耳膜中,"你告诉过我,你的舅舅是家族的骄傲,日本顶尖的科学家,而土肥原之所以招你入特高课一定也是因为你的舅舅,他们需要控制和监视你的舅舅,因为你舅舅的研究对日本的战争非常重要,于是他们利用了你。再查一查你母亲娘家的姓氏,不难知道你的舅舅就是仁科芳雄教授,他是军工领域的顶级专家。你随身携带的信件是犬养健写给井田裕次郎的,三个月前,你舅舅仁科教授来过上海,井田特地陪同他去了趟武义,有一种东西吸引着他们:萤矿石!而现在你被派来中国,只能做一种推测,日本军工远远不够的萤矿石,就在井田的手里,而你作为你舅舅的代表,是最合适的人选,来取走这些萤矿石。"

浅井沉默了好一会儿,才缓缓坐起身来,望着陈浅:"陈浅君,当年我就知道你是一个非凡的人,你的国家如果有更多像你这样的人,就不会变得像现在这样满目疮痍。"

陈浅明白,这就证明了自己的推测是正确的,他朝着浅井微微欠身:"秋田君,谢谢你,我希望你不要放弃,哪怕是一丝最渺茫的机会，樱子乘坐的船虽然沉没了，她是生是死还不一定，你要活下去，活到战争结束的那一天，也许你可以再次见到她。"

秋田的眼睛似乎被蒙上了一层雾气，他愣了一会儿，点了点头："陈浅君，你去请你们的长官来吧，我愿意和你们合作，但是有一些条件，我必须当面和她谈。"

陈浅暗暗松了口气，他多么希望秋田能活下去，能和他一起看到散去阴霾的晴朗天空。

陈浅走出病房，朝在外面等待的邱映霞和老汤微微点点头，向两人详细说明了情况。邱映霞赞许道："干得好，陈浅，我没有看错你！"然后和老汤一起进入病房。

秋田并不知道井田的具体计划，只要军统放他前去上海，他就会获取运送萤矿石的具体计划送给军统，条件是军统要保证他的安全，并帮助找回他的未婚妻樱子。邱映霞沉吟片刻，没有同意，秋田是否值得信任谁也无法保证。

病房外，谢冬天不服输的眼神死死盯在陈浅身上，一直到陈浅离开消失在走廊尽头。这次被压过一头，心高气傲的他无论如何也不能甘心。

情报科。吴若男冲进办公室："不好了，秋田自杀了！"

无异于晴天霹雳，陈浅立刻起身，飞快跑向病房。

病房的门被从里面锁住，等众人撞开门冲进去，浅井已经直挺挺地躺在浴室的地上，镜子的碎片散落一地。陈浅拨开众人，蹲下身，浅井脖子上的血管已经完全被他自己割断了，血不断汩汩而出，他望向陈浅，嘴巴轻轻翕动，陈浅虽然听不见，但也知道他在唱《长崎的雨》。

陈浅就这样看着浅井断了气，伸手帮他缓缓合上双眼。

邱映霞走上前，轻轻在陈浅肩头拍了一下："你尽力了，这也许是他最好的归宿。"

陈浅何尝不知道，这是浅井最好的归宿，从加入特高课的那一天开始，他就已经无法再有第二种归宿。这时，陈浅注意到浅井的手始终按着胸口，摸了摸，果然，从浅井胸口处的病服口袋里取出一张樱子的照片。

浅井绝不可能是自杀！

在陈浅告诉他樱子小姐还活着以后，浅井已经决定了要活下去，活到和樱子重逢的那天，所以他才会积极配合军统。这究竟是怎么一回事？陈浅心念一动，翻开浅井紧闭的眼皮，观察到他瞳孔聚集于一点，眼球干涩，说明死前长时间没有闭眼，也就是说，浅井是被人催眠的！

当邱映霞回到望龙门湖南会馆时，她看见了谢冬天的车早已停在门口，心里微微一震，连忙快步走向关山月的办公室，推开门的一刹那，邱映霞几乎以为自己的眼花了，没错，一个酷似浅井的日本军官正站在关山月的办公桌前。

"你……"邱映霞几乎习惯性地要拔枪又顿住，她发现那是谢冬天改扮的。

"谢科长，你的动作真快啊。"

关山月笑着用折扇一指："邱科长，你来了，怎么样，小谢的这身装扮是不是足以乱真？"

邱映霞没说话，绕着谢冬天走了半圈，停住脚步："谢科长这是要冒充浅井去上海吗？"

谢冬天双手交叉，行了一个标准的日式鞠躬礼："邱科长，我的计划刚才已经向处座汇报过了，浅井从被炸的富士山号上逃出，梅机关对他的生死一时无法判断，这时候我们有他的证件和随身的信函，冒他之名去上海把握非常大，值得一试。"

邱映霞沉吟了一会儿，转身面向关山月："处座，井田是梅机关双杰之一，他最为人称道的本领就是解读微表情，研究人的心理。浅井虽然和他没有见过面，可是他们有共同的朋友犬养健，井田又熟知特高课间谍的训练流程，谢科长虽然扮相不错，可是，他毕竟并不了解死去的浅井，难以骗过精明的井田，这一去，只要有一丝破绽，他就会死无葬身之地。"

关山月被邱映霞说中了心中的担忧，他望望谢冬天，又望望邱映霞，吐出三个字："有道理。"

谢冬天忙向前一步，急切地望向关山月："处座，不入虎穴焉得虎子，干我们这行的随时都是在刀尖上跳舞，哪儿有什么绝对的安全，这是一个绝好的机会，夺取萤矿石，接近井田，除掉他。"

"处座，我觉得冒名浅井的计划可行，但是有一个人比谢科长更适合：陈浅。"邱映霞轻轻的一句话一下子堵住了谢冬天的嘴。

谁也无法否认，陈浅当然是比任何人都更适合假扮浅井。

关山月的折扇在手中合上又打开，打开又合上，好一会儿，他抬头冲着谢冬天微微一笑："小谢，冒名浅井的事还是交给陈浅去干，他更了解浅井，但也别浪费了你这身本事和杀敌的热情，武汉站正在策划对日军警备队的一次大行动，你就去那儿露几手吧。"

"是，处座。"谢冬天愣了愣，随即敬礼。

关山月唰的一下收起折扇，眼神锐利："邱科长，此次上海行动代号：回娘家。陈浅任行动组长，其他人员由你来定，明天晚上出发。任务：夺取萤矿石，杀井田，白头翁将配合他们的行动。"

"是，处座。"

邱映霞知道白头翁是关山月在上海日伪高层精心布下的一颗棋子，除了戴老板和关山月，根本就没有人知道白头翁的真实身份。这次，关山月居然愿意动用这枚棋子，就说明他对这次行动的重视。

邱映霞走出办公室时，能感觉到谢冬天的目光如芒刺在背。她想，如果此刻谢冬天手里有一把枪，估计就冲她开枪了。

谢冬天刚回到行动处，就被陈浅一把按在扶手椅上，陈浅厉声道："谢冬天，说，是不是你催眠秋田诱导他自杀！"

谢冬天毫不慌张，抬手将凌乱的头发抹到脑后，露出一个无辜的笑容："陈科长，您对待晚辈真是太不温柔了。实不相瞒，这是处座同意的。"

"你说什么？"陈浅握紧了拳头，眼前谢冬天这张不似特工的漂亮脸孔，越看越可恨。

仿佛看出陈浅的恨，谢冬天眼里的笑意更明亮了。没错！这就是他一定要杀掉秋田的理由，因为那是陈浅的朋友。

"我已经向处座提交了万无一失的计划，不过可惜，最后还是便宜了你！快去吧，邱科长正在等你。"谢冬天拨开陈浅的手，口吻里已经没有了温度，"陈浅，我说过，别太心软。我不希望我的对手是个无能之辈。秋田只是颗小棋子，能套出来的情报就那么多，再留着他只会是个麻烦。"

吴若男得知自己被选中参加回娘家行动是在一个小时后，她开心得几乎跳了起来，但随即的一个念头竟然是千万别让表姐沈白露知道。可是，沈白露的爱慕者遍布军统各个角落，早有人一个电话告诉了她，Miss吴被邱科长选中要参加一次到敌占区的绝密行动。沈白露拎起小坤包，直奔望龙门湖南会馆。

沈白露气冲冲地推开邱映霞办公室的门，站成一排的陈浅、钱胖子、吴若男齐齐地回头望向她。

"表姐，你来干什么？"吴若男低低惊叫了一声。

沈白露却是直接冲着邱映霞嚷起来："邱科长，你们科里难道没有男人了吗？去敌占区这么危险的任务，你为什么偏偏选我家若男去！这么危险的差事，弄不好要死人的。不行，我不同意。"

邱映霞的脸色丝毫不起波澜："沈小姐，现在是战争时期，每天都在死人，吴若男既然加入了军统，就是准备好了为国捐躯，她是我手下的人，轮不到你来不同意。"

沈白露的俏脸顿时气得绯红："邱映霞，你就是不在乎我的面子，吴将军的面子你总是要给的吧，他现在正在前线带领部队浴血奋战，如果若男有什么事，传到他那里去，岂不是要影响士气，你担当得起吗？"

邱映霞还没有回答，吴若男已经急得跑过去把沈白露往外拖："表姐，你快走，也别扯上舅舅，我的事我自己拿主意，这次行动是我铁了心要去的，你要再无理取闹，我和你断绝关系！"

沈白露甩开她的手："死丫头，你小时候来我们家，我帮你梳小辫的时候，你忘了，你亲口说一辈子都要听露露姐姐的话，现在你说要跟我断绝关系？"

钱胖子见两人都动气，忙上来劝和："Miss沈，Miss吴，都别真生气，一家人不说两家话，大家都让一步。"

邱映霞猛地一拍桌子："好了，这是军统局，不是你们家，你们都先出去，我和沈小姐聊一聊。"

陈浅忙朝钱胖子使了个眼色，两人拉着吴若男出了办公室，轻轻关上了门。

吴若男苦着脸在走廊长椅上坐下，陈浅轻轻在她肩上拍了拍，给了她一个鼓励的眼神。十分钟后，门打开了，沈白露走了出来，望了一眼吴若男，说："若男，你也长大了，想干什么就去干吧，不过，千万要小心，平安回来，不然，我没法向故去的姨妈交代。"

说着，她眼圈就红了，掏出小手绢，一边擦着眼角一边转身而去。

吴若男愣了半晌，咬了咬嘴唇，还欲说什么，邱映霞站在办公室里唤了一声："你们都进来吧！"

三人再次走进办公室，发现桌上已经放了四个高脚酒杯，邱映霞正在一一斟满。

三人都不敢吱声，默默站定。

邱映霞举起其中一杯："风萧萧兮易水寒，壮士一去兮不复还！但是我希望你们三个这次去上海，既要完成任务，也要一个不少地给我平平安安回来！"

"是！科长！"

邱映霞先一口喝下，三人也都一仰头喝下。

邱映霞望望钱胖子："老钱，你还有一次后悔的机会，如果你的腰疼病真的犯了，我可以换人。"

"报告科长，我钱胖子虽然爱偷懒，但是日本人我必须打！"

钱胖子难得一本正经，吴若男被他的模样逗得忍不住笑了，又赶紧抿住嘴。

"吴若男，你也还有一次后悔的机会，如果你真的怕你表姐伤心，我可以批准你不去，这次的任务的确很危险，不一定能全身而退。"

"报告科长，我娘替我起了这个名字，就是让我像男儿一样，为国效力。我不怕死。"

邱映霞最后望向陈浅,神色凝重:"我知道,你早就期待重回上海,再次和井田一决高低了!但务必要小心,再小心,你自己的命,他们两个的命,白头翁的命,都在你一念之间。"

陈浅双腿一碰,行了一个标准的军礼:"是,科长,我一定不辱使命!"

邱映霞望了一眼窗外已经渐渐沉入黑暗之中的山城。

"那么你们就回去准备吧,时间提前了,今天夜里出发。为了协助你们,今晚军统上海区会向重庆发送一封密电,日谍浅井光夫被我方行动队俘获后又乘机逃脱。而这封密电被梅机关截获的同时直升机就会把你们空投在上海郊外。"

陈浅胸口激荡着难以言喻的悲伤和亢奋,秋田的死,抗日的重任,沉沉压在他心头。最后回望了一眼熟悉的军统局大门,却有种奇异的陌生感。但陈浅知道此刻自己不能有丝毫犹豫,他要做的就是战斗,战斗,直到生命最后一刻!

第七章

神龙见首不见尾

福煦路181号，一幢三层的英式小楼，灯火辉煌，人来人往。一辆黑色轿车绕过巨大的喷水池，稳稳地停在了楼前。身穿制服的门童快步跑下台阶，帮着拉开车门。八字胡戴墨镜的中年男子跨下了车，他手指上耀眼的四个金戒指和拎着的一个沉重的皮箱，暗暗传递着一个信息：咱不缺钱，就是来玩大的。随后下车的短发摩登女郎身材娇小，金色的高跟鞋在台阶上稍稍崴了一下，被墨镜男子一把搂住。两人就这么偎偎调笑着走进了旋转门，男子随手丢给门童一个银元，门童立即殷勤地接过他手中的皮箱，把他们一直引到了三楼的108贵宾包厢。

中年男子和女郎刚刚坐定，就有一个身材高挑的女服务生给他们送上了红酒、555牌香烟和时鲜水果。中年男子仰脖喝下一杯红酒，就开始吩咐服务生给他换了一堆筹码。玻璃弹子在轮盘中滚转不停，荷官不断报出数字，不一会儿，中年男子就已经输掉了一半的筹码，可是他丝毫不在意，一边大声吆喝着服务生去换更多的筹码，一边和身边的女伴调笑取乐。那烈焰红唇的短发女郎看来并不喜欢这新奇的轮盘赌，只是不断催促男子快带自己去购物，顺手把桌上那些筹码摆成了一个颇为精巧的卍字形。

身材高挑的女服务生第二次来给108贵宾包厢送红酒时，中年墨镜男赌兴正浓，而短发女郎显然有些坐立不安，百无聊赖。为了打发时间，她问女服务生西餐厅里有什么菜式，打算先去吃份牛排。中年男子显然对女伴的离去很不习惯，瞅了她一眼，瓮声瓮气地说了声："宝贝，你走了我的运气可就不旺了。快去快回！"

轮盘转了三次后，短发女郎回来了，还给她的金主带回了一碟生煎包子，娇滴滴地伏在他耳边说："科长，三层楼我都转遍了，没有发现卍字标志。会不会白头翁没有看见我们在《申报》上登的那个寻人启事，今天不会来跟我们接头了？"

陈浅笑着抚弄了一下吴若男的头发，轻声说："沉住气，白头翁能在日伪高层潜伏这么多年，绝不会有什么疏漏，她一定会来，我们要做的就是在这间包厢里等待。"

吴若男的心中漾起一阵涟漪，虽然她知道这是伪装，但是，她仍然很享受陈浅的柔情蜜意，也只有在此刻，她才能毫不掩饰地痴望着陈浅。

陈浅丝毫没有察觉吴若男的小心思，一种强烈的感觉浮上了他的心头，白头翁也许早就来了，她在观察着他们，因为在变幻莫测的上海滩，一个出色的间谍必须抱着怀疑一切的态度。他点起一支雪茄，一边抽着一边继续下注，眼角的余光却在不停地观察着这间屋子里的每一个人。一个脸色暗沉的扫地大婶此时正在打扫包厢，陈浅落下的烟灰，她连忙走过来弯腰扫去，一瞬间，陈浅看见她的手，那是一双跟她的脸部相比，过于白嫩精心修饰过的手。陈浅心中一动，继续吸着烟。

扫地大婶干完了自己的活，就拿着扫帚走出了包厢。陈浅立即朝吴若男使了个眼色，也缓缓起身，伸了个懒腰，嘴里叼着烟，晃荡着出了门，慢悠悠地跟着扫地大婶走过长长的走廊，一直走向最底层的地下室。

扫地大婶似乎并没有发现这个古怪的跟踪者，一边打扫着楼梯，一边自顾自走进了地下室。陈浅在地下室门前停顿了一下，前后仔细察看，并无其他跟踪者，于是，他扔掉雪茄，机敏地轻轻推开地下室的门。

地下室里一片黑暗，并无一丝灯光和声响，陈浅的脚刚刚踏出第二步，一阵疾风迎面袭来。陈浅一个侧身，躲过拳头，随即一个干净利落的擒拿手，抓住了对方的手腕，另一只手已经准确地找到了开关，轻轻一拧。

灯光亮了，扫地大婶虽然还是扫地大婶，但已经眼神犀利，身形笔直。

"我们一进包厢，你假扮的是女服务生，后来就变成了扫地大婶，脸部虽然很逼真，可惜你的手出卖了你，扫地大婶不该有一双保养得这么精致的手。"陈浅说道。

对方的眼神似乎流露出对陈浅的赞赏，但瞬间，她的手蛇一般从陈浅手中滑出去，身形一矮，往楼梯上跑去。陈浅拔腿追去，对方却是速度奇快，眼看就要跑到一楼。吴若男突然一个飘身，从楼梯处现身，拔枪指住了那假扮的扫地大婶。

"站住，不许动！再跑我就开枪了！"

扫地大婶猛地停住脚步，仰头定定地望着吴若男，似乎对她的突然出现非常震惊，陈浅正想喊住吴若男，告诉她千万别开枪，话还没出口，扫地大婶忽然转身，拔枪在手，朝着陈浅扣动扳机。她这一击完全令人料想不到，陈浅没听到枪声，只觉得左臂一阵剧痛，忍不住啊了一声，下意识地用手一捂。吴若男还没有从这突发状况中反应过来，扫地大婶已经飞一般地从陈浅身边跑过，重新跑进了地下室，擦身而过之际，一张纸牌准确地落在了陈浅的口袋中。

吴若男大惊失色，连忙跑到陈浅身边，捧起他的胳膊，急切地追问："你受伤了，你怎么样？怎么样？"

陈浅从口袋中艰难地掏出一块手帕，捂住伤口，皱着眉，低声说："我不要紧，白头翁的枪法很准，只伤了皮肉，不会伤到我的骨头。等会儿到了安全的地方，让钱胖子帮我把子弹取出来，再消毒包扎一下就可以了。"

吴若男听得一头雾水："你是说，刚才那个假扮扫地大婶的是白头翁？可是，如果她是白头翁，是咱们的人，怎么会拿枪射你？"

"她两次变换身份进入咱们的包厢，就是为了观察我们是否具备骗过井田的本事，故意露出手的破绽，把我引到这儿来，就是为了射我这一枪，因为她知道，井田绝对不会轻易相信浅井光夫能从军统手中顺利逃脱，我不挂点彩是无论如何都不行的。"

吴若男这时才恍然大悟，暗暗惊叹，这个白头翁心思缜密，果然除了陈浅，没人能够体会她的良苦用心。

"可是，她出手也太重了。"吴若男看见陈浅的伤口还是忍不住地心疼。

陈浅这时已经把伤口简单包扎住，再披好大衣，从外表看已经看不出什么了。

"走吧，此地不宜久留，我们现在就去安全的地方取子弹。"

"安全的地方？那我们现在去哪里呢？"

"白头翁已经帮我们安排好了！"

陈浅微微一笑，把口袋中的纸牌取出，翻了一面。纸牌背面赫然写着：国际饭店，1302，在前台取钥匙，美国商人斯蒂文为他的情人玫瑰所订。

陈浅直到走出181号坐进轿车，才紧皱眉头，流露出一丝痛苦的表情。"快开车！国际饭店。陈科长受伤了！"吴若男心急如焚，恨不能代陈浅去承受这疼痛。驾驶座上的钱胖子着急地踩着油门，被陈浅低低喝住："不，不要快，正常速度，这里是上海，任何异常都会引起梅机关和76号的注意！"

国际饭店号称远东第一高楼，从这间豪华套间的落地窗望去，上海滩十里洋场，风景尽收眼底。但吴若男丝毫没有心思去望一眼窗外，她迅速地拉紧窗帘，从卫生间取来毛巾，打开冰箱取出一些冰块。陈浅靠在沙发上咬住毛巾，钱胖子熟练地在酒精灯上消毒，用小手术刀切开皮肤，轻轻地用镊子从伤口处取出了一颗子弹。他的一系列动作娴熟流畅，吴若男几乎无法把眼前的他和那个耍滑偷懒的钱胖子看作一个人。

"好了，子弹取出来了！看来白头翁的枪法很好，子弹并不深，没有伤及骨头。我再给他打一针盘尼西林。按时服药，过几天就会好的！"钱胖子说着，手里的动作不停，已经快速包扎好了陈浅胳膊上的伤口。

陈浅从剧烈的疼痛中缓解过来，扫视了一遍房间，吩咐道："小丫头，老钱，我们快看看，白头翁都给我们准备了什么见面礼？"

当吴若男打开套房里间的房门时，她不得不佩服白头翁的精明和细致。一部最新的美式电台，十几把手枪，两把狙击步枪，日本宪兵和军官的军服，在上海需要使用的各种证件，甚至还有各种伪装精巧的窃听器和炸弹。最让吴若男心惊的是三颗注明装入了氰化钠的自杀纽扣。

钱胖子掂着一把狙击步枪走过来，看到那三颗纽扣，不由得呵呵一乐："白头翁真是想得太周到了，咱们仨一人一颗，万一进了日本宪兵队，不用受活罪了！"

"我想，她自己肯定准备了好几颗这样的纽扣，才能在上海潜伏十几年。"吴若男心里突然掠过一丝对这个神秘人物的同情，除去特工间谍这重身份，她只是个女人而已，很难想象，要有何等毅力，才能熬过那些孤寂危险的岁月。

"哎呀，这里还给我们准备了咖啡机和咖啡豆，老大昌的酥皮面包，真是了不得！这个白头翁啊，真是个会享受能战斗的女人啊，要是能跟我做个白头夫妻就好了！"一旦暂时远离了危险，钱胖子调笑的天性又开始显露，吴若男给他一个大大的白眼："做梦吧，你，人家看得上你？"

此时，陈浅已经坐在桌前，测试了一下电台的信号，给重庆发出了第一份密电。摘下耳机，他的眼光被电台边搁着的一本精装本《伊豆的舞女》所吸引。在日本留学时，陈浅就阅读了大量的日本文学书，川端康成就是他最喜欢的作家。然而，这本书出现在这个房间里，的确显得格格不入。陈浅拿起书，翻了几页，立即发现了玄机，那些看似无意标注在一行行文字下面的黑色小点其实就是摩尔斯电码。

"科长，这书有古怪？"吴若男磨好了一杯咖啡，端了过来。

陈浅一边默读着这些密码，一边回答："都是关于井田、浅井、犬养三人的资料，他们的喜好，家庭成员，非常详细，我必须在今晚把它们全部记下来，明天一早，我去梅机关，你留在这儿当联络员，管好我们的电台和所有的枪械，老钱去见毛区长，由他安排你进入井田最喜欢的那家古渝轩当厨师。"

钱胖子听见让他去上海最出名的川菜馆顿时来了精神，一跃而起："太好了，我得好好露一手，让井田那老小子吃不了兜着走。"

陈浅一笑："老钱，根据白头翁的情报，井田每周都会去一次古渝轩。抓住他的胃，让他离不开你！"

吴若男拿起一个伪装成打火机的窃听器，仔细瞧着："这个白头翁还真的是神龙见首不见尾，她给我们安排好了一切，可是面也不露一下，看来，只有她能联络咱们，咱们是别想找到她了！"

陈浅凝神思索了片刻："不，以她的谨慎和细致，她一定给我们留下了紧急联系方式。想想，还有哪里是我们没有检查过的？"

钱胖子和吴若男不约而同地望向卫生间。整洁豪华的卫生间里连一根头发丝都看不见，陈浅走到洗脸池前，望向那面椭圆形的金色镜子，垃圾篓里有一个切开的柠檬。陈浅一下子把水龙头拧到了最大，汩汩的热水喷薄而出，团团雾气瞬间漫上了锃亮的镜面。钱胖子和吴若男忙凑上来细看，一行黄色的字迹缓缓显露：我的联络频率……非紧急时刻不要发电。

"用柠檬汁在镜面上写字，说不定啊，这个白头翁就是一边喝着柠檬汁一边写字，我真是对她越来越仰慕了！"钱胖子虽然在军统局也算是有资历的，可是对白头翁的情况也是一无所知，她的档案早已经被销毁了，只有关山月清楚她的真实身份，即使当初陈浅被捕，他也不肯动用这枚绝妙的棋子。

陈浅掏出怀表看了一眼："现在到天亮还有不到五个小时，我们抓紧吃点东西，睡一下，天亮后各自行事！轮流守夜，我第一个。"

钱胖子和吴若男这时才感觉到身体的疲倦，来到上海这十几个小时，他们的神经一直紧紧绷着，不敢有丝毫懈怠。

当晨曦透过窗帘，吴若男从睡梦中醒来，推开卧室门，钱胖子正在把那些枪械、电台一一伪装藏好。他呢？吴若男四处环视。

钱胖子一笑，递给她一张纸条，那是陈浅的笔迹：

"注意安全，记得，你就是舞女玫瑰，每天早上不到十点不要出房间，舞女都是晚起的，早点都在酒店的餐厅吃，下午打扮漂亮去仙乐斯舞厅，跳舞，喝酒，观察学习那些舞女的做派。晚上回房间，放上音乐，再开始给重庆发报。我和你平时不见面，老钱隔一天来这里给你送一次餐，所有命令由他传递。"

吴若男拿起打火机点燃，看着纸条在自己手里慢慢变成灰烬，无数的忧虑一起涌上心头。陈浅马上就要见到井田，他能顺利获得井田的信任吗？

第八章

长崎的雨

　　梅花堂二楼的一个窗口，半开半合，一串江户风铃微微摆动。梅机关的人都知道，这说明情报科科长井田正在他的办公室里。

　　井田的确正端坐在桌前，十分钟前，他和荒木惟刚刚一起在影佐少将的办公室里经历了一场暴风骤雨般的咆哮，影佐的脸因为愤怒而扭曲起来："这是耻辱，梅机关的耻辱，你荒木，你井田，你们的耻辱，更是我的耻辱！军统在我们眼皮子底下炸了富士山号，帝国顾问团损失过半，犬养大臣的特使浅井光夫失踪。你们该知道东京的那帮政客会如何诋毁我们梅机关的谍报能力。"影佐阴沉的目光在荒木惟和井田之间打转，最后落在井田脸上。

　　"井田，荒木正在训练一批替身，计划潜入重庆军统内部给他们以毁灭性打击。你呢？你有什么计划？"

　　井田微微欠身："我觉得首先必须全力寻找失踪的浅井，活要见人死要见尸。其次，必须提醒军方及时更换他们的密码，这次如果不是密电泄露，军统不可能准确掌握富士山号上的情况。最后，我提议，对梅机关包括76号所有人以及外围人员都进行秘密的背景调查，查出疑点，找到埋在我们身边的那两个钉子，飞天和白头翁。"

他的这番话立即缓解了影佐的怒气。

"井田,很好,寻找浅井和秘密调查两件事就交给你去办。等我下次回东京面见内阁大臣的时候,我希望你有好消息让我一起带回去。"

井田和荒木离开影佐办公室时,心照不宣地相视一笑,他们都期待着日后能坐上影佐的位子,但谁也没有必胜的把握。

井田想到这里,伸手打开了他面前放着的一个精致的点心盒子,那是井田的母亲托人从东京给他带来的樱饼。井田拿起一个放进嘴里,樱花的气息混合着红豆的香甜在唇齿间缓缓绽开。他的神经慢慢放松下来,似乎在这一瞬间,他又变成了那个在故乡原野上夕阳下奔跑的少年,蹒跚学步的妹妹尤佳子咯咯笑着朝他张开双手。

轻轻的敲门声打破了井田的思绪,北川拿着一封信函走了进来,行了个礼:"大佐,浅井回来了,正在外面等着见您。这是他带来的犬养大臣给您的信。"

井田的精神微微一振,接过信看了几眼:"他回来得还真快!昨天截获了军统的密电,说他成功逃脱,今天他就回来了,说说,你看到他,有什么感觉?有疑点吗?"

北川思索了片刻,分析道:"他是个很干练的人,沉着,讲述从军统手中逃脱的过程,每句话都没有破绽,左臂上受了枪伤,身上有被折磨的伤痕。从气质和举动上看,具备我们大日本帝国特工的素质。最重要的是,他能说出犬养大臣和仁科教授所有的私人情况,让我不得不相信他的身份。"

井田点了点头,露出一个高深莫测的笑容:"有时候,正是毫无破绽才是最大的破绽,干我们这一行的,只能随时对所有人都保持怀疑。只要我们稍一松懈，就可能会落入万丈深渊。你让他进来吧，再去拿一瓶清酒，找几个家乡在长崎的人过来，我们应该好好地为庆祝浅井顺利归来喝一杯！"

北川心领神会，答应着转身而去。

陈浅目不斜视地走进办公室，站定对井田行鞠躬礼："井田前辈，初次见面，请多多关照！"

浅井光夫是犬养大臣的特使，仁科教授的外甥，身份的确非比一般。井田从椅子上起身，缓缓踱到陈浅身边，微笑着拍了拍他受伤的那只胳膊，说："浅井君，受苦了，你能成功从军统手中逃脱，真是天皇的庇佑，请坐。"

陈浅的眉头微微一皱，他是真疼，但随即就恢复了正常，在旁边的沙发上坐下，说道："其实我这次能侥幸逃出，也是全赖前辈您的威名。军统拷打审问我的时候，一直在问关于您的事情，后来我假装答应他们，协助他们暗杀您，把您引出来，才被他们带到了梅机关附近的街上，我假装穿过马路去打电话，乘机攀上一辆路过的电车。他们虽然拼命追赶，但碍于是公众场合，无法开枪，近身又被我击退，只能眼睁睁地看着我逃离。"

井田在陈浅对面坐下，凝神望了他片刻，说："浅井君，我早就听说我在军统的暗杀名单上排在前五位，你能想到利用这一点，说明你才智过人，不愧是土肥原阁下亲自选中的人，你的舅舅仁科教授一定会为你骄傲的。记得我上次在上海见到他，他和我还聊到了你的母亲——他的妹妹，是一位非常聪明的女性，曾经也很想报考东京的大学，只是由于被迫嫁给你父亲，所以丧失了学习的机会。"

陈浅从白头翁提供的资料中得知仁科教授只有一个妹妹，十八岁嫁人，二十七岁病死，她是否真的聪慧倒是无从知晓，但是陈浅了解日本男人，他们和不熟悉的人是不会谈及自己的家人的。

"我母亲在我的印象中就是一位慈爱平凡的母亲，总是微笑着哄我，可惜她在我幼年时就去世了，我并没有什么机会去了解她的人生，这也是我一生最大的遗憾。"

陈浅脸上流露出微微伤感的表情，倒让井田联想到了自己的母亲。

"浅井君，你如今是大日本帝国的精英，相信浅井老夫人在天有灵，一定会很欣慰的。我的母亲也一样，是一位平凡但坚韧的女性，为了我们兄妹几个吃了很多的苦，完全牺牲了自己的人生。请尝一尝，我母亲从家乡给我捎来的点心。"

井田说着，把那个精致的点心盒子推向陈浅，陈浅忙垂首双手接过："谢谢您，前辈，这是我莫大的荣幸。"随即，他轻轻用手拈起了一个樱饼，放入口中，虽然在日本留学时，陈浅也尝过不少日本的点心，但这次他是发自内心的赞叹："真是太美味了，樱花淡淡的香气和糯米的味道混在一起，真像……像第一次在樱花树下吻的姑娘的嘴唇，永远难以忘怀。"

这个比喻显然让井田大为赞赏，井田露出了笑容："浅井君，看来你也是一个多情的人哪。在你的家乡长崎，是不是就有这样一位美丽的姑娘在等着你回去亲吻她？"

陈浅也笑了："就算有也是少年往事了，我倒是觉得，在中国也有很多美丽的姑娘，在等着我们去亲吻她们的嘴唇。前辈，您说呢？"

"对，中国，所有美好的一切，都该属于我们大日本帝国，不管是土地、城市、珍宝，还是美丽的姑娘。浅井君，我们正是为此而奋斗。"在这一瞬间，井田眼神中表露出的贪婪和冷酷，让陈浅的内心涌起恨不得扑上去扼住他的咽喉的冲动，但陈浅露出一抹残忍的笑容，轻轻握紧拳头，接过井田的话头：

"是，前辈，谁阻挡了我们，我们就要毫不留情地消灭他们，不管是军统，还是共产党。"

这时，敲门声响起，井田眉头一挑："浅井君，我想，是你的同乡们来了！"

果然，北川带来的三个日本军官都是地道的长崎人，众人互相见礼之后，重新落座。

陈浅和三个军官热情地聊起天来，长崎的风景、特产、人物，他无不侃侃而谈。井田只是默默地听着，偶尔插一句，但他探究的目光始终都围绕着陈浅。众人说到荷兰坡，都是一脸的向往，谈到著名的长崎鸡蛋糕，竟然都说出了各自母亲做的独特配方。陈浅健谈，说起人物掌故更是引人入胜，大家都被他吸引住了，有个粗壮的军官更是大声说，要不是在梅机关内，真想和浅井君好好喝一杯！

北川此时默默地端来了一瓶日本清酒和几个酒杯。井田笑着把酒放在茶几上："虽然影佐将军规定，不能在工作时间饮酒，但今天是个例外，浅井君平安归来，又遇到了你们这些同乡，我觉得可以喝一杯。"

北川缓缓地给每个酒杯都斟上酒，井田率先拿起一杯，陈浅也拿起一杯，轻轻嗅了一下，一脸的陶醉："神户的菊正宗！真是在本土也不容易喝到，前辈真是太让我感动了！"

众人纷纷仰头饮下一杯，井田笑道："我听说，你们长崎人喝酒时都喜欢唱一首歌。"

"对啊，大佐真是见多识广，我们长崎人哪，就喜欢边喝酒边唱《长崎的雨》。"

"是，《长崎的雨》，几乎每个长崎人都会唱。"

"以前我爷爷一唱《长崎的雨》就会跳起舞来！"

众人附和着，陈浅也点着头，他心里已经明白了井田的用意，虽然经过训练一个特工可以说流利的日语，但是，如果想唱正宗的当地歌曲，对于没有去过长崎的人来说，还是极其困难的事情。无疑，井田不会放过任何一个测试他身份的机会。

肃立一旁的北川很及时地又给众人斟满了酒。

第二杯酒下肚，一个军官带头唱了起来："被浓雾笼罩的外国船啊，汽笛向岛上的天空鸣叫。你怀念的荷兰坡，如果不停地走……"

其他几个也跟着哼唱起来，这些平时杀人不眨眼的军人，此时唱起家乡的小调竟然都满怀伤感。井田微笑着，目光却并未离开陈浅。

陈浅起初并未跟唱，但在他们开始第二段时，他喝完了第二杯，用他那富有磁性的嗓子娓娓唱起："如烟花绽放，三天三夜热情不减，在你强劲的臂膀中燃烧着，怀揣再也不见的悲伤……"

陈浅曾听浅井光夫，不，应该是秋田幸一唱起过这首歌，他知道这是一首怀念家乡、怀念久别恋人的歌，淡淡的忧伤和舒缓的曲调他都掌握得恰到好处。在酒精的作用下，几名军官的情绪都开始激动起来，跟着打起节拍来，摇头晃脑地唱着，有一个竟然唱得眼中微微泛起泪光，声音颤抖喑哑起来。

陈浅心中有种说不出的怪异感，这些日本军人视中国百姓的生命如草芥，杀人取乐，对妇孺儿童也从不手软，但此时却能因为一首家乡小调而勾起心中伤感，他们究竟是恶魔还是尚存感情的人类？

四五杯酒下肚，井田猛地起身，高举酒杯："诸位，这一杯让我们献给伟大的天皇陛下！祝愿我们大日本帝国早日实现大东亚共荣!"

其余众人纷纷起身,跟着举杯嚷嚷着:"献给天皇陛下,早日实现大东亚共荣!"

几名长崎籍军官离开后,井田已经恢复了他平素那张看不出喜怒哀乐的脸:"浅井君,你受了伤,需要好好休养一段时间,如果一个人住不太方便,这样吧,我家里的院子很宽敞,只有我妹妹尤佳子和我住在一起,你就先搬进来住吧,等你的伤好了,再给你安排单独的住处,你看怎么样?"

陈浅微微欠身:"多谢前辈,只是怕打扰了你们!"

"不要紧,我妹妹很喜欢家里人多,她总说中国人家里都很热闹,我们家太冷清,她一定会很高兴你搬来住!这样,我们还可以喝喝酒,聊聊天!"井田故意把最后一句话意味深长地拖长了语音。

"那,恭敬不如从命。"陈浅知道,井田要把他放在身边,进行进一步的监视和观察,他不能推辞。随即他话锋一转:"大佐,犬养大臣派我来,是为了和您接洽萤矿石的事情,他认为战争形势不容乐观,我们应该早做准备。我舅舅……"

井田打断他,淡淡地说:"浅井君,犬养大臣的意思我都明白了,你先养好伤再说吧,萤矿石的事情没有那么简单,需要好好地筹划一下。你现在先去拜见一下影佐将军。等会儿,北川会送你去我家,再陪你购买一些衣物和生活用品。"

"好。"

陈浅走出办公室那一刻,还能感觉到井田的目光牢牢地粘在他背上,他知道,他和井田的较量,刚刚开始。

北川俯身低低问道:"大佐,你觉得浅井刚才的表现有疑点?"

井田并未回答,而是用手指敲着桌子,轻轻哼起《长崎的雨》

中的两句：

"在你强劲的臂膀中燃烧着，怀揣再也不见的悲伤……"

北川从未听过井田唱歌，没想到他竟然有一副相当动听的嗓子，一时不敢吱声。

井田唱了两句，停住，望着北川："北川，长崎的港口经常停泊外国的轮船，很多女人为了养家糊口在那里接客，外国水手往往和她们一夜风流走了就不再来，于是，她们就会唱起这首《长崎的雨》。所以，长崎人唱起这首歌是悲伤的，因为他们的母亲姐妹就很可能曾经是这些女人中的一个。浅井的歌声里，身体语言里并没有悲伤，他只是在技巧纯熟地唱歌，并没有去怀念他的亲人，当然，也许可以推测，他在长崎根本就没有亲人。"

北川微微一惊："那么，难道他是假冒的浅井光夫？大佐，我们要不要立即把他控制起来？"

井田摆了摆手："不，别忘了浅井光夫是毁容之后，重新整容并接受了土肥原将军严格的训练。在他们的训练中，有一项就是通过催眠对过去的记忆进行掩埋。他不再是原来的那个人了，他对家乡亲人的感情可能都已经淡漠了。所以，这一点并不能证明他是假冒的浅井，却可以证明他是一个优秀的特工。"

北川琢磨着井田的意图："所以，您才把他留在您身边，好随时监视和观察他。"

"一个特工面对我们，绝对会打起十二分的精神，不露一丝破绽，但面对尤佳子和秋子，他就不会那么戒备，或许会流露出一些他的本性。用不了多久，他是真浅井还是假浅井，就会渐渐露出端倪。"

北川恍然大悟："大佐这一招就叫请君入瓮。不过，我会再给您家里多派一个小队的宪兵守卫，以确保尤佳子小姐的安全。"

"不用担心,秋子是我亲自训练出来的优秀特工,连影佐将军都很赞赏她的能力,有她在,谁也无法伤害尤佳子。你去送浅井,告诉秋子,留意他的一举一动,随时跟我联络。把这盒樱饼带给她,告诉她我今天晚上会回去吃饭。"

熟悉井田的人都知道,山口秋子虽然名义上是井田家里的女管家,但三年前井田夫人病逝后,她已经是实际上的女主人,加上尤佳子对她的依赖,她在井田心目中的地位非比寻常。但即使是北川,也是今天才知道,秋子竟然也是梅机关的秘密特工。

"是,大佐,我会安排人在院外监视,只要浅井离开您家,他的一举一动都逃不过我们的眼睛。"

北川离去后,井田起身走到窗前,用手拨动那串江户风铃,悦耳的铃声似乎触动了他久远的记忆,他喃喃自语:"浅井光夫,你的眼睛,似乎让我想到了一个人,一个已经不存在于这个世界的人!"

井田猛地转身走到桌边,按下了呼叫铃,一个日本兵走了进来,立正行礼:"大佐!"

"让76号行动队队长周左到我这里来一趟,立刻!"

井田再次望向窗外,清晨的阳光已经消失无踪,淡淡的雾气不知从何处飘来,梅花堂被紧紧包裹其中。

第九章

尤佳子的鹦鹉

陈浅没有想到，井田的住宅是一幢具有江南园林风格的花园洋房。绿草如茵，花木葱郁，院中甚至还有一弯小桥，几株蔷薇寂寞地生长在石桥一侧，颇具中国古典的诗意。据说这宅子原本是李鸿章的孙辈所有，叫丁香花园，后来几经转手，被井田暗中授意买下。门口也看不见明显的卫兵，从外表看，就是一位富商的宅子。走进大门时，陈浅瞥见了那块钉着的姓名牌：井田裕次郎，医生。这当然是井田的掩护身份，不时走过门前的普通市民并不会知道，这里住着的竟然是梅机关的顶尖间谍。

身穿素色和服的山口秋子袅袅婷婷地从客厅的台阶走下来，躬身迎接："浅井君，北川君，欢迎两位，茶已经泡好了，请进屋品尝。"陈浅和北川也忙躬身还礼。

一个照面，陈浅已经感觉出了这个女人的不一般，虽然妙龄已过，但眉梢眼角尽是风情，仪态高贵温婉，但手指关节处又明显有老茧，那是长期握枪练习留下的痕迹。

难道她也是梅机关的特工？陈浅脑海中迅速搜索出白头翁提供的秋子的情况，东京医院的护士出身，因为长期照顾井田的母亲和妹妹，而得到他的信任，得以进入井田宅，在他夫人去世后，全权管理井田家的家务。既然能在井田左右多年，绝不是凡人。陈浅提醒自己要万分小心。

三人在客厅的榻榻米上落座，秋子双膝跪下，从一个白泥小炭炉上取下一个铁质茶壶，双手高高举起，为陈浅和北川斟茶。两人先颔首谢过，再端起茶碗，陈浅抿了一口，放下。

"天目茶碗配上玉露茶，秋子小姐泡的茶真的令人饮之忘俗。"

秋子恰到好处地一笑："浅井君，您过奖了，井田君也很喜欢玉露茶，他说，玉露茶有一种不食人间烟火的味道，能让人暂时忘却这纷乱的战争。"

陈浅抬头看了看客厅墙上挂着的《寒江独钓图》和院中特意培植的日式盆景，赞叹道："井田前辈真是志趣高雅，赏景，品茶，读诗，看画，看起来是一名神仙隐士，但心中又藏着我们大日本帝国的霸业，就像是中国的诸葛亮，扇子轻轻一摇，那些反日分子就灰飞烟灭，我们这些人真是望尘莫及。"

一向沉默寡言的北川此时也忍不住插话："大佐常常说，他很希望能生在战国时代，像那些大名那样，为荣誉和家族而上阵冲杀。哪怕力战而死，也会觉得很幸福。"

秋子也喝了一口茶，眼睛里微微闪着光："是啊，井田君最喜欢的历史人物就是第六天魔王织田信长。他常说，大丈夫不做英雄就做魔王。"

"不做英雄就做魔王！"陈浅和北川两人都对这句话啧啧称赞。三人又闲话了几句家常，北川告辞而去，秋子便引着陈浅来到后院小楼，二楼已经为他准备好一间带卫生间的客房，房间里收拾一新，日常用品样样齐全，连换洗的浴袍都整整齐齐地放在床上。

秋子请陈浅沐浴休息，自己则去吩咐厨房准备点心和饭菜，今晚尤佳子会从学校早点回来,井田也会回家吃饭,所以晚餐格外隆重。秋子走后,陈浅迅速地扫视了一下房间,轻手轻脚地在电话机下面,沙发后面,灯罩里面,浴室里仔细搜检了一遍,确定没有窃听器之后,他才走到后窗前,推开窗,点燃了一根烟,一边缓缓吸着,一边把后院的地形仔细观察了一番。小楼后有一处池塘,池水静谧,只漂浮着几朵睡莲。陈浅的目光落在爬满紫藤的院墙上,那墙并不十分高大,如果是自己,只需攀上墙边那棵香樟树,三两下就可以出去,墙外的小巷想必安插了井田的暗哨,一个大活人爬出去肯定很显眼,但如果想和外界建立联系,这里的确是个不错的选择,比如可以在那棵树上设一个鸟窝作为与军统联络的死信箱。陈浅正想着,一个尖细的声音突然在身后响起:"哥哥,来吃饭,哥哥,来喝茶!"

陈浅心中一震,忙熄灭香烟,转身望去,却没看见人。那个声音继续在门外响着:"哥哥,来吃樱饼,哥哥,来陪我玩!"

陈浅大步走过去,推门而出,红漆栏杆上一只蓝色的虎皮鹦鹉被惊动了,扑棱了几下翅膀,欲飞起但最终又停下,只转动着圆溜溜的眼珠盯着陈浅。几分钟后,陈浅坐在圆桌边,这只鹦鹉已经乖乖地站在陈浅的手臂上,美滋滋地等着陈浅从桌上果盘中拿起一粒松子喂给它。

"小家伙,告诉我,你是怎么逃出来的?是不是你的小主人忘了关好笼子?"陈浅边喂边逗着它。

鹦鹉就像能听懂他的话,咕噜咕噜地叫了几声,煞有介事地点了点头。

"你是个单身汉,还是有妻子儿女?你一个人逃出来,难道不管他们了吗?这是不对的,男人要有担当。再说你也飞不远飞不高,离开这个院子你就得给别人烤着吃了。"陈浅竟像教育孩子似的教育起了鹦鹉。

"烤着吃了,烤着吃了!"鹦鹉大声地重复了这几个字,神气活现地望着陈浅,似乎在说,怎么样,我学会了你的话。陈浅还未笑出来,楼板传来一阵咚咚的跑步声,一个留着齐耳短发,穿校服裙,胖嘟嘟的小女孩出现在了门口,皱起可爱的小鼻子,佯装发怒地叫道:"小蓝,你怎么飞到这儿来了,刚才找不到你,吓死我了!"

陈浅笑着举起手臂:"尤佳子,欢迎回家。别担心,小蓝只是飞来这儿陪我聊聊天!"

尤佳子好奇地打量了一下陈浅,站定行了一个鞠躬礼:"您好,我不知道家里来了客人,欢迎您!"

陈浅忙起身还礼:"你好,尤佳子,我叫浅井光夫,是你哥哥的朋友,打扰了!"

尤佳子走过来拿起一粒松子喂给小蓝,歪着头问道:"浅井先生,您也和我哥哥一样,是医生吗?"

陈浅沉吟了一下:"嗯,就算是吧。不过你哥哥是帮人治病的,我却可以帮动物治病。"

这下可勾起了尤佳子的兴趣,她马上拉着陈浅去看她养的小兔子和小鸡,让他帮着看看,它们是不是健康。

井田走进客厅的时候,尤佳子和陈浅正一起坐在钢琴前,弹唱着日本民歌《樱花》,稚嫩的童音和宽厚的男中音配合得恰到好处,秋子在一旁含笑打着节拍。井田的脸色微微变了变,随即又马上挂上了温和的笑容。

"尤佳子,哥哥回来了!"

尤佳子一听到哥哥的声音,立即像小鸟一样飞了出去,投入井田的怀抱。

陈浅含笑看着这对年龄悬殊的兄妹，心中突然升腾起一股复杂难言的感情。

这顿晚餐吃得宾主尽欢，秋子亲自下厨做了天妇罗、鳗鱼饭、豆腐汤和各色寿司，陈浅由衷地赞叹就是在东京也难得吃上这么精美的料理。井田笑眯眯地听着妹妹说着学校的各种见闻，不时叮嘱她要和同学们相处好，可以带她们来家里玩玩。秋子则在一边殷勤地布菜斟酒，陈浅假装微醉，伏倒在桌上之际，瞥见井田悄悄从桌下握了握秋子的手，两人四目相对，眼中尽是柔情蜜意。

秋子领着尤佳子先去安寝了，两个男人直喝到夜凉如水，互相搀扶着走出客厅，一步步踩着月光，深一脚浅一脚地走向后院。井田突然在陈浅耳边低声说："浅井君，我虽然今天第一次见你，但很奇怪，你身上总有种很熟悉很熟悉的感觉，一瞬间会觉得你像一个人，一个可怕的敌人，不过，还好，我确定那个人已经死了，已经烂成了泥土化成了灰。"

陈浅扭头望向井田，含含糊糊地笑着问道："前辈，您说什么，我像谁？谁死了？我是差点死在战场上，不过，土肥原阁下又让我复活了！哈哈哈！"

陈浅笑着突然犯起了恶心，他甩开井田，跑到石桥边，大口大口地吐着。月光下，井田的脸上已经丝毫没了酒醉的痕迹。他冷冷地望着陈浅的背影，周左的话在他耳边响起："大佐，可以百分之百地肯定，蝎子已经死了，有军医的医疗记录证明他患了狂犬病，荒木科长亲自去查看过，还有我们的人亲眼看着他埋下去。如果您还需要确认，我明天一早就带人去挖一下那片乱坟岗。"

这一夜，陈浅睡得很香，自从到达上海，他还是第一次睡得这么踏实。尤佳子也睡得很香，小脸上挂着酒窝，因为哥哥答应几天后她过生日时要好好陪她玩一整天，还要送她一个很特别的礼物。只是井田失眠了,他书房里的灯光一直亮着直到凌晨,秋子去给他送早点时,看到他伏在桌上,手边搁着一本《伊豆的舞女》,那是井田最喜欢的一本小说。她轻轻放下盘子,帮井田披上一件大衣,就悄悄退出了屋子。

之后的几天,陈浅足不出户,安心地养伤,秋子精心照料他的饮食和伤势。陈浅每天闲了都会去教小蓝说话,还会坐在后院的凉亭里读书,甚至还会写几笔书法,他的楷书和行书都得到了秋子的称赞。

陈浅和秋子越来越熟悉,这也让他差点露了破绽,秋子给他送来了荞麦面和几种酱料,他不假思索地就唰唰加了几勺辣酱,还未动筷子,就感觉秋子的目光有意无意地多瞟了他几眼。长期待在重庆的陈浅自然是已经习惯了火辣的口味,可是作为一个长崎人的浅井光夫却应该喜欢清淡的面食。陈浅意识到了自己的失误,于是,他低头吃了几口,忙猛喝几口水,咂着嘴说:"辣酱放多了,太辣!"一旁的秋子低头笑了,马上给他换了一碗。

这可能是一个无所谓的细节,但也可能是一次致命的失误,陈浅在心中提醒自己,小心,小心,再小心!

井田每天早出晚归,好几天都没有和陈浅照面,但是他每天都能收到秋子的报告,关于陈浅的一切举动。这个浅井光夫毫无疑点,但是井田还是要挖掘分析,因为这个世界上,唯一可以让他完全信任的大概只有尤佳子了,即使是北川和秋子他也要抱几分怀疑。

尤佳子生日这天,陈浅准备了一个木头做的鸟窝送给她,并且陪着她把鸟窝放在了那棵香樟树的树杈上,在爬上树的几分钟,陈浅看见了一个工人推着粪车缓缓地走过,他确定那是军统的人,因为这工人肩膀和袖口各有一块补丁,肩上还搭着一块白色毛巾,那是陈浅告诉钱胖子的联络暗号,看来钱胖子和毛森已经顺利联络上了。陈浅知道,只有这个工人每天都按时走过这条小巷,他不会受到那些在井田家附近守卫的暗哨的怀疑,如果有一天事出紧急,这将是一条可用的联络线。

这一天,井田回来得很早,他和秋子带着尤佳子去了大世界游乐场玩了一下午。傍晚时,汽车来接陈浅,当陈浅看见古渝轩的大招牌时,他眼前浮现出钱胖子挥汗如雨地在厨房里边颠勺边唱小曲的样子。

包厢里,早坐了一干人等,尤佳子一声欢叫,扑向其中一个穿着朝鲜服装的小姑娘,和她紧紧拥抱。原来,井田为了让尤佳子开心,特意邀请了她的同学和老师。各式正宗的川菜一道道端上来,麻婆豆腐、水煮鱼,众人吃得如痴如醉,秋子亲手烤制的蛋糕送上来时是宴席的高潮,尤佳子闭着眼睛默默许愿,吹灭蜡烛的一刹那,陈浅看见她指着井田和秋子,与身边的小姑娘说着悄悄话,然后两人一起捂着嘴巴笑。

宴席接近尾声时,井田叫来经理,问他是不是来了新的厨师,经理连连点头,随即一脸憨笑的钱胖子走进了包厢,给大家行了一个滑稽的鞠躬礼。当钱胖子给井田报了一遍他打算推陈出新的新菜谱后,井田决定,以后每周钱胖子上门给他做一次家宴。钱胖子点头哈腰地送井田一行到酒店门口,感谢北川递给他的一笔不菲的小费,还顺便给每位宾客送上了一小坛他腌制的泡菜。陈浅走过他身边时,丢下了一根吸了一半的烟,两人交换了一个心照不宣的眼神。

陈浅一回到丁香花园自己的房间里,就先拉好窗帘,随即打开泡菜坛子,用手指轻轻伸到底部,很快取出一个用塑料袋包裹好的纸条。纸条上是吴若男接收到的电文,关山月来电:据白头翁情报，萤矿石已经运到上海，但不知藏匿的具体地点，务必尽快取得井田的信任，探知萤矿石的所在。刺杀井田的计划由白头翁单独进行，双线并进，不到紧急时刻，不要联络。

陈浅读完把纸条丢进咖啡杯中，用小勺不断搅拌着，直到它完全融入，成了碎片。

咚咚咚，一阵敲门声让陈浅的神经微微一震，他一边问是谁，一边拿起咖啡杯走到卫生间里，把杯子里的东西全部倒下，又按下了冲水按钮。

"我，尤佳子！"

陈浅诧异地打开门，尤佳子有点不好意思地递上一碟子蛋糕："浅井叔叔，你送给我的鸟窝我实在太喜欢了，刚才你没有吃到蛋糕，我特意给你留的！"

陈浅接过蛋糕，摸摸她的脑袋："太感谢了，小寿星，今晚要是吃不上你的生日蛋糕，那是我一生的遗憾！"

尤佳子突然调皮地转了转眼珠："嗯，你能不能猜出我今晚许了什么生日愿望？"

陈浅啊了一声，故意连着猜错了好几次，才吃了一口蛋糕，说："是不是希望你哥哥能早日娶到新嫂子？"

尤佳子拍着手笑得眉毛弯弯："猜对了一半，我是希望我哥哥早点娶秋子，然后他们再生一个小宝宝！我们一家人早点回到静冈，和母亲姐姐她们生活在一起。"

"你的愿望一定会实现的，因为你对小动物那么好，是一个善良的小天使！"陈浅心中的温情在一刹那如涨潮的春水般漫了上来，他多么希望尤佳子永远不要知道哥哥的真实身份。

"浅井叔叔，下周是我的小学毕业典礼，你一定要来参加。哥哥、秋子、你，你们就是我最喜欢的人。"

"好的，我还要扎个大风筝给你当毕业礼物！"

陈浅送走尤佳子时，钱胖子已经赶到了国际饭店的1302房间，吴若男急匆匆地把那半根烟小心地拆开，烟里藏着陈浅的密信："耐心等待，我已经取得井田初步信任，以后每周六晚上八点小丫头都去仙乐斯舞厅，我会不定时地去。如果我邀请你喝一杯格瓦斯，那就是安全的，如果没有，你不要和我交谈，立即离开。"

吴若男有些失望地喃喃自语："不定期，究竟是哪天嘛，也不知道什么时候才能见到他，还好，他现在都安全。"

钱胖子在一旁擦着手枪，憋不住地笑："反正我每周去井田家炒菜，我能见到，到时候我告诉你，他是胖了还是瘦了。你还是好好把舞步练好，看你那身子僵的，你真当舞女啊，就得喝西北风！"

吴若男冷着脸，白了他一眼，走进了内室，不一会儿，欢快的舞曲响了起来。

第十章

毕业典礼上的致命礼物

　　第五日本国民小学内，旗帜飞扬，鼓号齐鸣，由于学生家长都是在上海各界有头有脸的日本人，所以毕业典礼办得规模盛大，尤佳子登上舞台领取优秀毕业生奖状时，小脸蛋激动得微微泛红，眼睛一直望着台下的哥哥，井田则一边向她竖起大拇指，一边举着照相机不时帮妹妹拍照。陪同而来的陈浅和秋子在一旁向其他学生和家长赠送着各式和果子。这也是今天的一项活动，学生之间互赠自己或者家人制作的小点心，以增进学生之间的友情。

　　秋子的妆容永远那么精致柔美，举手投足永远那么优雅迷人，陈浅从她身后望去，这个女人的身上像是笼罩着一层迷雾，她温婉沉静的外表下究竟掩藏着一颗怎样的灵魂？或许也像井田一样过着双面人生，是个血债累累的梅机关间谍。陈浅想到这儿，后背微微泛起一丝寒意。

　　秋子转过身，含笑递给陈浅一杯茶："浅井君，辛苦了，你的伤刚刚痊愈，昨晚还一直陪我和尤佳子做和果子，多亏有你的帮忙，今天才能送给尤佳子的同学好吃的点心。"

　　陈浅微笑着接过茶，望了一眼在草地上和同学们笑成一团的尤佳子："秋子小姐，你知道生日宴会那天，尤佳子许了什么愿望吗？"

秋子顿了顿，莞尔一笑："我想，她是希望哥哥早日找到一位新嫂子，得到幸福吧。"

"不过我要告诉您，您不知道，尤佳子心目中的这位新嫂子就是您吧。用中国人的话说，您和井田君也是郎才女貌。"

陈浅一句巧妙的恭维却让秋子脸上的笑容消失了，她悠悠地叹了口气："我知道尤佳子的心思，可是，我也知道，井田君非常怀念他去世的太太，井田太太是井田君学生时代的初恋，是他最尊敬的老师涩谷教授的独生女儿。井田君曾经发誓十年内不会再娶。所以，能够陪伴在井田君身边，照顾他和尤佳子，我就心满意足了。"

陈浅颇为诧异地哦了一声："原来，井田君心里还有这样一份深情。他能有你这样的红颜知己，真是太幸福了。"

两人正聊着，尤佳子在不远处兴奋地招手让他们过去合影。陈浅和秋子忙放下茶杯，走了过去。尤佳子拉着井田和秋子的手，站在他们中间，笑得像花儿一样灿烂。众人合影完毕后，校长又特意走过来和井田打招呼，感谢他对学校的大笔捐资，赞美尤佳子的乖巧和勤奋。众人寒暄之际，陈浅习惯性地环视了一下校园，却发现身着便服的北川正在远远的钟楼下朝这边警惕地观望，而几个穿梭在草坪上送茶水果盘的服务生的眼光也总是落在井田的周围。看来，井田看似完全私人的出行，其实还是进行了非常周密的布置。这也是井田最难对付的地方，他似乎没有一个时刻会放下戒备之心。

一个穿朝鲜服装的小姑娘捧着两个精美的食盒走了过来，食盒上扎着彩色的缎带，还贴着写有名字的纸条。她恭恭敬敬地向井田和校长行礼。陈浅认识她，这个小姑娘就是那天生日宴会上和尤佳子说悄悄话的那个，叫彩英，是一位朝鲜富商的女儿。

"这是我和我妈妈亲手做的寿司，请校长和井田医生品尝一下！"

校长接过食盒，称赞了彩英，就告辞转身去接待别的家长了。秋子也接过了写有井田尤佳子纸条的食盒，井田笑着摸了摸彩英的头："谢谢你，彩英，也希望你继续做尤佳子的好朋友！以后多去我们家陪尤佳子玩。"

彩英再次低头行礼，陈浅望见她的脸，她竟然紧紧咬住嘴唇，似乎在努力克制内心的恐惧和痛苦。

尤佳子完全沉浸在喜悦之中，走过来拉着好朋友的手："彩英，你今天就到我们家去玩吧，好不好？我们一起教小蓝说话，看小兔子。"

彩英拉着尤佳子的手，犹豫了一下，回头望了望不远处树下站着的一个三十多岁穿朝鲜服装的女子，小声说："对不起，尤佳子，今天我妈妈要带我去码头接爸爸，爸爸出差刚回来。下次吧，下次我再去你家看小蓝和小兔子！"

尤佳子显然很失望，但她懂事地让彩英赶紧去接她爸爸。望着彩英和她妈妈匆匆离去的背影，尤佳子还是忍不住轻轻叹了口气，拉住陈浅的手："浅井叔叔，还是你陪我回家去做风筝吧！你不是说要做风筝送给我吗？"

陈浅嗯了一声，但是他心里却在想另一件事，为什么彩英刚才低头时会有那样古怪的神情，为什么她刚才离开时会回头望了一眼尤佳子，眼神中充满了愧疚。

秋子生怕尤佳子不开心，就指了指手里的食盒："尤佳子，还有彩英送的寿司，我们回家再打开一起吃，一定很美味！"

尤佳子又重新高兴起来，拉拉井田的衣角："哥哥，我还想吃上次你买的萨其马，我们回家的路上也去买点！"

"好吧，小馋猫，你想吃什么咱们就去买！"井田疼爱地点了一下妹妹的鼻子，兄妹俩有说有笑地走在前面，陈浅和秋子跟随其后，一行人就往校外走去。

陈浅的目光落在尤佳子手中的食盒上，上面贴有一张纸条，写着尤佳子的名字，虽说小孩的字迹本就歪歪扭扭，但最后一笔有明显的颤抖，写字人是在紧张中写就的。刚才所有的家长分发点心时都没有贴上名字，只是随意地分发，可是彩英送来的这个食盒上专门写了名字，还有……彩英的表情。

尤佳子一脸幸福地走在草坪上，明媚的阳光照亮了她脸上细小的绒毛。陈浅内心艰难地挣扎着，如果这真是一次针对井田的刺杀行动，他的一句话无疑会让彩英和她的妈妈处境非常危险，可是如果不指出疑点，又可能会牺牲尤佳子这个无辜女孩的性命。

当陈浅走到停着的汽车前，尤佳子和井田已经坐在车后座上。陈浅不动声色地往彩英离开的方向望了一眼，不见彩英母女的身影。陈浅默默祈祷，希望在自己故意拖延的这段时间里，彩英和她的母亲已经顺利逃离了险地。

"砰！"平静的校园里响起一声惊心动魄的枪声。

"抓住那个女人！"紧跟着是一声日语的高呼，周围的人群瞬间嘈杂起来，家长和学生四处逃窜。远处一队日本宪兵冲入树林中，似乎在追捕什么人。

一个日本宪兵急步赶到车窗前，向井田汇报："报告！有人身上藏着枪，走火了。我们的人已经去追捕，想必她逃不远！"

"怎么回事？我早就下令严查，不许任何可疑人士出现。一群废物！"井田连忙跳下车，指挥调动更多日本宪兵。

尤佳子透过车窗望去，不断到来的日本宪兵迅速占据了整个校园，原本欢声笑语的人群已经是惊恐一片。受到惊吓，不明就里的尤佳子努力想探出车窗外，怀里的食盒从她手中松脱。

"小心！"陈浅飞身上前，稳住了尤佳子手中的食盒。他明显感到食盒的重量比一盒正常的寿司要重一些。不能再拖了！他当机立断，脱口而出："食盒的重量不对！尤佳子，千万不要松手。"

"怎么回事？"井田绕过来，盯着食盒，他明白了，"浅井君，你的意思是这可能是个炸弹？"

"不错！"陈浅此时和尤佳子共同抓紧食盒，尤佳子小鹿一样的眼睛惊恐地望着陈浅，"刚才我感到炸弹摇晃了一下，为免发生意外，不能再动它了。"

此言一出，所有人都凝固在了原地。

"难怪，彩英平时是很活泼的，今天我发觉她有些奇怪，但因为她是尤佳子的朋友，是个小孩子，我就忽视了这一点。"说着，井田摸了摸吓得不敢说话的尤佳子，安抚她平静下来，又俯身去轻轻掀开了那个食盒的盖子。果然，一个由手表改装的微型定时炸弹赫然其中。

"北川，你立刻联络宪兵队派人过来拆除炸弹，封锁学校以及附近的几条街道，搜捕彩英和她的妈妈，时间很短，她们不会走远！"井田吩咐着已经从后面跑过来的北川。

"时间来不及了。"陈浅看了一眼手表的计时，只剩三十秒，"交给我吧，我接受特工培训时学过拆弹。"

陈浅并不擅长拆弹，但他一眼就看出，眼前这个炸弹的组装方式十分熟悉，正是军统内部培训中的自制炸弹方法。

"尤佳子，你是一个勇敢的小孩对不对？"听到陈浅的话，尤佳子苍白的脸上显出坚定，她点点头。

"好,现在我要放手了,你一定得把食盒抱紧,不能动。"得到尤佳子的肯定,陈浅慢慢松手,将食盒的重量转移到尤佳子的手上。陈浅转头对井田说:"请下令,所有人疏散到安全距离外。"

井田看了尤佳子一眼:"别怕,我、秋子和你在一起。"秋子把双手放在尤佳子微微颤抖的肩上,温暖的笑容给了尤佳子莫大的安慰。

陈浅取出车上的工具盒,里面只有钳子、剪刀、拆刀和螺丝刀等简易工具。手表外部错综复杂的起爆回路像一团乱麻纠缠在一起。排线十分混乱,只有剪断火线才能阻止炸弹爆炸,而一旦拆错,他们就将死于非命。

要找火线,首先要找出正极。陈浅知道军统特工的做法,他们会把电池仓的正极和负极的样子调换,故意迷惑拆弹人。因此陈浅反其道而行之,从伪装成负极的正极入手,从乱麻中辨认出那根火线。

正当陈浅将钳子伸向那根火线时,他突然发现排线方式与他熟知的略有出入,似乎哪里不对。特工的直觉让他在性命攸关的时刻仍没有放松警惕。陈浅拨开手表背面,发现原来下方还隐藏着一个炸弹,如果剪断这根表面的火线,第二重炸弹就会立刻引爆!

陈浅举起钳子,对准隐藏炸弹的火线,剪了下去。

咔嗒!指针停止了。

"炸弹安全拆除!"一滴冷汗顺着陈浅额头滴下。

终于摆脱死亡风险的尤佳子忍不住小声啜泣起来,钻进了秋子的怀里,秋子连忙轻声安慰。井田则一把搂住了秋子和尤佳子,看得出来,他也正经历着劫后余生的后怕。

此刻,陈浅的内心五味杂陈,他疑惑的是,这颗炸弹背后的制造者显然是军统内部人员，难道是白头翁？不是的！这种狠辣的心机，让陈浅想到了一个人。

尤佳子看向远处，几个同样穿着朝鲜服装的男孩女孩和他们的父母被宪兵们粗暴地推搡着去检查，校长正在焦急而无力地对面带杀气的北川竭力解释着什么。尤佳子全身都微微颤抖起来，她紧紧抓住了陈浅的手臂，压抑在心里的委屈翻涌上来："浅井叔叔，为什么，为什么彩英会要杀我哥哥和我，为什么这么多日本兵来抓人？我哥哥他是医生，医生是好人，是救人的。彩英和她妈妈，会怎么样，你们是不是会……"

陈浅不知如何安抚这个纯真的女孩，他只能轻轻拍着尤佳子的肩膀："不会的，不会的。尤佳子，很多事情你以后慢慢会懂的。"

这时，离学校不远的几条街道上突然响起了几声零零星星的枪声，刚刚平静下来的尤佳子又陷入一阵恐慌。北川坐着摩托车赶了过来，向站在树下指挥搜捕行动的井田汇报着什么。不一会儿，北川跑了过来，对陈浅和秋子行了个礼。

陈浅问："犯人都抓到了吗？"

北川望了一眼尤佳子，斟酌着说："那个孩子被人救走了，她妈妈抓到了，就是那个持枪的女人。大佐会亲自审问。"

尤佳子的身子又开始微微抖动起来，她拉拉陈浅的袖子："你去帮我看看彩英好吗？"

"好。"陈浅下车，跟着北川走进学校的后巷，满脸伤痕的朝鲜女人跪在地上被日本宪兵钳制着。见到陈浅，她狠狠朝他啐了一口。

井田随即赶到，显然他知道尤佳子的心思，下令让陈浅送尤佳子和秋子回家，不要插手此事。陈浅推测，彩英母女行动失误，只是普通民众自发采取行动，而非专业特工，但背后显然得到了来自军统的支持，而这个人正是谢冬天！

汽车缓缓开过井田的身边，井田朝着尤佳子微笑着挥手，尤佳子却把头转向另一边，泪流满面，陈浅听见她用几乎听不见的声音说："哥哥我讨厌你，哥哥，你骗我！"

这一夜，尤佳子发起了高烧，还一直在说胡话，断断续续地喊着妈妈，秋子彻夜陪伴照顾，快到天亮，烧才算退了下去。而井田直到第二天中午，才疲惫地归来，默不作声地去房间看了看熟睡的尤佳子就退了出来。他在走廊上碰见了手拿风筝打算去看尤佳子的陈浅，深深地鞠了个躬。陈浅也连忙还礼。

井田笑着看了看这个风筝："浅井君，昨天的事，非常感谢你，如果不是你惊人的洞察力，及时提醒，那帮朝鲜人的阴谋几乎得逞。你这样的人才，就不要想偷懒躲在家里做风筝了！你的伤应该已经完全好了吧？"

陈浅点点头："前辈，我的伤不碍事了，客随主便，我随时听候您的差遣。"

"76号最近在搞一个监测搜捕军统和中共秘密电台的行动。但是周左那帮人，勇猛有余，智谋不足，虽然追踪到一些信号，但总是差那么一步，没什么实质性的成果。你去吧，当他们的顾问，我相信你的能力。"

井田的笑容中含着赞赏，但也隐隐有一句潜台词，拿出你的真本事来，证明你是可以接触到核心秘密的高手。

陈浅双腿并拢，郑重地行了一个鞠躬礼。

井田抬腿刚要走，却又像想起了什么，望向陈浅，眼神中透出阴冷："浅井君，你知道吗？昨天那个小女孩彩英临死的时候，望着我的眼神，我现在都忘不了，那种骨子里透出来的仇恨，让我更加明白，对于这些劣等的民族，有时候我们想感化想教育，想让他们成为大日本帝国的顺民，那是不可能的。对这些天生的反叛者，唯一的办法就是消灭，消灭他们的肉体，摧毁他们的精神。"

陈浅被一种从心底涌出的痛苦整个笼罩了，当井田的脚步声消失在楼梯上时，他的拳头慢慢地握紧了。原来北川昨天对尤佳子说了谎，彩英并没有幸运地逃脱。犹如被梅机关杀害的不计其数的中国母女一样，她和她的妈妈也一定是经受了巨大的折磨才心怀仇恨死去的。

此前陈浅的志愿只是抗日杀敌，但不知何时，陈浅发现军统行事已经越来越偏离三民主义的信仰，如此轻视人命，有违他加入军统的初心。明知道谢冬天一派肆意妄为的作风，上级为了制衡，巩固自己的权力，对此视而不见。陈浅心里的失望越来越重。

"浅井君，你怎么了？脸色这么差。"秋子不知何时捧着托盘出现在面前。陈浅一惊，忙笑了笑："嗯，可能是担心尤佳子，昨晚没睡好，没事。您这是给尤佳子送吃的？"

秋子点点头："是啊，我帮她煮了点粥，昨天的事对她打击很大。不过也是坏事变好事，井田君刚刚走之前跟我说，上海现在形势很复杂，他近期会乘回国公干亲自送尤佳子回去生活。以前他一直舍不得和尤佳子分开，经过这事，他才下了决心。"

"那是好事。"陈浅陪着她一起走向尤佳子的房间，心里默默盘算，如果井田近期返回东京，那么，很可能就是为了护送萤矿石。但到现在井田对他这个犬养大臣特使依然只字不提萤矿石的事情，究竟打的是什么主意？难道他打算甩开自己单独行动？

第十一章

无法言说的重逢

陈浅离开重庆之前，曾经和邱映霞列出了可能会认出他真实面孔的人，排在第一位的就是76号行动队队长周左，而并不是井田。因为周左在审讯室里，曾和他面对面，眼睛对鼻子，他几乎都能看得见周左的鼻毛。

所以，当再次在76号和周左面对面站着时，陈浅知道这是一次真正的考验。周左的目光在陈浅脸上停留了几秒钟，才唰的一个敬礼："浅井少佐，欢迎您！您大驾光临，我们行动队真是如虎添翼！"

平时从来不咬文嚼字的周左突然吐出来这么几个文绉绉的词来，连一向不苟言笑的北川都不禁一笑。陈浅微微欠身还了个礼："周队长，你太客气了，我早就听说行动队是76号的精英，希望我们精诚合作，不负井田大佐和影佐将军的期望。"

周左心里暗想，这个人从架势和语气上一看，便是个十足的日本人，井田那家伙居然为了确认他的身份，愣逼着我从乱坟岗挖出一具腐烂得一塌糊涂的死尸来，真够变态的。但转念一想，从身形和脸型上看来，浅井的确和那个蝎子有三分相似。多年来养成的猎狗似的嗅觉，让周左不会放弃一个疑点。

回想当日审讯，周左记得他亲手将一个烧红的圆球放置在蝎子的肚脐上。尽管据称浅井作为老牌特工身上有大量伤痕，但他相信这种专门用来惩罚棘手人物的酷刑非常罕见，绝无可能碰到一样的伤痕。

周左刚走，陈浅便接到了体检的通知，一打听，原来整个宪兵队都如此，但陈浅意识到周左刚才的目光似乎要穿透自己的外衣，回忆着他当初是怎么折磨蝎子的。直觉告诉陈浅，这肯定是冲自己来的。

陈浅稍一定神，走入了检查间，日本医生掀起他的衣服，发出一声疑惑："浅井君，你的肚子……"

用于遮挡的白布猛然被掀开，早就隐藏其后的周左走了出来。然而周左见到的却是，陈浅的腹部被大片爆炸所形成的丑陋创口覆盖，肉芽导致整片肚皮坑坑洼洼，显然是旧伤。

陈浅不动声色："周队长！你这是哪一出？"

周左捏了一把冷汗，讪讪地说："我走错房间了，对，走错了。看到您的伤，对您为帝国做出的牺牲，真是很佩服……"

周左此时已经彻底打消了自己的怀疑。这个井田，把这样倒霉的差事交给自己，不就是出了事要他来背黑锅吗？周左恨不得抽自己一个嘴巴。

陈浅整理好仪表，拍了拍周左僵硬的肩膀。

之后的几天，陈浅毫不含糊地每晚跟着周左一起进行深夜巡查。76号一干便衣坐在日本人配给的设有最新无线电测向装置的车上，在前面缓慢前进，而周左和陈浅则坐在后面的一辆车里随时等候汇报和下达命令。陈浅翻看着周左递给他的巡查日志，了解到在过去的两个月里，行动队先后几次跟踪到一个在城区的神秘电台信号。可是,这个电台每次只发报十分钟,而且都在不同的街区,每当周左带人快接近目标街区时,这个信号就会自动中断。陈浅当然明白这就是毛森手下掌握的那个电台,他们的原则就是短时间发报,不断变换地点,来迷惑日本人和76号。于是,陈浅心里有了一个主意,他合上日志,看了看手上镀金的瑞士手表,面露一丝疲倦:"周队长,今晚也巡查了快两个小时了,大家都累了,我们先去吃点夜宵吧,然后再接着巡。"

周左自然是连连点头:"浅井少佐,本来就应该给你搞个欢迎宴,怪我,是我忙忘了,你喜欢吃什么菜,我请客!"

陈浅一笑:"我知道一家川菜馆,也是井田大佐的最爱,古渝轩。我请客,就当犒劳一下大伙这一段时间的辛苦。"

便衣们一听说吃夜宵谁不是欢欣鼓舞。这一晚,钱胖子的手艺让众人吃得杯盘狼藉,新顾问浅井少佐的豪爽大方也让行动队上下无不交口称赞。喝得七分醉的周左搭住陈浅的肩膀称兄道弟,醉眼蒙眬地笑着说井田大佐他没有一个人不怀疑,居然连少佐您都怀疑,还让老子去挖尸体,那尸体烂得连野狗都不啃了!陈浅心里微微一震,原来,飞天当初连替换的尸体都已经帮自己安排好了,真是毫无疏漏。那个身影在陈浅脑海一闪而过,他知道,和飞天重逢的时刻快要到来了。

这一晚,时隔半个月,吴若男终于再次听到了陈浅的消息。"他很好,脸色红润,西装笔挺,现在是76号行动队顾问,出手可大方了,一叠子钞票夹在菜单里点名给主厨,这帮狗日的太能吃,把我这老腰可累得快断了。"钱胖子笑着说,一边把一张钞票慢慢展开,用显影药水轻轻刷过,随即念道:"向重庆发电,我已进入76号,但未取得井田最终信任。望处座命毛区长能配合我行动,给井田尝点甜头。另,向小丫头问好,不知道她舞跳得如何了?"

吴若男一脸幽怨,摆弄着那把柯尔特手枪:"他特意问我了,我还以为他把我忘了呢。都一个月了,就上周在仙乐斯舞厅见到他一次,但按照他的规定,一句话也没说上。"

钱胖子烧掉钞票,故意逗吴若男:"玫瑰,别犯相思病了,发报!说不定啊,陈科长已经被一个温柔美丽的日本小姐给缠上了!"

吴若男小脸一冷:"他敢,要敢喜欢日本人,我一枪崩了他!"说着,放下枪,打开电台,熟练地发起电报来。

两天后,来井田宅做菜的钱胖子带来了陈浅等待的回音。于是,在夜间的巡逻开始前,陈浅对周左提出了一个抽水捉鱼的抓捕计划,也就是把以前发现过电台信号的街道在图上分别标出,划分成几个重点区域,然后让便衣们在各个区域蹲守,接着就是轮流停电,逼迫秘密电台的持有者为了发电报必须冒险转移电台。这个计划在一周后果然起了奇效,某个街区深夜蹲守的便衣发现一男子鬼鬼祟祟拎一大箱子出门坐车,便衣们拦住检查,男子拔枪反抗,受伤逃走。丢下的箱子里果然是一部最新美式电台,行动队顺藤摸瓜,找到男子的寓所,里面有各式枪械证件、金条银元,收获颇丰。行动队获得影佐机关长的亲口表扬,周左在76号真是挣足了面子。李士群亲自在家里举办舞会为浅井和周左庆功,觥筹交错的宴席上,顾曼丽作为周左的女伴姗姗而来,陈浅很有风度地请周队长的漂亮女友跳舞,两人四目相对,陈浅低声念了一句:"与君初相识,犹如故人归。"顾曼丽眼波流转:"原来浅井少佐竟然喜欢中国古诗。"

一曲舞罢,周左急忙上前拉着顾曼丽去给李主任敬酒。陈浅拿起一杯酒走到钢琴边坐下,双手随意在琴键上拨动一串音符,他在想，如何能找到一个机会单独见顾曼丽，表明自己的身份。

"浅井君，你看周队长已经佳人在怀，今晚你是不是要跟我们一起去军官俱乐部坐坐，那儿的姑娘都会做地道的和果子。"北川把一只手搭在陈浅的肩膀上，俯身低声问。

陈浅转过身，坏坏地一笑："改天吧，今晚我在百乐门还有一盘中国饺子要吃！"

北川一皱眉："小心，中国的饺子有刺，别吃坏了肚子！"

两人相视哈哈一笑。

宴会之后，陈浅被影佐亲自指定为派驻在76号的正式顾问，有自己单独的办公室。他又遇到过几次顾曼丽，她每周在固定的时间来为李士群和丁默邨看病，也会应要求治疗一下那些重要的囚犯。但整个76号都知道，漂亮的顾医生是周队长的心上人，只要她一出现，必定有人告诉周左，周左摆出一副这是我的女人，谁也别打主意的架势，几乎一直陪在顾曼丽身边，不让别的男人有可乘之机，所以，陈浅只能耐心等待机会，再跟顾曼丽说上话。几天后，周左奉命去租界抓捕几个撰写抗日文章的记者，陈浅从窗口望见顾曼丽又拎着药箱走进了76号的大门。于是，他立即解开衣领，捂着胸口，神色倦怠地靠在沙发上。便衣进门给他送饭时，看见浅井少佐一副不舒服的模样，顿时慌了神。陈浅微微睁开眼，吩咐他这是自己的老毛病，不要张扬，悄悄地去请顾医生过来看看即可。几分钟后，顾曼丽急匆匆地走进了他的办公室。简单的问询之后，顾曼丽拿出听诊器在陈浅的心脏部位听了听，又用手指扣住他的手腕数着脉搏。

"浅井桑，您除了心脏发闷之外，哪里还有不舒服的感觉吗？"

陈浅缓缓撩起自己左臂的衣袖，一字一句地说："顾医生，我这只胳膊上有一处旧伤，偶尔会感到疼痛，你看看，是怎么回事?"

顾曼丽的目光落在那处已经愈合，却还是肉红色的伤疤上，她当然认识，那是自己亲手缝合的伤口。她抬眼望向陈浅，陈浅也正在凝视着她，两人眼神交错，一切已经了然于胸。

"您的旧伤已经没有大碍，只需要静心调养就可以了。也许阴雨天会有点疼，但不用放在心上。"顾曼丽说着，伸手替陈浅把袖子慢慢放下来。

陈浅的心中漾起一股微微的暖流，眼前这个女子曾经冒着暴露的危险救素不相识的他于生死之间，她纤细的身体里藏着一个怎样勇敢而高贵的灵魂！

"谢谢你，顾医生，我希望这块伤疤每到阴雨天就会疼一下，让我永远记得那个帮我缝合伤口的人。"

顾曼丽莞尔一笑："这个世道，也许每个人或多或少都有点伤，但只要我们够坚强，迟早都能痊愈。"

陈浅正想再说什么，周左推门而入，原来他执行完抓捕任务就马不停蹄地赶回来，看见顾曼丽和陈浅独处，脸上多多少少有几分不悦，但碍于面子，只能和陈浅打招呼，又急着邀请顾曼丽去看晚场电影。

"浅井桑，这样吧，我再帮你开个中药方子，你这个毛病啊，需要好好地调养一下，你让人去药房抓药熬给你喝就可以了。"顾曼丽说着，起身坐在桌前，提笔写下了一张方子，递给陈浅。陈浅谢过，顾曼丽临出门时又回头叮嘱他，这个药方，一天一剂，按时服用，效果才最佳。

周左好奇地从门口走来："想不到浅井少佐对中医有兴趣？"

顾曼丽一惊，日本从明治时期起全面废止汉方药，绝大多数日本军官笃信西医，所以她往日替日本军官看病都是开西药，唯恐冒犯。这时一说中药，自然会引起周左的怀疑。

陈浅立刻回答："我一向对汉方感兴趣，只可惜日本国内中医行医已属违法。听说顾医生对中医钻研颇深，我自然是要讨教一二的。"

周左目光如炬，大步跨到书桌前，将手搭在顾曼丽腰间："哦，那我倒也想了解一二了。"

通过这个举动，陈浅明白了，比起怀疑他的身份，周左更在意顾曼丽和浅井独处一室这件事。眼见周左要看他手中的药方，陈浅忽然说道："中国不仅有神奇的汉方，更有佳人值得细细了解。"他话中指的明显就是顾曼丽。

原来浅井真的是看上了顾曼丽才有意接近，这戳中了周左的心事，顾曼丽虽与他交往，却始终没有答应他的求婚。这样一来，周左也没有心思再去想陈浅究竟是何许人了。

顾曼丽明白了陈浅的意思，忙打圆场："谢谢浅井少佐的欣赏，我要同周先生去看电影了。"周左得了这话，才定了心，撇下陈浅。

顾曼丽和周左离开后，陈浅告诉门口的卫兵他要安心地睡一觉，谁也不能打扰，随后就拉上窗帘，关好了门。他打开台灯，俯身桌前，凝视着那张密密麻麻写了二十几味中药的药方，以及煎煮，如何服用的方法。他知道，这一定是顾曼丽传递给他的某种信息，陈浅脑子迅速闪过种种电码的拆解方式：摩尔斯密码，不符合。需要母本的密码，也不会，自己并未事先和顾曼丽约定，她不可能带来密码本。仓促之间，她只可能用最简单最古老的密码来写下这张药方。拆字、藏头，陈浅想着，就拿起笔，开始把便笺上每一味中药名一一拆解开写下来，虽然能拆出一些字，但是却连不成一个完整的意思。陈浅略一思索，就发现这张便签纸上的字有细微的大小粗细之别，于是，他开始把那些笔画重的字拼接起来，这些字被一个个写在纸上，就拼出这样几个词语：

"三天后，四马路，吉祥书场，下午四点，长辈见你。"

陈浅长长舒了口气，随即把那张便笺放进刚才便衣送来的饭里，用筷子搅拌了一下，就着菜，大口大口地咽进了肚里。

他知道，密码里所说的长辈应该就是中共的上级，这是一群陌生的人，以前他曾经称他们为"共匪"，但这又是一群熟悉的人，因为他们和他一样誓死抵抗侵略者，还曾经冒生命危险保护了他。如今，他就要真正和他们面对面地去相识交谈，陈浅既激动又忐忑。

傍晚，陈浅打了个电话给秋子，告诉她，自己今晚可能会回去很迟，让尤佳子不用等他，自己去喂鸟。他知道，这个消息一定会传到井田耳中，他正需要这样的效果，因为今晚是他的每周例行活动，去上海各大舞厅找乐子，他需要被井田的耳目跟踪，做一个日本军人来到上海必然会做的事情，寻欢作乐。

陈浅大摇大摆地走进仙乐斯舞厅，在摇曳多彩的灯光下，他准确地捕捉到了吴若男的身影，她在舞池中随着欢快的节奏摇摆着臀部，那一身绿色团花旗袍颇为抢眼。陈浅径直走到幽暗处坐下，不动声色地观察着舞厅里的各色人等。

吴若男跳得浑身微微出汗，甩掉男舞伴，走到吧台边，要了一杯白兰地，点燃一支仙女牌香烟，悠悠吸着。一支玫瑰花从背后被递到她的眼前。

"请允许我把这枝花送给今晚这里最美丽的玫瑰小姐！"

吴若男慵懒地回身一瞥，陈浅一脸色眯眯地望着她。吴若男差点惊喜得叫出声，但随即接过花，故意喷了个烟圈在陈浅脸上："这位先生，看着好像很眼生，我们认识吗？"

陈浅在她对面坐下，握住她的手轻轻吻了下手背："一回生二回熟，鄙人浅井光夫。"

五六杯白兰地过后，两人看起来都有了几分醉意，陈浅搂着吴若男的腰，一边调笑着一边走出了舞厅的后门。冷寂的月光照在小巷的石子路上，四处除了狗吠再也听不见其他声音。吴若男觉得全世界仿佛只剩下她和陈浅两人，她紧紧依偎在陈浅的胸前，只希望时间就此停住。

"刚才跳得不错，老钱说你一定要见我，重庆方面有什么指示？"陈浅停住脚步，转了个身，用身体挡住巷口射来的灯光，在吴若男耳边低声问。

吴若男只得暂时收回心中罗曼蒂克的幻想，认真回答："处座来电，据白头翁情报，萤矿石已经运达上海，但不知具体藏匿地点。另外，井田正在实施一项针对共党潜伏人员的诱捕计划，叫钓鱼行动，近来似乎有了重大突破，接近中共重要人物。处座指示你，尽快弄清楚萤矿石的藏匿地点，拟定详细计划以夺取或者销毁矿石。对于中共，我们的态度是不接近不联络，如果井田对中共特工进行抓捕，我们可以浑水摸鱼，完成自己的任务。"

陈浅默默听完了她的话，好半天没有作声。

"科长，你……"

陈浅似乎回过神来："哦，知道了，回电处座，老钱已经通过北川的关系跟日本宪兵队搭上了关系，安排了几个毛森的人专门负责送餐。最近，根据他们的线报分析，井田从宪兵队调走了两个小分队，但具体去向很隐秘，还需进一步分析。根据各种迹象，井田有可能会要求我跟他一起护送萤矿石回东京，所以，我请求，夺取萤矿石和刺杀井田的行动由我一人执行，让白头翁继续潜伏。"

吴若男仔细记下陈浅说的每一个字，这时却忍不住抬头望着他:"这太危险了,处座不会答应。"

陈浅拍了拍她的脑袋:"小丫头,执行命令,你只管发报。后面,老钱继续负责跟宪兵队这条线,你继续管理好咱们的口粮,除了仙乐斯,你还可以跟着其他舞女去军官俱乐部跳舞,那儿日本军官多,多和他们聊聊,情报就是通过只言片语搜集,这点你得跟老钱好好学。"

吴若男点点头,她想多看陈浅两眼,这一别,又不知要多久才能再见。

陈浅从风衣口袋中掏出一沓子钞票塞到吴若男的手里:"别忘了你是舞女玫瑰,刚被第一个金主斯蒂文抛弃了,正在寻找第二个能包养你的男人。现在,拿着钱去请舞厅里那些舞女喝酒,向她们吹嘘你搭上了一个有钱的日本人。井田派来监视我的人说不定就在舞厅里,他们会听见你的话,从而确认我们的关系,为我们以后的会面设好伏笔。"

吴若男哑然失笑。

陈浅张开双臂又轻轻地拥抱了她一下,在她耳边轻轻说了句"一切小心,有事多请教老钱",随即戴好礼帽,转身朝着巷口走去。

吴若男张了张嘴,但她没有喊出声。她想,如果他们都能活着回到重庆,她一定要向表姐请教,如何才能走进一个男人的心里。

陈浅走出了巷口,此时,他的心却被一种巨大的不安感所缠绕,白头翁说,井田的钓鱼行动已获得巨大进展,那么,所谓中共重要人物会不会就是指顾曼丽呢?他有种冲动,立刻去顾曼丽的寓所提醒她已经危机四伏,但随即否定了这个想法,任何率性而为的举动都是危险的,他必须等待,等待三天后的那次约定的会面。

第十二章

吉祥书场的姐妹花

　　四马路上最多的就是地痞和妓女，所以当八字胡的陈浅一身短打扮，一脸邪气地走进吉祥书场，那个两鬓有些斑白的跑堂不敢怠慢，连忙把他请到靠近前排的座位，捧上各色瓜子点心和一壶碧螺春。陈浅刚落座没多久，一只从舞台上飞来的鸽子就扑棱棱地落在他眼前，把茶壶碰翻，茶水溢出，溅湿了陈浅的袖子。陈浅一皱眉，还没来得及责问，正在表演的魔术师一个箭步从舞台上跳了下来，摘下帽子，弯腰，一个法国爵士礼："先生，您刚一进来，白鸽就瞅着您飞来了，肯定是您的福气太旺了。这水主财，您身上沾了水，一会儿去对门的福聚财，不管玩骰子还是轮盘，都得赢！"

　　一旁的跑堂本来吓得脸色微变，此刻也连忙上前重新换了一壶茶，又是一番恭维，说陈浅今天必定旺财。

　　陈浅有些哭笑不得，用毛巾擦了擦袖子，打量了一下那魔术师：虽然穿着黑色礼服，却是个眉目如画盘着大辫子的姑娘，风姿飒爽。

　　"姑娘真是伶牙俐齿，承你的吉言，一会儿我一定去玩两把。

要是不赢你可怎么说？"说着陈浅朝桌上伸出手，口中咯咯作声，本来还在一蹦一蹦的肥鸽子竟也心领神会一般，扑腾一下跳到了陈浅手上。

陈浅将鸽子递给魔术师，她笑吟吟，转了转眼珠，却没有接，反而将手中的帽子盖在鸽子身上，凝视着陈浅，口中念念有词。忽然陈浅感到手中有重物一坠，凭着机敏的身手他迅速拿稳了此物。待魔术师伸手将帽子缓缓拿起，鸽子竟然不见了，变成了一盘热腾腾的饺子，顿时满场喝彩。

"先生，吃了元宝饺，年年赚元宝。出来玩就是图开心，赢了开心，不赢也开心，就像我，您不赏我开心，赏了更开心！"

陈浅被她这番巧妙的讨赏逗得微微一笑，随即从口袋中掏出两个银元扔在她手中的礼帽里："演得好，说得好，赏你，你开心我也开心！"

周围看客一阵哄笑，女魔术师忙谢过，朝陈浅俏皮一笑，重新跳上台去。坐在原地的陈浅悄悄摸了摸自己的手心，方才她在帽子下施展戏法时无意碰到了他的手，像羽毛一般，轻飘飘的，令陈浅心中微微一动。可要是刚才自己接不稳那盘饺子呢？这个小小的作弄令陈浅起了兴趣。往台上看去，她正在表演一个变扑克牌的魔术，博得满堂喝彩。这边忙着搬道具换场景，准备下一场的折子戏，陈浅掏出怀表看了一眼，时针已经接近四点。他喝了几口茶，望向门口，并没有顾曼丽的身影，只是跑堂又领进来几个青帮打扮的男子坐在旁边一桌。陈浅心中浮动着隐隐的不安，他决定再等十分钟，如果顾曼丽不现身他就立刻离开。舞台上的胡琴声起，《游园惊梦》刚唱了两句，那几个青帮男子中的一个突然拍案而起："唐老板，昨天我们大哥找你去唱堂会，你推说嗓子倒了不肯去，今儿这不是唱得溜溜的吗？你这是耍我们大哥啊！"

舞台上穿着戏服的女子被这么一喝，吓得战战兢兢，立在那儿不敢唱也不敢走。

书场老板见状忙出来打圆场，对这帮男子又是递烟又是哈腰，连声赔着不是，但这几个男子却不依不饶，非要台上唱戏女子亲自给他们大哥赔罪去。众看客虽然都心有不满，却没人敢吱声，窃窃私语之间，有人认出来，这帮人是四马路上出名的地痞。眼看老板就要挨打，舞台上的女子只得一步一挨过来，向领头的一个男子含泪鞠躬赔罪。那几个男子不肯就此放过她，一把抓住她的胳膊，不由分说就要往外拉。这时，一个女子急匆匆地从后台跑出，一下子拦在了唱戏女子的前面，大声喊着："青天白日，你们为什么乱抓人？还有没有王法？"虽然她换下了演出服，人们还是一下子认出来她就是刚才那个表演的魔术师。

"嘿嘿，又来一个，正好，两个小妞一起带走，今晚我们大哥可以左拥右抱了！"

这帮子地痞正叫嚣着，经过陈浅身旁，陈浅看中时机暗中伸出腿绊了地痞头子一跤。只见这地痞头朝前，猛的一下倒去，撞翻了跑堂手里举着的装满开水的茶壶，一壶滚水全泼在他脸上，烫得一脸红。地痞愤怒地转头四处查看，滑稽的样子引得大家都不禁大笑。地痞头子拔出随身带的匕首，正想发作，却被陈浅掀起衣角故意露出的手枪一下子镇住了，一时不敢再纠缠，招呼着其他几个地痞，悄然退去。

老板与众人都不明所以，只有女魔术师看到了是陈浅相助，朝他眨眨眼睛以示感激。正当风波平息，跑堂的慌慌张张地跑进来，嚷了一嗓子，日本兵来了，把整条街都封了，一家家地查呢，不知道是啥事。这下，谁也没心思再听戏了，纷纷起身各自散去。老板也忙吩咐伙计收拾东西，准备提早打烊。陈浅走到门口，就看到日本宪兵已经封锁了整条街，北川正带着几个梅机关密探在对面的一家茶楼门口盘查，虽然陈浅简单地化了点装，但是北川突然出现在这里，情况未明，他不能和北川直接撞上，于是他连忙转身，疾步往书场里面走去。谁知这个书场没有后门，他干脆转进了后台，推开化妆间的门，正打算找一扇窗户跳出去，身后一个脆生生的嗓子响了起来："小胡子，你是杀了人还是放了火？为啥一看见日本人就跑？"

陈浅猛一回头，竟是刚才表演魔术的姑娘，从一个大道具箱后面站起来，俏皮地望着他。她此刻一身蓝衣黑裙，放下辫子，褪去江湖之气，倒像个女学生。

陈浅松了口气："既没杀人也没放火，不过，我以前呢，砸过日本商店，偷过日本人的粮食，蹲过几天牢房，所以不想跟他们撞上。你呢，大家都走了，你怎么还不回家？"

姑娘眼神黯淡："我没有家，我是个孤儿，我就住在这里，老板管我吃住，我给他表演。"

陈浅一时不知怎么安慰她："不好意思，我不是有意勾起你的伤心事。那你自己小心点，我走了。"

陈浅转身欲走向窗户，却被姑娘叫住："小胡子，那个窗户跳下去是条死巷子，万一被他们看见，你跑不了。你藏到我的魔术箱里，保管他们找不到。"

陈浅犹豫了一下。姑娘甩了甩辫子，说："大男人，别婆婆妈妈的，我知道你是个好人，不然刚才就不会帮瑛姐姐出头，赶跑那帮流氓。快进去，信不信，我能把你变出这所房子去！"说着，她把挂在魔术箱门上的一块布帘掀开，做了个请进的姿势。

陈浅被她的爽快大方所打动，不再推辞，就一矮身钻进了那个魔术箱。那姑娘朝着他调皮地眨了下眼睛："待会儿，你会往下掉，别害怕！"陈浅正想说，姑娘，你叫什么名字，布帘已经被唰地拉上了，陈浅的话被硬生生憋了回去。

当陈浅移开米桶，从那个密道中爬出来时，正在灶间的唐瑛被吓了一跳，她啊了一声，随即露出了惊诧的笑容："是你，先生！"而同时陈浅也认出了眼前这姑娘正是吉祥书场唱戏的女子。

"是你，唐老板！这是哪里？"

"叫我唐瑛就行了，这里是我们来福戏班，是春草那个丫头让你走这个密道的吧，只有她和我知道这条密道。"

原来，唐瑛他们来福戏班租的房子和吉祥书场背靠着背，原本是一户清朝官宦人家的大宅，后来这家人败落，只能把宅子一分为二，卖给了两家。而原本房子中藏着的一条为了躲避战乱而修的密道，却无意间被两个姑娘发现了，她们约定，谁也不告诉，只有两人会悄悄从此进出。

陈浅弄清了原委，就急着告辞，唐瑛欲挽留却不好意思开口，只能把炉子上蒸的桂花糖糕用手绢包了几个放在陈浅手中，羞涩地一低头："先生，你刚才救了我，不知怎么谢你，这几块糖糕不成敬意，但是是我亲手做的，请你尝尝。以后有时间请多来书场听我唱戏。"

陈浅不忍心拂了她的好意，接下谢过转身欲走，却差点与气喘吁吁跑进门的春草撞个满怀。春草揉着脑袋，一瞪眼："小胡子，你别逃了，日本人突然间都撤走了，他们进书场的时候凶神恶煞的，我在旁边偷偷听见他们问老板话，原来，他们这么多人在追一个女人。"

陈浅的心猛地一沉，但他的脸上波澜不惊。唐瑛替他问出了最迫切想知道的一点："他们在追什么样的女人？为啥追她？"

春草拿过陈浅手中的一块桂花糖糕，边吃边转着眼珠："日本人拿的照片上好像是一个女人，很漂亮，烫着短头发，穿着洋装，斯斯文文的。"

陈浅的心像被火钳子烫了一下，火烧火燎地疼，无疑，北川他们在追捕的是顾曼丽。而他们突然停止盘查，只有一种可能性，顾曼丽的行踪已经在别处被发现。陈浅知道，他现在几乎已经做不了什么，但是，他还是一定要做些什么，他决定，立刻想办法去梅机关探个究竟。

唐瑛和春草送陈浅到巷口，唐瑛低声问："先生贵姓，在哪里高就？"陈浅几乎不假思索："陈光夫，做点小买卖混口饭吃。"春草在一旁扑哧一笑。"反正我就喊你小胡子。不过呀，"女孩清脆的声音忽然转低，"你这胡子，也真够别扭的。"

不知怎么，陈浅觉得这姑娘似乎已察觉到自己的乔装，但感于刚才的暗中相助，她对他也是毫无保留的信任，既有行走江湖的机灵劲儿，又有侠义心肠。陈浅不由得与春草相视，会心一笑。

春草将辫子尾巴绕在手上："以后还能见到你吗？"

陈浅看着远处宪兵队留下的混乱场景："但愿吧。"

半个小时后，陈浅拿着几份需要井田签字的文件走上梅花堂的二楼，意外的是，井田并不在他的办公室，北川也没有回梅机关。陈浅把装着精致慕斯蛋糕的盒子放在几个女职员的办公桌上，一阵东拉西扯的闲聊之后，他得到的信息是，井田大佐本来一直阴沉着脸坐在办公室里，后来北川来了个电话，他心情突然好转，竟然让女秘书帮他在派克西餐厅订了位子，就换了便装出门了。"也许是井田大佐想向秋子小姐来个浪漫求婚吧。"一个女职员掩嘴笑着说。陈浅也跟着笑了，但他心里很清楚，派克西餐厅就在顾曼丽寓所对面，无疑，顾曼丽已经回到了她的住处，而井田要亲自坐镇指挥对顾曼丽的抓捕。

陈浅疾步走下楼梯，一个个营救方案掠过他的脑海，可这是异想天开，作为长期在生死场上摸爬滚打过来的人，陈浅知道擅自营救只会打乱自己眼下最重要的任务。陈浅考虑让吴若男和钱胖子向上级请示营救顾曼丽，然而国共合作期间尚且有明面上的倒共之举，重庆方面会答应的希望恐怕十分渺茫。

在梅花堂的门口，迎面而来的北川让陈浅的设想戛然而止。

"浅井君，我特意去76号找你，你却跑到这儿来了。"

"怎么，北川君要请我喝酒？"

"不是我，是井田大佐，他要请你吃西餐。让我来接你。整个上海，能让大佐看得上眼请吃饭的，除了影佐将军和荒木科长，就只有你浅井君了。"

北川的表情含着一种隐隐的妒忌，他感到，这个没来多久的浅井光夫似乎比他更得井田的欣赏。陈浅知道，他没有机会再去联络钱胖子和吴若男了，显然，井田要让他参与这次抓捕行动。

第十三章

最后一杯咖啡

　　井田很仔细地用餐刀切下一小块带着血丝的牛排，优雅地叉起，放入嘴里，缓缓嚼着。他抬眼看见穿着西装的浅井光夫被侍者领了进来。

　　"大佐，您真是好品位啊，正宗的法国葡萄酒配牛排。"陈浅含笑欠身。

　　"坐，替你点了这里的招牌菜，沙朗牛排、法式蜗牛、罗宋汤。"

　　陈浅落座，故作惊诧："大佐，怎么就我们两个人享用美食？不请秋子小姐和尤佳子一起过来吗？"

　　井田拿起餐布的一角擦了擦嘴："不用，今天请你过来是为了让你见一个大名鼎鼎的女人。"

　　"女人？大名鼎鼎，女明星吗？胡蝶、陈云裳，还是周璇？难道是李香兰小姐从满洲过来了？"

　　"不，比她们都要令人着迷，令人敬佩，是我这五年来都梦寐以求要抓到的女人，飞天，她就在那里。"井田说着，望向餐厅对面一幢哥特式的建筑，嘴角浮上一丝得意而残忍的微笑。

陈浅顺着他的眼光望去，他当然知道，那是海上海公寓，住客几乎都是洋人和上海各界名流。在离开重庆前，陈浅就详细了解了顾曼丽的背景，顾曼丽的父亲是杭州富商，也是海上海的股东之一，所以，她可以长期住在那里的某一个套间里。因为她精通日语和英语，受过良好的教育，有优越的家庭背景，五年前她才会被日本人选中担任日伪高层的专用医生。但陈浅没有办法知道的是，顾曼丽这样一个生活优裕的女孩子是何时、如何加入了中共，是一种什么样的信念支撑着她在这么危险复杂的环境中战斗生活了五年。

"那个中共特工飞天？大佐，我在特高课曾经听说过，她几次盗取了我们的清乡计划，让我们的军队损失惨重。怎么，她是个女人？"

井田拿起高脚杯悠悠地喝了一口："一个既聪明又漂亮的女人，而且还是我们都认识的女人。"

"我也认识，谁？"

"顾曼丽。"

陈浅困惑错愕的表情让井田很满意，因为抓捕飞天可谓是他职业生涯中的一个得意之作，他需要一个观众，一个可以回到东京在犬养大臣面前替他大力宣扬的观众，一个和他智力相当惺惺相惜的观众，无疑，浅井是合适的人选。

"怎么会是她？她不是周队长的女朋友吗？居然是中共，这太惊人了。那周队长会不会有嫌疑？"陈浅故意显得神色紧张。

井田喝了一口酒，轻蔑地一笑："周左那个蠢货，被顾曼丽耍得团团转，他就是一条狗，一条能抓人的狗，当中共特工，他还没有资格。"

与井田边喝边聊，陈浅很快弄清了顾曼丽暴露的原委。原来，半年前，井田安插了一个特务到租界的报社担任记者，故意撰写了一些抗日的文章。在76号最新的抗日人士抓捕名单上，也故意把这个特务列上，果然，顾曼丽把名单传递了出去，秋霜斋老板老周及时通知了这些进步文化人士转移，这个特务就此盯上了老周。而在76号内部暗中排查的密探在一周前从一个女职员嘴里得知，顾曼丽曾经去秋霜斋购买玉手镯。

正说着，一个假扮侍者的密探拿着菜单走过来，鞠了个躬，把菜单放在井田面前，低声汇报："这是今天的监视日志。请示大佐，是继续监视还是动手？"

井田翻开菜单，一页页看去，脸色逐渐阴沉，突然啪的一声合上，递给陈浅："浅井君，今天的监视日志，你看看，有什么不对劲吗？"

陈浅接过菜单翻开仔细看着，原来从一个星期前开始，梅机关开始对顾曼丽进行全天候的监视，而今天的监视日志显示，顾曼丽的确在下午四点左右去了四马路，她进了茶楼，进了绸缎店，却偏偏没有走进吉祥书场。陈浅可以想象，顾曼丽一定是发现了跟踪她的特务，于是她放弃了和自己见面的计划，开始领着他们逛街，最后巧妙地跳上一辆黄包车离去。但为什么她明知道回来必然落入虎口，却还是回到了自己的寓所呢？

"大佐，顾曼丽回来以后，就开始洗衣服，喂猫，给花浇水，坐在阳台上看书，这些和她每天都做的事情没什么不同，可是她能从北川小组的人面前消失，就说明她已经发现了被人跟踪。可是，她并没有逃走，也没有惊慌，却若无其事地回来了，那么，她应该是有什么不得不回来的原因。对了，现在并不是换季的时候，明天预报会下雨，她却一下子洗了这么多衣服晾在阳台上，这很不正常，会不会是她想用这个对那些同党发出危险的信号？"

井田盯着陈浅，似笑非笑："浅井君，北川就是比你差了这么一点，这一点，可能他一辈子也没办法赶上来，这可能就是所谓天赋吧。一周前，顾曼丽就掉进了我的陷阱，但是我没有立刻动她，我就是想通过她，钓出更多的中共地下党。可是现在看起来，她太狡猾了，警报既然已经发出，就不会再有别的鱼钻进来了。我们必须立刻收网。"

随即，井田对那个肃立在旁的密探耳语了几句，密探转身离去。他探过身来，对陈浅低语道："浅井君，我们监视的另一个中共秘密联络点秋霜斋玉器店，我让北川去抓人了。顾曼丽，是我最心爱的猎物，你带人去吧，千万不要让她死了，我要活的。我会在这里，喝完这杯香槟，等着你的好消息。"

"是，大佐。"陈浅回答，一瞬间，他甚至闪过挟持井田去救顾曼丽的念头，但他知道，那会导致整个回娘家行动的失败，会害死很多人。他告诉自己，陈浅，你要冷静。

整洁明亮的客厅里飘荡着周璇甜美的歌声："春季到来绿满窗，大姑娘窗下绣鸳鸯，忽然一阵无情棒，打得鸳鸯各一方。"

顾曼丽坐在桌前，用小勺优雅地搅拌着面前的一杯咖啡，她抬眼淡然地看了一眼破门而入的陈浅和身后的一群密探："浅井桑，能让我喝完这杯咖啡吗？"

陈浅抬手示意那些如狼似虎的密探："井田大佐说了，要对顾小姐客气点，我在这里看着，你们几个守在门口，你们几个去别的房间搜，给我仔细地搜，一丝一毫，一个角落也别放过。"

顾曼丽于是往咖啡里放进了一块糖一勺奶，继续低头搅拌着，陈浅走到落地窗前，点燃了一根烟，一边吸着一边注视着顾曼丽。

密探们在屋子里四处乱翻发出的乒乒乓乓的声响混在周璇的歌声里，形成了一种古怪的和音。顾曼丽只抬过一次头，和陈浅有一个短暂的对视，随即又垂下眼帘。陈浅努力琢磨着她的每一个动作，他觉得，她一定会给自己留下线索，关于如何联络她的同志，关于这所公寓里还有什么未完成的事情。

"报告少佐，厨房的水池里发现一部电台，已经进了水。"

"报告少佐，卫生间的马桶里发现还没冲干净的灰烬，像是烧毁的文件和照片。"

"报告少佐，阳台花盆里发现一把枪，没有子弹。"

"报告少佐，洗衣机里发现微型相机，已经被绞碎了。"

"报告少佐，垃圾篓里发现一个注射器，里面好像是氰化钠。"

陈浅慢慢踱到顾曼丽面前，俯下身，冷笑道："顾小姐的手很快啊，看来是没有给我们留下什么线索啊。"

"可惜，这么好的咖啡以后再也喝不到了。"顾曼丽挑衅似的望了陈浅一眼，放下小勺子，端起咖啡缓缓送到嘴边，正要喝下，陈浅抬手一挥，随着白瓷杯落地清脆的破裂声，咖啡四溅，几个密探已经扑上来把顾曼丽按住，反手戴上了手铐。

陈浅戴上手套，蹲下身来从杯子的残片中捡起一卷微型胶卷，举到顾曼丽眼前："想死，想把这个吞到肚子里，用你的尸体运出去，传递给你的同伙。别做梦了！把她带走交给大佐，她所有的私人物品全部带回宪兵队，我要亲自再检查一遍，看看还有什么遗漏。"

顾曼丽被推搡着走出寓所时，扭头仇恨地瞪了一眼陈浅。陈浅在屋子里缓缓地走着，眼光筛选着屋里的每一个物品，他知道，顾曼丽故意在垃圾篓里留下了注射器，故意让他发现了咖啡里的胶卷，以便让他在井田那里得到更大的信任。但她冒险回到这所屋子，她不惜牺牲生命也要隐藏和转移的东西一定还在这里。终于，陈浅在那台咖啡机前停住了脚步，顾曼丽的话在他耳边响起："这么好的咖啡以后再也喝不到了。"陈浅迅速把咖啡机里剩余的咖啡豆都倒了出来，在里面小心地翻找，但是一无所获。他又打开壁橱，找出存放咖啡豆的罐子，倒出所有的咖啡豆，用小刀一一切开，但是依然什么也没有。

难道自己曲解了顾曼丽的意思，难道她并没有给自己留下和她的组织联络的信息？然而时间在一分一秒地逝去，留给顾曼丽的时间已经不多了。

陈浅疾步下楼走到井田的车前，行了个礼："大佐，抱歉，没有找到更多的线索追踪中共地下党。"

井田从车里探出头来，一笑："不，你做得很好，及时阻止了飞天的自杀，截获了清乡计划的胶卷。浅井君，今晚，飞天就交给你审讯，我会做一个好观众。"

"是。"陈浅看见人间炼狱已经拉开了大门，他和顾曼丽都在往下一步步走去。

陈浅脚步沉重地走进宪兵队的审讯室，顾曼丽正被绑在闪着寒光的刑具上等着他。井田慢悠悠喝着一壶清酒，好像准备着看一场好戏。

拿起墙上的皮鞭，陈浅走近顾曼丽："飞天，你的同伙在哪里？你不说的话，夜可还长得很！"

顾曼丽示意陈浅靠近，有话要说。突然，她一口死死咬住了陈浅的耳朵，要不是身旁小特务一拳砸在顾曼丽的肚子上，陈浅的耳朵恐怕是要废了。

陈浅被顾曼丽的气势感染，故作气急败坏，高举起手臂，重重地挥了下去，但特意避开了人体最易感到痛的部位。数鞭之后，皮开肉绽，顾曼丽眼睛越来越亮，高唱起延安流行的革命小调。

陈浅把沾血的皮鞭往旁边一丢，说道："井田大佐，这可真没意思。共党分子十分顽固，就我所见，他们对酷刑并不畏惧。"

井田饶有兴致："那依你之见呢？"

"攻心为上。我认为，不如查看一下那些从她家里拿来的东西，是人总有感情，总有弱点，如果她已经不在乎她的肉体，那么，我们就要想办法摧毁她的精神。"

这时北川的消息传来，秋霜斋的老板老周誓死不降，在打死两个日本宪兵后，紧紧关闭了店门。北川带着宪兵们冲进去的时候，绑在老周身上的炸弹爆炸了，不仅北川受了伤，还销毁了店里一切线索。

抓捕行动可以说全盘失败，微醺的井田夺过陈浅手里的皮鞭，洒上清酒，朝顾曼丽身上抽去，发泄自己的怒气。

"你说得有道理，可是浅井君，作为大日本帝国的军人，你太软弱了！我还没有尽兴。"

陈浅明白，井田知道顾曼丽不怕酷刑，他只不过是要满足自己凌辱中国人的欲望而已。

井田命令陈浅去查看顾曼丽的私人物品，趁此间隙，陈浅走到了门口。他已经在顾曼丽住处门口留下给钱胖子的信息，不知是否能等到同伴的回应，如果可行，陈浅甚至打算此时就伺机诛杀井田。

黑暗中，远处亮起一支香烟的微弱火光，一长一短，是摩尔斯电码！然而收到的消息令陈浅再次绝望："处座回电同意，回娘家行动为重，不可擅自行动。"

火光灭了，这时一个鬼鬼祟祟的身影引起了陈浅注意，他闪身来到人影背后抓住了他，竟是周左。周左强装镇定，他已预计到顾曼丽会受到何种对待。看到是浅井,周左颤抖着递给他一片药剂:"浅井少佐,我知道你对曼丽有情,我只求你把止痛药带给她,让她别受太多痛苦。"

看来这个周左是个有情之人,为了顾曼丽,竟在敌我不明的情况下求助他这个日军少佐,陈浅略感惊讶,但他迅速察觉到周左是有可能站在自己这边的。于是陈浅接过药剂,走向了审讯室。

再次走进审讯室,陈浅故意向井田汇报了一些可有可无的扰乱信息,顾曼丽常去的地点,联系的各色人等,他确信这些信息不会牵扯出中共。这一夜过去,这个看似柔弱的女人,身上已经用遍了宪兵队最恐怖的十几种刑法,她依然只字不吐。

"大佐,又昏过去了,这个女人真是钢牙铁嘴,再用两次刑,我看她就要死在这儿了。"宪兵报告井田。

陈浅悄悄将药剂溶化在清酒杯之中,走到昏厥的顾曼丽身边,泼在她的脸上:"醒醒!谁允许你昏过去的!"

长夜将明,疲惫的井田起身,来到恢复少许意识的顾曼丽面前,揪起她的头发端详她的脸:"我花了这么长时间才捕到的猎物,不能让她就这么轻易地死了。停止对她用刑,让医生来治疗一下。忙了一夜,浅井君,你回去休息一下吧。"

"是,大佐,我回去睡几个小时,换件衣服,马上就过来。您也得注意不要太辛苦!"陈浅走出审讯室时,扭头望向依然昏迷的顾曼丽,一丝微光落在她的脸上,每一秒都可能是最后一次见到顾曼丽,他多么想永远把这张美丽的面孔记在心里。

陈浅几度上下电车,又换了几次黄包车,在确认没有被人跟踪之后,他在一个电话亭给古渝轩打了个订餐电话,最后来到了国际饭店。吴若男打开门时,吃惊地睁大了眼睛,因为她知道,没有紧急的情况,陈浅绝对不会直接来国际饭店。十分钟后,钱胖子拎着餐盒气喘吁吁地赶到后，陈浅才开口与吴若男谈起回电之事。

"陈浅，处座的意思你应该明白，他虽同意，但风险过大的情况下我们只能放弃。刺杀井田你只需要协助白头翁，当确定了井田运送萤矿石的具体计划后，白头翁会跟你联络。"吴若男说道。

陈浅接着问钱胖子，在日本宪兵队和76号送餐期间可有收获。钱胖子嘻嘻一笑："科长，我正打算跟你汇报呢，那帮鬼子以为我听不懂日语，所以他们就当着我的面抱怨上司，原来井田调走的那两个小分队都是在十六铺码头一带活动，而且是昼夜看守着十几个仓库。那些小鬼子也不知道仓库里究竟藏着什么，反正就是井田下的命令，任何人不许接近那些仓库。我琢磨，八成就是那个萤矿石。"

"不错，和我最近从日本宪兵队探听到的情况一致，十六铺码头仓库。"陈浅向钱胖子投去一个赞赏的眼神。

"那还等什么，咱们立刻行动啊。"吴若男和钱胖子异口同声。

"不，让毛森派人把这个仓库盯住，继续观察，按兵不动。吃点，饿死我了。"陈浅的这句话让两个人都顿时愣住了。

陈浅打开钱胖子带来的餐盒，大口大口地吃了起来，边吃边解释："井田是谁？狐狸也没有他狡猾，如果真的是萤矿石，他应该会秘密地安置，怎么会大张旗鼓地从宪兵队调兵。再有，十几个仓库，萤矿石的体积很小，最多占一个仓库而已，这又是井田布下的疑阵。我们得观察，确定究竟是哪一个仓库，绝不能轻举妄动，一着不慎满盘皆输。"

钱胖子连连点头："科长就是高，诸葛亮再世也不如你。井田这个狗日的，的确是厉害，昨天我还听说他抓住了中共的一个重要人物。整个宪兵队戒备森严。"

"中共重要人物，那会是谁？"吴若男追问。

陈浅把碗重重放下，用力咽下嘴里的饭，郑重地望着吴若男和钱胖子："飞天，井田抓住的是飞天，我昨天也在场。飞天真名顾曼丽，她是我的救命恩人，我今天就是来和你们商量这个事，营救飞天。"

一时间，房间里的空气好像凝住了，吴若男和钱胖子几乎都不相信自己的耳朵。陈浅的讲述结束后，钱胖子竖起了大拇指："女中豪杰！我这辈子就佩服这些敢和日本人斗的人，管他是中共还是中统。科长，将在外君命有所不受，这天高皇帝远的，我就听你的，你说救我就动手。"

陈浅望向一直沉默着不说话的吴若男："小丫头，你呢？这是违反处座命令的事，你可以拒绝。"

吴若男愣了好一会儿，猛地站了起来，脸色冷峻："陈浅，如果是救你的恩人，我豁出命也要去救。可是，如果让我救共产党，我办不到，而且，我也不许你们俩去。如果你们去，我就立刻发电报告诉处座。"

钱胖子用手一指："哎，你这个小丫头，你抽的什么风啊，告科长的黑状。"

"我就是不准你们去救共产党，在这个世界上，我最恨的就是共产党！"

"共产党和你有仇啊？"

陈浅低声喝道："别吵了，你们都忘了这里是敌占区！"

吴若男和钱胖子顿时都住了口。陈浅起身望着依然互相瞪着的两个人："今天关于飞天的话，就当我没说过，你们也什么都没有听见，以后我救不救飞天，如何救，你们也都完全不知情。不管出了什么事，局座处座那里，你们都要记住这么说。老钱，你继续监视探听宪兵队那边的消息,通知毛森的人监视仓库。小丫头,你依旧当你的玫瑰,一切小心。"

陈浅说完,不等两人反应,径直走向门口,房门砰的一声关上。

第十四章

替我活下去

陈浅坐上一辆黄包车，不假思索地对车夫说了海上海公寓，一个执着的念头在一直喊他回去，虽然他依旧没有从那一堆乱麻中理出一个头绪。车夫在飞奔，在车身的颠簸中，监视日志，顾曼丽端起咖啡的样子，阳台上晾晒的衣服都不断掠过陈浅的脑海。自己漏掉了什么，肯定漏掉了什么。当陈浅望见海上海那哥特式的尖顶时，他终于想起自己漏掉了什么：猫！

阴暗的地牢里，顾曼丽匍匐在地，井田蹲下身，把一本相册伸到她眼前，一页页缓缓翻过："顾小姐，你们一家看起来多么幸福，你父母你弟弟笑得多么开心，可惜他们都去了美国，不然，我可以请他们到这里来做客，你们就可以一家团聚。"

顾曼丽努力撑起上身，怒视着井田，井田继续翻着，那种轻松愉悦的口气就像和家人聊天："你小时候是个爱笑的女孩，为什么长大以后的照片却有些忧郁了呢？每天都要扮演着顾医生的角色是不是很累？还要和你不喜欢的周队长谈情说爱，是不是很恶心？"

井田的手指突然停在了某一张顾曼丽和一位中年修女的亲密合影上："顾小姐上的这个女子书院很有名气啊，这位院长嬷嬷现在应该有六十岁了吧，她还在上海吗？"

顾曼丽的呼吸似乎急促起来，她努力咬住嘴唇，一言不发，但井田还是得到了他想要的信息，他合上相册，起身俯视着这个手掌中的俘虏："顾小姐，放心吧，我马上就让人去找院长嬷嬷，你们感情这么好，这么久没见，她一定很想念你。"

沉重的牢门在井田身后关上了，他听见顾曼丽愤怒的喊声："魔鬼！井田，你这个魔鬼！"

井田笑了，魔鬼，他很享受当一个魔鬼，看着对手在他的眼前绝望挣扎死亡，他有种莫大的满足感。

同一时刻，陈浅再次走进了海上海公寓，他在门卫处询问了一会儿，就按下了电梯。当七楼的欧阳老太太打开门，她看见一个英俊斯文的年轻人站在门口，彬彬有礼地告诉她，自己是八楼顾医生的男朋友，因为顾医生去美国看她父母了，自己来接走她的猫。

老太太很不舍地把怀里的猫递给陈浅，嘟嘟囔囔地说："她昨天把加菲送到我这儿，只说她要出门几天，怎么，就去美国了？这个丫头啊，这回总算没走眼，我就说她以前那个男朋友配不上她，五大三粗的。这个多好，斯斯文文的。"

颠簸的黄包车上，陈浅看了看怀里那只可爱的加菲猫，随即解下挂在猫脖子下精致的铃铛，轻轻掰开，一卷胶卷被他紧紧握在掌心。他知道，他握住的是无数人的生命，日军对中共根据地的最新清乡计划。

因为自己对陈浅发火而无限懊丧的吴若男打开门，一只猫跳到了她的腿上，她顺势把它捞进了怀里。走进内室，吴若男发现陈浅拉紧了窗帘，正在用设备冲洗照片。一张张照片被小心地挂在绳子上，陈浅没有解释，吴若男却已经敏锐地发现了蛛丝马迹。

"陈浅，你居然替中共传递消息，没有上级命令，你怎么能擅自行动！"

"若男，因为我知道我在做正确的事。"陈浅没有犹豫，"营救飞天本来是双赢的计划，我们里应外合，我有把握。为了权力不惜窝里斗，这样的事情我看不惯。如果你认为不对，那么，把我交给上级处理。"

吴若男咬着下唇："陈浅，我是站在你这边的。但如果有一天你倒向共产党，我一定不会放过你！"她知道陈浅是对的，但每个人都有自己的立场。

"好。"陈浅知道吴若男本质上善良明理，他放松语气，向她大致讲述了事情经过。

加菲在吴若男怀里发出断断续续的呼噜声，吴若男摸摸加菲，抛却不同立场，她不得不承认，飞天是她钦佩的特工。

"你的主人真是一位了不起的女人，在生死攸关的时刻，她居然能想到，一真一假两份胶卷，假的放进咖啡里迷惑井田，真的藏在你身上交给欧阳老太太，换了我，肯定慌了神，只会拼命。可是，她怎么就能确定我们科长一定能找到这份胶卷，又怎么能确定，他一定能找到其他的共产党，把情报传递出去？万一……"

陈浅接过她的话："没有万一，在飞天的词典里，没有万一。她相信我一定能找到胶卷，万一我没有找到，她的同志们也一定会找到。小丫头，我要立刻回梅机关去，她的时间不多了。"

吴若男追到门口，幽幽地说："我并不是不想救她，我也知道她是个英雄，可是，你就不问问我为什么这么恨共产党？"

陈浅回过身，投来怜惜的一眼："我在你的档案里，看到过一条，你的母亲是最早一期的鸡鹅巷培训班成员，曾经因为杀汉奸有功获宝鼎勋章，后来却因为通共的罪名被秘密处决。我想，不管真相如何，对你来说，都是一个惨痛的记忆。我理解你对中共的仇恨，但对那些付出自己生命来抗日的人，我都抱有深深的敬意，不论是你母亲，还是飞天。"

当陈浅匆匆离开国际饭店时，周左已火急火燎地赶到梅机关，他在一夜挣扎后最终决定来找井田。井田没想到他敢来为顾曼丽求情，但是这同时也证明了他不是中共，而只是一个为情所迷的男人。井田突然闪过一个念头，顾曼丽毕竟是女人，身处绝境，面对一个如此痴情的男人，她就不会有一丝的动摇吗？于是，他并没有责难周左，而是给了他一个美好而虚幻的承诺：

"只要顾小姐愿意写下悔过书，登报声明和中共断绝关系，我会让她改换身份，送她去美国，去日本，去香港，你们还可以幸福地生活在一起。"

周左见到顾曼丽时，试图去抚摸她脸上的伤痕，但顾曼丽一扭脸躲开了。周左回忆了这五年来他和顾曼丽的每一次见面，他诉说着自己对这个女子的全部痴情，他几乎是哀求顾曼丽想想她年迈的父母，不要让他们白发人送黑发人。

"我宁愿你骗我，骗我说一句爱我，可是你从来没有，但不要紧，只要你活着，我能看到你，我就心满意足了。"杀人几乎不眨眼的周左忽然眼眶湿润，站在牢房外看着的北川都不由得有几分动容。这时，陈浅缓步走到他身边，两人玩笑似的打赌，看顾曼丽会不会说一声"我爱你"，赌注就是一瓶日本清酒。

顾曼丽静静地直视着周左，她的眼神里没有爱，也没有恨，只有一丝怜悯。

"周队长，你走吧，我们从来都不是一个世界里的人。什么也不用告诉我的父母,送他们出国的时候,他们就已经知道我在做什么,我就已经和他们做了诀别。"

北川懊丧地一皱眉:"我输了,浅井君,这个女人真是冷酷无情,我现在就去带那个老修女过来,大佐说,她一定是顾曼丽的软肋。"

陈浅默默看着周左一脸绝望地走了出来,他听到,顾曼丽在那一刻淡淡地说:"周队长,替我转告伯母,她的老毛病,我以前给她开的那些药方,药都不变,但每次得多泡三个小时,多煎三十分钟,每晚子时再贴一副那家老字号的膏药,就会疗效加倍。"

周左扭过头最后再望了一眼他此生唯一用心爱过的女子,忍痛快步而去。

陈浅往前跨了一步,他和顾曼丽刚有了一个短暂的眼神交流,北川已经领着一位身穿修女服的老人出现在走廊那头。

被白内障折磨得几乎失明的玛利亚嬷嬷伸出颤抖的手抚摸着顾曼丽的脸,轻轻呼唤着她的英文名字。顾曼丽再也忍不住泪水,紧紧拥抱着这位她少女时代最爱的嬷嬷,连声说:"对不起,嬷嬷,对不起,嬷嬷。""不要哭,孩子,为你的祖国,你做了你该做的事情,上帝与我们同在!"嬷嬷的声音还是那么温和平静,虽然根本看不清自己来到的是什么地方,但她似乎完全明白顾曼丽的真实身份和自己面临着死亡的威胁。

几个日本宪兵一拥而入,几把枪同时指住了玛利亚嬷嬷的后背,北川大声喝道:"顾小姐,井田大佐的耐心是有限度的,给你十分钟考虑,如果你还顽固不化,死的不只是你,也不只是玛利亚嬷嬷,所有在上海的,你教会学校曾经的同学,都要被送去731部队。你好好想想!"

时间几乎凝结住了,顾曼丽和玛利亚嬷嬷默默拥抱着,北川抬着手腕看着手表,陈浅的手下意识地摸向自己腰间的手枪。突然，北川把手一挥："时间到了，送玛利亚嬷嬷去见上帝！"

就在陈浅准备拔枪的瞬间，顾曼丽猛地站了起来："住手，我要见井田，我要和他谈！"

北川，陈浅，所有在场的人都心中微微一震。

井田在他的办公桌上摆上了两个酒杯，微笑着斟上了两杯梅子酒。随即，拿起其中一杯递给坐在他对面的顾曼丽。

经过医生的紧急治疗，简单梳洗换上了一件干净旗袍的顾曼丽略一沉吟，接过了酒，一饮而尽。

井田脸上的笑意更浓了："顾小姐，我喜欢你的直白豪爽，说吧，有什么要求。"

顾曼丽也笑了，笑容中带着微微的苦涩："井田大佐，我的要求很简单：一、立刻送玛利亚嬷嬷回英国。二、给我准备十万美元，一本美国护照，事情一结束就马上送我走，我已经不可能再留在中国了。三、在上海所有的报纸上，发布一条消息，说我已经被你们处决了。"

"聪明！"井田轻轻拍了两下巴掌，"不愧是飞天，你为自己留的后路很完美，神不知鬼不觉地就可以再活一次。我答应你，不过，你可以给我什么作为回报呢？"

顾曼丽自己动手拿起那瓶梅子酒给自己又倒了一杯，缓缓喝下，说："中共在上海最大的秘密仓库，枪支弹药药品，还有，一部只有我掌握的秘密电台，可以召集中共上海地下党所有的高层前来。满意吗？"

井田爆发出一阵疯狂而得意的笑声："非常满意，顾小姐，为了庆祝今天你我的合作，我想请你跳一支舞，请赏脸！"

顾曼丽看了一眼在旁边台子上搁着的那台唱机，起身整了整衣襟:"愿意和大佐共舞一曲,那就《四季歌》吧!"

周璇甜软的歌声今天在陈浅听来却是隐隐含着悲伤,他透过窗户看着井田和顾曼丽翩翩而舞,顾曼丽的眼神中微微带着喜悦,仿佛她已经准备好,奔赴她心中的那个新世界。而井田那面具似的笑容背后究竟隐藏着什么呢?陈浅不知道顾曼丽可以骗井田多久,他在心里默默拟着一个计划,如果到了生死一线的时刻,或许只有这个办法可以挽救飞天。

顾曼丽所说的秘密仓库,原来深藏在郊区一个叫大团镇的地方,她带着全部便衣打扮的日本小分队走进了那座残破的寺院。按照顾曼丽的指认,日本宪兵很快在大树下、大殿的神龛下面以及禅房的墙壁里找到了一大批枪械、炸弹和药品,北川等人都喜形于色,站在大殿中央仰望那座弥勒佛像的井田听了汇报也露出了满意的笑容。

"电台藏在佛塔顶上,那座佛塔已经年久失修,不可以上去太多人。"顾曼丽说着一指那座看上去已经有些摇摇欲坠的青砖佛塔。

井田思索了片刻,命令北川带领其余人在佛塔下警戒守候,陈浅和两个日本宪兵头目随自己和顾曼丽上塔。已经腐坏的木板嘎吱作响,顾曼丽走在最前面,她一边往上登一边告诉众人哪里下了套子哪里设了机关。那两个宪兵头目紧紧护卫着井田,警惕地四下张望,陈浅走在最后,他现在已经大致猜出了顾曼丽的用意,她在设法获得一个和井田单独相处的机会。

在到达佛塔的最高一层后,顾曼丽从墙壁的暗格中取出了电台,她戴好耳机后,并未急着发报,而是望了井田一眼,不用她开口,井田就明白了她的用意。

"发报时不能有其他的干扰,浅井君,你带他们到下面等着,没有我的命令,不要上来。"

那两个宪兵头目犹豫了一下，但随即敬了个礼，转身走下楼梯，陈浅深深地望了一眼顾曼丽，对井田微微欠身："大佐请小心！"也一步步走到楼梯的中间停住。嘀嘀嗒嗒的发报声持续了一段时间停住了，陈浅听见顾曼丽的声音，她告诉井田，现在只需静静等待中共的高层掉进陷阱。接着就是井田的冷笑声："顾小姐，飞天，你的戏演完了，该谢幕了！你刚才发电报只是做个样子，其实是要把藏在电台盒子里的那把枪拿在手上吧。"陈浅俯身悄悄向上潜行了两步，他看见，顾曼丽手里握着一把掌心雷指住井田，而井田安然端坐，似乎没有一点慌张的样子。

"井田，能和你这个魔鬼一起死，我觉得很值得！"顾曼丽毅然扣动扳机，但随即她就发现那已经是一把空枪，胸口袭来的一阵剧痛让她的手微微颤抖，随着她手中的枪落地，一口鲜血从她口中喷出，顾曼丽倒在地上。

井田走到摔倒在地浑身抽搐的顾曼丽身边蹲下，欣赏着她的痛苦，笑了："顾小姐，对不起，刚才那个医生给你包扎伤口时，一不小心给你注射了加强的鼠疫病毒，所以，你现在已经开始发高烧，肺部出血。不过不要紧，我会让人给你注射血清来缓解一下，我要让你生不如死地活十天，这十天里，我会给你的同志们一个机会，让他们把你救走，然后，病毒就会在你们的组织里传染。你跟我比谁更会演戏啊？很遗憾，你输了！"

陈浅拔枪在手，正打算抬脚向上，顾曼丽却做了一个谁也无法想到的举动，她拼尽全力扑向井田，在他手臂上狠狠咬了一口。刚才还在笑着的井田此时脸色惨变，身子向后跌坐在地上。

"你疯了，你疯了！"他眼中的恐惧之色让顾曼丽的嘴角现出笑意。

"不许动！"陈浅听到身后传来跑步上楼的脚步声，抢先一步跨上楼梯，用枪指住顾曼丽，大声问井田是否受伤了。这时，在下面一层的两个宪兵头目也跑了上来，见此情景拔枪就要射向顾曼丽，却被从地上爬起来的井田喝住："不要杀她，我要留着她做饵。"

"这个女人已经感染了鼠疫病毒，你们马上带大佐下去做紧急处理。我在这里看着这个女人。"陈浅大声喊着，两个宪兵头目已经乱了方寸，马上扶着脸色已经异常苍白的井田往下疾步走去。

"别让她死了！我马上让人上来给她注射血清。"井田临离开时还不忘吩咐一句。陈浅听着他们的脚步声渐渐远去，收起枪，跑到瘫软在地已经陷入半昏迷状态的顾曼丽身边，抓住她的肩膀，贴近她耳语道："飞天，我是蝎子，你听着，我已经找到了你藏在猫铃铛中的胶卷，我会替你把胶卷交给你的同志。我还要救你，一会儿我会说服井田送你去人体实验室，然后我们在半路想办法救你。没时间了，你快告诉我，怎么和他们联络。"

顾曼丽竭力睁开眼睛，望着陈浅，嘴唇颤抖着，断断续续地说："不要救我，不要再做无谓的牺牲。你要潜伏下去，你要完成你的任务，你要替我活下去，继续战斗。我们的联络暗号是《四季歌》，你要去四马路……"

顾曼丽的声音被楼板上传来的巨大声响淹没了，数十人在往上奔跑，陈浅知道来不及了，顾曼丽也知道来不及了，她拼力推开陈浅，以一种不可思议的力量跌跌撞撞地跑到了栏杆边，她转过身来，缓缓举起了右手，咔嚓，轻微的一声，她手掌中蹿起一团火苗。陈浅看见她的嘴唇在轻轻翕动，他读懂了那句唇语："向我开枪！"陈浅的手腕在颤抖，但火蛇已经瞬间吞噬了顾曼丽美丽的头发和脸庞，他扣动了扳机，枪声响过，顾曼丽的身子晃了两下，向后翻下了石栏，消失不见。很多年后，陈浅还觉得他看见了全身着火的顾曼丽往下坠落，她像一颗流星，在生命最后一刻，绽放了惊人的光芒。可是，陈浅也清醒地知道，这是记忆骗了他，他并没有机会看到这一幕，北川已经带着人蜂拥而至，随后，他们一起来到佛塔下，看到的是已经烧得面目全非的顾曼丽。

已经处理了伤口的井田命人用白布覆盖了顾曼丽的身体，他微微躬身，默哀了几秒，才转身对众人说："她是个可怕的对手，也是个令人尊敬的对手，帝国正是需要这样的特工。"

陈浅一鞠躬："对不起，大佐，我没想到她居然拿了您的打火机，一时情急开了枪，破坏了您的完美计划。"

井田一摆手："浅井君，你已经做得很好，一个一心求死的人是没有人能防住的。飞天死了，可还是给我们留下了线索，四马路，她最后去的地方，她一定是去见什么人，或者那里就有他们的秘密联络点。你带人去查吧，希望在你离开上海之前，能有好消息。"

"是！"陈浅朗声答应着，耳边却不断响着顾曼丽那戛然而止的话："你要替我活下去，继续战斗。我们的联络暗号是《四季歌》，你要去四马路……"陈浅还在惦记一个人，玛利亚嬷嬷，她的命运将如何？

郊外的一处荒僻的树林，玛利亚嬷嬷踩着落叶蹒跚地往一个挖好的土坑走去，她嘴里不断念着："上帝宽恕所有的罪人！上帝宽恕你们！"在她身后，几个梅机关的密探举起枪瞄准了那个苍老的背影。

枪声惊起了无数飞鸟，几个密探纷纷中弹倒地。玛利亚嬷嬷停住脚步，缓缓转过身，她模糊地看见一个黑衣女子带着几个人跑来，握住她的手，柔声说："是曼丽姐姐让我们来接您，送您回英国！"

"你们是？"玛利亚嬷嬷欣喜地问。

"和曼丽姐姐一样的人！"黑衣女子坚定地说。

第十五章

深夜拉琴人

陈浅再次出现在吉祥书场时，台上的唐瑛惊喜得差点忘了下一句唱词，正在帮忙跑堂的春草走过来盯着陈浅的脸："小胡子，你的胡子呢？"陈浅从口袋中掏出几个银元，一笑："胡子没了，银元还有。"春草劈手夺过去塞进自己的口袋，笑得眉眼弯弯："那就好，我还怕你仗着救过瑛姐姐一次就想来白吃白喝呢！进门就是客，上座！"

陈浅隔三岔五地来，他总是在四马路的各家店铺里打转，寻找是否有与《四季歌》有关的线索，然后坐在吉祥书场里听一会儿唱戏看一会儿魔术，每次唐瑛总是给他留好各种好吃的，桂花糖糕、鲜肉馄饨、糯米青团，羞涩地悄悄递到他面前。而春草正相反，每次都要敲陈浅的竹杠，不是让他买点心吃，就是拉着他玩骰子，仗着自己手法快，每次她都会赢去陈浅好几个银元，这种小把戏总是被唐瑛翻白眼。和两个姑娘越来越熟络之时，陈浅也留心观察了吉祥书场里的每一个人，他们都是老老实实、小心谨慎地在这乱世中谋生活的普通人，看不出有什么特异之处。陈浅有些焦急也有些失望，他担心自己是否错误地理解了顾曼丽的话,而导致在离开上海之前都无法联络到她的同志。

就在两周后,陈浅几乎要放弃吉祥书场这个切入点时,一个毫不起眼的人突然闯进了他的视线。一次春草急着表演,让陈浅帮着拿样道具,他走进后台的小杂物间时,跑堂的跛子叔正在全神贯注地看着一张英文报纸,推门声惊动了他,他连忙用报纸擦鞋掩饰,连声哀叹自己再也没有钱多买一双鞋了。陈浅不动声色地翻找着道具,和跛子叔闲扯了几句,下楼时看似随口哼了两句《四季歌》的歌词,冷不防突然停住问跛子叔:"大叔,听过这歌吗?"跛子叔露出憨厚而谦卑的笑容:"年轻时听过,现在记性不好,忘了。"他的应答自如让陈浅相信,他是个人物。此后陈浅找机会又试探过跛子叔几次,但他始终很有分寸地和陈浅保持着距离。就在陈浅打算进一步和跛子叔接触之时,钱胖子传来了重庆的密电,命令他们加快行动步伐,一定得阻止日本人将萤矿石掠夺走。于是,陈浅决定让吴若男带着毛森的手下去演一场戏,故意在十六铺码头附近拍照偷窥,让日本宪兵发现。

"敲山震虎,让井田紧张一下,才能露出马脚。不过千万小心,别把自己的行踪先露了。"陈浅叮嘱吴若男。

吴若男一边给自己贴胡子换男装一边笑:"放心吧,我跟你学了这几招易容术,骗骗小鬼子够用了。不过,科长,飞天胶卷里洗出来的那些照片怎么办,总不能老是搁在我们这儿。那些共产党也不知道是不是害怕得都躲起来了,半个多月了,连个鬼影也找不着!"

陈浅沉默了一下,坚定地说:"我会找到他们的,我已经感觉到了他们的气息,也许他们也在观察我,只是还差那么一点,一个能让我和他们面对面交流的点。"

"可是,共产党终究是共产党,我们终究是国军,我们和他们永远不是一条道！"吴若男低低地说出了这一句。

"但我们和他们都是中国人！都打日本鬼子！"陈浅丢下的这句话让吴若男想了很久，她想起她的母亲，还有那个她从未谋面却一直深深恨着的父亲。

陈浅从国际饭店出来，到老大昌转了个圈，拎着几只酥皮面包往吉祥书场走去，意外地看见了一个熟悉的身影。陈浅的神经微微一紧，他闪身进店，假装挑选绸缎，从玻璃里面注视着身穿便装拎着一个袋子快步走过的周左。陈浅奉井田的命令在四马路一带秘密调查一事，除了北川没有别人知道，周左在这儿出现是偶然还是另有原因。陈浅决定跟着他，弄清原委。

周左坐着黄包车穿街过巷，停在离海上海公寓一街之隔的一条小巷。他下了车，四下望望，确定无人注意他，就钻进了小巷。周左在小巷深处蹲下，点燃了一堆冥纸。把袋子里的东西一一拿出，一边丢入火中烧着，一边喃喃自语。侧身立在暗处的陈浅已经明白，今天是顾曼丽的"三七"，他是在祭奠顾曼丽，把她喜欢吃的点心、听的唱碟、戴过的丝绸围巾都在这一天给她烧去。那一堆时明时暗的火光让陈浅相信，周左这个汉奸心里还有那么一点没有泯灭的人性，一种对美好事物的向往。如果时机恰当，他甚至可以利用这一点把周左争取为军统的卧底。陈浅想到这儿正打算悄然转身离去，周左的一句话却让他停住了脚步。

"曼丽，自从知道你的事，我妈老是哭，一哭起来就骂我，到了最后，你还记得我妈的病，叮嘱她要怎么吃药，都是我没用，救不了你。"

所有线索，所有看似无关的话在一瞬间串了起来，陈浅终于明白，顾曼丽对周左说的最后一句话，那不是对周左说的，是对他说的，她早就告诉了他该怎么联络她的同志。

夜风夹杂着微微的凉意，拂过陈浅的脸颊，也带来一阵婉转凄凉的二胡声。陈浅不急不缓地走过已经打烊的吉祥书场，朝着乐声飘来的方向走去。一块陈旧的招牌挂在一家毫不起眼的药店门口：王致和膏药，三代单传，独家秘方，营业时间，早上七点三十分到夜里十一点。陈浅停在招牌下，注视着那个正在低头拉琴的盲琴师，他面前摆着的瓷碗里有几张揉成一团的纸币。零星的行人很少驻足听他的琴声，倒是附近几个等活的黄包车夫都聚过来仔细听着。一曲拉罢，陈浅掏出两个银元丢进那瓷碗里："师傅，《二泉映月》，拉得好！"

盲琴师忙抬头，朝着陈浅站立的方向，连连致谢，摸索着递上一张歌单："谢谢，谢谢先生，您点一曲吧！"

"《四季歌》。"

盲琴师愣了一下，随即赔笑："先生，歌单上没有这首歌啊！"

"可是我只听《四季歌》！"陈浅加重了语气。

"那，我去叫我丫头来，她会唱，让她唱给您听。"盲琴师说着，拿起旁边搁着的竹杖，一边探着路一边朝着旁边的小巷缓缓走去。陈浅放轻脚步紧随其后，刚走进幽暗的巷口，前面的盲琴师突然身形一闪消失不见，陈浅的后脑被一把硬邦邦的玩意顶住。

"往前走，别乱动，不然，让你脑袋开花！"

陈浅毫不挣扎，顺从地举起双手，任对方从自己腰间拿走了手枪，一直向前，走进了巷子深处的一座院落。

屋里拉着厚厚的窗帘，唯一的亮光就来自那盏铁皮灯笼。陈浅适应了一下屋里昏暗的光线，看到了摘掉墨镜胡子的盲琴师，去掉了一切伪装，他锐利的眼神似乎能洞察对手的五脏六腑。

陈浅坦然一笑："跛子叔，你的琴拉得真好！"

"陈先生，你的演技也很不错。说吧，你是军统还是日本人？

怎么知道我们的联络地点和密码?"

"我是军统的人,也是飞天的朋友,联络地点和方式都是飞天告诉我的,我受她所托来给你们送一件东西。"陈浅的话音还未落,就被跛子叔厉声打断:"撒谎,飞天被捕的前一天,我最后一次见她,她只说会带个叫蝎子的人来见我,绝口没提曾经把密码告诉过谁,而之后她一直被关在梅机关里,怎么可能告诉你密码?"

陈浅从口袋中掏出一张折好的纸,铺在桌上:"我就是蝎子,飞天曾经给我写了一张药方,也是和我约见的时间和地点,原件我已经烧了,药方上传递给我的信息是:三天后,四马路,吉祥书场,下午四点,长辈见你。在梅机关的牢房里,她说了这样一段话:我以前给她开的那些药方,药都不变,但每次得多泡三个小时,多煎三十分钟,每晚子时再贴一副那家老字号的膏药,就会疗效加倍。也就是,四点延后三小时,变成了七点,多煎三十分钟,变成了七点三十分,四马路的老字号膏药,只有一家王致和,每晚子时,就是十一点,王致和的招牌上不正是写着,营业时间,早上七点三十到夜里十一点吗?至于《四季歌》,是在飞天牺牲时,我向她开枪之前,她亲口告诉我的联络暗号。"

"飞天牺牲了?是你开枪杀了她?"一直站在陈浅身后用枪指着他的粗壮男子怒吼一声揪住了陈浅的衣领。

"龙头,冷静!听他把话说完。"跛子叔及时制止了他。

陈浅的叙述结束后,屋子里有了一段短暂的沉默,跛子叔首先打破了哀伤的气氛,缓缓开口:"虽然自从她被捕,我们已经有了心理准备,但还是谢谢你带来飞天牺牲的准确消息。她用生命保存下来的东西,现在你可以交给我了。"

陈浅伸手从胸口口袋中掏出一支钢笔,旋开,取出一卷胶卷,递到跛子叔的手上:"这是我重新翻拍的,日军对解放区最新的清乡计划。"

跛子叔紧紧握住那卷胶卷,像握住一个珍宝:"蝎子,对不住,因为你身份特殊,我还得向上级请示,核实你的身份,请你在这里再坐会儿。"

陈浅微微点头。在进入内室前,跛子叔朝那个叫龙头的男子递了一个眼神。陈浅说:"龙头哥,谢谢你,救命之恩,容我后报!"这没头没脑的一句让龙头惊诧不已。原来龙头就是那两个在树林救了陈浅的劳工之一。

"你认出我了?可是那天你不是已经昏迷了?你这小子还真是厉害。"

陈浅扭头冲他一笑:"被你用枪抵住时还没认出来,但是,你刚才揪住我领子,胳膊上那股劲,袖子上那股烟丝的味道,直冲鼻子,上海吸土烟丝的人可不多了。我那天被你扛着虽然是迷迷糊糊的,但是这股味忘不了。"

跛子叔从内室走出来时,陈浅和龙头已经亲切地聊着天。跛子叔朝陈浅伸出手:"陈浅,谢谢你,我代表我党上级组织,代表解放区的老百姓,谢谢你带来的情报。今后你在上海的行动,如果需要我们配合,一句话,赴汤蹈火在所不辞。"

陈浅握住那双布满了老茧的手,他忽然觉得心里温暖而踏实。

这一晚,陈浅和跛子叔聊了很多。临别时,跛子叔竟然开了陈浅一句玩笑:"我这眼睛看得准,两个丫头都看上你了,你选谁?"陈浅突然窘迫得说不出话来,他似乎从来没有想过这个问题,或者,一直都在逃避这个问题。

在舞厅幽暗的灯光中,吴若男给陈浅带来了新的组织命令:

为了最大限度地确保回娘家任务的完成,允许陈浅和中共方面,保持有节制的接触。陈浅欣慰之际,作为玫瑰的吴若男却第一次推开他的小费,转进了别的客人的怀里,显然她对此并不满意。

重庆。

涂山寺外游人寥寥,一辆黑色汽车划破了沉寂。只见穿着长衫的中年男子步下车门,另一个年轻男子在一旁为他撑伞,正是关山月和谢冬天。关山月走向一块墓碑长久默立,那碑却是一块无字碑。

谢冬天从寺庙中走出,恭敬地垂手立在关山月身后:"处座,令妹的长生牌位准备好了,请您亲自过去看看吧。"

关山月点点头,对着墓碑意味深长地说:"新月,没想到这么多年过去了,这一次,我和他又要重逢了。"

第十六章

仓库里的秘密

两天后，陈浅收到了钱胖子夹在午餐里的情报，吴若男和几个军统便衣的探头探脑果然引起了看守仓库的日本宪兵的警觉，双方一次小规模枪战后，井田的专车就出现在了十六铺码头，已确定他亲自查看的是16号仓库。陈浅知道，明晚井田应邀参加一个日本军官的婚礼，他觉得，这是个好机会，该行动了。

陈浅在傍晚的滂沱大雨中，撑一把黑伞来到吉祥书场。唐瑛赶紧来接他湿漉漉的雨伞，递上一碗热茶。春草则把一碟瓜子往他跟前一推："来晚了，只有这个！"陈浅嗑着瓜子告诉春草和唐瑛，自己就要去外省跑一单买卖，路途遥远，归期不定。唐瑛听了神情黯淡，低着头玩了半天手绢，才鼓足勇气低声说了一句："那，兵荒马乱的，你可一定要当心，完了事就赶紧回来。"春草玩着纸牌，看看陈浅，又看看唐瑛，小嘴一撇："瑛姐姐会想你，我可不想你。"陈浅嘿嘿一笑，掏出几张纸币吆喝着跛子叔："今天大家的茶水点心我请客，算我跟大家告个别。"在众人的欢呼声中，跛子叔接过钱去，立刻殷勤地端茶倒水。陈浅和众人谈笑风生之际，跛子叔在杂物间里展开纸币，轻轻刷上一层药水，隐秘的字清晰地显现出来:"明晚我们决定夜探十六铺码头16号仓库,望你方协助。详细计划如下……"

雨势稍减,陈浅疾步而行离开,来到这座城市时,他还无所牵挂,只一心想完成任务,不惜此身。可是,今晚他走出吉祥书场,却带着满心的惆怅和不舍。

"陈光夫!"陈浅回头,春草撑着油纸伞冒雨而来,把一条围巾塞在他手上,"这是瑛姐姐给你织的围巾,每晚点着油灯织,织好了又总不好意思送给你,拿着,别忘了她的心意。"

陈浅拿着那条围巾,他突然间口干舌燥,沉默了好半天,说:"我们第一次见面的时候,你为什么捉弄我?"

"当然是看你好玩啰。"

"那后来为什么一直捉弄我?"

"当然是……越看越好玩。"

再无别话,见陈浅失落,春草把一副纸牌塞在他手中,粲然一笑:"我没什么给你的,这个,你留着路上闷了玩。"

"你能教我变个戏法吗?"特工训练教会了陈浅如何伪装、潜入、刺杀,但唯独没有告诉他怎么表达心意。

"好。"用变戏法的名义,春草明目张胆地带着陈浅的手上下翻飞,一个响指,最上面的一张A已经跑到了下面。

陈浅突然握住了春草的手,然而不等陈浅说话,春草就又冲进了雨幕里,她的背影在陈浅眼中渐渐成了一幅水彩画,一刹那,他突然很想读诗,大声读诗。

这场台风带来的暴雨持续了一天一夜,仙乐斯舞厅的霓虹灯在雨雾中忽隐忽现。浓妆艳抹的吴若男依偎在一身酒气的陈浅怀里,两人有说有笑地走向舞厅的后门。几个舞女在他们身后一脸的嫉恨，这个小骚狐狸走运了，搭上了个日本人，在后头里弄租了房子，三天两头去睡一下。哪天她以前那个斯蒂文回来，两个男人打起来，那才叫热闹。

陈浅和吴若男一出了门，就有一辆早已等候的黄包车悄然而至。两人上了车，车夫放下车帘，一阵小跑。在颠簸而狭小的车厢里，吴若男迅速擦掉脸上所有的脂粉，摘掉首饰，甚至连指甲油都小心地擦掉了。陈浅掏出一个早就准备好的袋子，把两人所有的个人随身物品都放了进去，最后放进去的是他那块半旧的珐琅怀表。黄包车停下时，两人再次依偎着，跌跌撞撞地同撑着一把伞走进了同福里那间以浅井光夫名义租下的屋子。进门时，陈浅大声喊着"玫瑰"，而吴若男发出的一串浪笑让隔壁那户神经衰弱的老夫妻暗暗叫苦，不敢出声。

门重重地关上，潜伏在黑暗里的钱胖子立即拧亮了台灯，在唱机里放上了一张李香兰的唱片。三人很默契地看了一眼，陈浅和吴若男分别进入内室，不一会儿，两人都换好了防雨的夜行衣，带好了要用的器械和工具。陈浅把一张他自己绘制的十六铺码头的地形图在桌上展开，指着上面的红色标记，对钱胖子一一讲解布置：

"计划分上中下三策，上策，我和吴若男两人神不知鬼不觉顺利进入仓库，探明是否为萤矿石，有机会夺取最好，不行就直接炸毁，老钱和军统众人就在外接应。中策，我们在仓库里遇到了埋伏，惊动了外面的日本宪兵，那么，老钱带领军统的人立刻剪断电线，中断码头的电源和通信，随后在周围几间仓库放火，而中共埋伏的人会开着装满炸药的汽车冲向守卫的日本宪兵。两边一起动手，让日本人疲于奔命，从而为我们赢得冲出来的时间。下策，你们和日本人交火十分钟后仍不见我们的踪影，那说明我们被捕或者被杀，任务失败，那么，你们不要恋战，迅速撤离，避免更大的伤亡。"

陈浅的话还没说完，钱胖子急得直瞪眼："科长，你这是什么话，让我扔下你们跑，我钱胖子是那么不讲义气贪生怕死的人吗？"

"这是命令，必须执行，牺牲小我成全大我，这是原则。"陈浅一边把图纸烧掉一边说，口气不容置疑，钱胖子只得不情愿地答了声："是！"

吴若男在旁抬了下手腕，露出那个白头翁给他们准备的特殊纽扣，笑道："我特意把这个缝上了，万一……也不会受什么罪。再说，我和科长这身手，哪儿那么容易让日本人逮住，你放心吧！"

陈浅将所有人的物品放在一起烧毁，火光照亮了三张视死如归的脸，他们都有不成功便成仁的决心。做完这些，陈浅拿掉唱片关掉了台灯，推开窗户，看了一眼外面漫天而下的雨幕，低声道："出发！"

三人先后跃出窗口之际，钱胖子还问了一句自己也觉得多余的话："和共党共同行动的事，要不要知会一声毛区长？""不用，毛森知道了，就等于局座知道了。如果他要问起那帮人是谁，就说是花钱雇来的青帮的人。"陈浅的声音在轰鸣的雨声中传来，随即他的身影就已经在几步之外的一辆货车旁。

雨幕的另一头，吉祥书场大门紧闭。

跛子叔扯下油布，一辆半旧的卡车显露出来。他拍拍车头："也是时候让你上场了。"他想起多年前自己正是用这辆车带着心爱的女人四处游荡，度过了很多快乐的日子。

薄冰

　　春草正在装填炸药，跛子叔怜爱地从旁指导："春草，你还是第一次执行这么重大的任务。可惜以前答应陪你去上海大世界玩玩，还没来得及。"

　　"叔，你说什么呢！我不是小孩子了，我是一名无产阶级革命斗士。"

　　"好，好。"跛子叔欣慰地点点头，"但你在我眼里，是个机灵捣蛋的小鬼头。"

　　龙头看着跛子叔与春草："你们啊，倒真像一对父女。要不是你的女儿早早便去了，如今也和春草一般高哩。"

　　"瞎说什么呢，你快回去准备，码头你熟，明天全要靠你接应。"跛子叔打断了龙头的话。

　　三人谈笑着，冲淡了大战前紧张的气氛。

　　贴着"大通洋行"字样的货车缓缓停在十六铺码头的一处仓库前，钱胖子跳下车，带着几个军统人员假装忙碌地下货，而陈浅和吴若男此时已经悄无声息地从这间仓库后绕过去，直奔16号仓库的背面。夜雨中，两人猫腰贴着墙根疾行，丝毫没有引起日本哨兵的注意。到了选定的位置，吴若男持枪警戒，陈浅掏出钢索用力向上一抛再往回轻轻一拉，他确定钢爪已经牢牢抓住了窗沿，对吴若男做了个手势，自己先攀住绳索纵身而上。

　　当陈浅用金刚石轻轻划破玻璃打开窗户，吴若男的身子已经像鱼一般滑了进去，两人落地的一刹那，陈浅的耳边听到什么轻轻震动了一下。"小心，有机关！"陈浅提醒着吴若男，随即拧亮手中的微型电筒。原来，在仓库中央的几排摞起来的大箱子周围，一条条横七竖八拉起的绳索上挂着无数个小铃铛，俨然是布好的迷阵。

陈浅和吴若男在对方手掌中急速敲击着密码，短暂交流之后，两人一前一后匍匐在地，钻入了铃铛迷阵。五分钟，吴若男在心里计算着时间，紧紧贴着地面以蛇行的方式顺利穿过了七八条绳索，她感觉到手指已经触到了木箱的一角，心中一喜，就地一滚，翻身而起。就在那一瞬间，吴若男感觉到了绳索的晃动，她一扭头，伸手去抓，但一切已经来不及，那枚小小的铃铛擦着她的手边坠落下去。就在吴若男差一点要惊叫出声的同时，陈浅以一种不可思议的速度滑了过来，仰面稳稳地咬住了那枚铃铛。

陈浅起身把铃铛轻轻放入口袋，吴若男狂跳的心脏终于恢复了正常。整齐的三排木箱立在他们面前，究竟是全部打开还是只挑其中几个？吴若男握住陈浅的手用密码询问他。一人一排，每隔一个撬开看一下。陈浅也同样用密码做了回答。三分钟后，两人已经检查完了两排箱子。珠宝瓷器，枪支弹药，这些物品既在陈浅意料之中，又在他意料之外。井田如此重兵把守的地方果然是日军的一个秘密仓库，可是，萤矿石并不在此，又会藏在何处呢？

"井田那个老小子，原来全是他藏的私货，可惜萤矿石不在这儿，不过这些等会儿我们全部给他炸了，让他空欢喜一场。"吴若男恨恨地骂了一句，转身去撬第三排箱子。

跛子叔、龙头与春草躲在暗处待命，这时一个一瘸一拐的码头工人走过，巡逻的日本宪兵大摇大摆，工人闪避不及被撞倒在地，为首的宪兵怒骂一句，又踹了他几脚才离去。春草向跛子叔投去求助的眼神，跛子叔看着远处的情势："快去快回，我在这里看着。"

春草跳下车，扶起了倒地的工人，工人忙不迭地感激。这一扶，春草便发现他的腿上有诡异的灼伤状黑斑。见春草疑惑，工人朝地上吐了口唾沫:"看到了吗?妹妹,那边仓库就是我们造的,要我们在里头灌什么东西进去,没想到我倒霉,碰到了开关,那黑气全喷在我腿上,痛得我满地打滚。天杀的日本鬼子!"

春草暗道:"不好!看来这仓库里有机关。陈浅和吴若男这么久没回,会不会碰到危险了?"向跛子叔汇报情况后,春草便紧急赶往仓库去提醒陈浅,她在心中祈祷:"陈浅,你可千万不许出事!"

吴若男已经利索地撬开了第三排中间的一个箱盖。空的,怎么这个箱子是空的呢?吴若男刚疑惑地伸手去摸,一张纸牌已凌厉地飞向她身前,这突如其来的变故使吴若男身子向后一倒。陈浅已觉不对,他及时抱住了吴若男,自己也向旁边敏捷地一闪。两人同时回头,竟是春草!紧接着一阵轻轻的刺刺声,嗖嗖嗖,连续十几声利器划过空气的声响,陈浅听见了吴若男一声低低的呻吟,要不是春草及时赶到,吴若男此刻怕是已经被射成了刺猬。

四周顿时铃声大作。

"诡计!"陈浅当然明白这是井田的诡计,大多数人在小心翼翼检查完第一排和第二排箱子之后,对这最后一排箱子肯定会丧失应有的警惕。而机关恰恰安装在最后一排箱子上,一旦有人触动,无数支飞镖暗器就会从箱子后面飞出,同时警报也会被拉响。

就在日本宪兵冲进仓库时,电线被切断了,整个码头陷入了无边的黑暗。

宪兵头子当即下令关闭仓库大门,随着沉重的铁门降下,陈浅与春草对视一眼,决定分头行动。陈浅跃身而起,抱住受伤的吴若男一个翻滚,躲过日本宪兵一阵毫无方向的乱射。春草跑往另一个方向,分散敌军的注意力。此时黑暗中的对峙只是暂时的,虽然日本宪兵们不能确定他们的位置,可是他们很快就会从慌乱中恢复过来。如果他们开始对仓库进行地毯式搜索,那么,藏在角落里的他们就是笼中之鸟。陈浅知道,他们必须主动出击,他抓起身边掉落的一把小铃铛向空中抛去,当日本宪兵拉动枪栓,朝着发出声响之处纷纷开枪之时,陈浅用日语高喊一声:"闯入者在这儿,他们中枪了!"一心抢功的日本宪兵们争先恐后朝着陈浅喊的位置奔来,跑在最前面的几个只觉得脖子一凉,栽倒在地。后面的日军被同伴的尸体绊倒,惨叫声迭起。

然而日军的人数毕竟占压倒性的优势,现在要做的就是争取时间,等待跛子叔的支援。春草故意跳上箱子,被日本宪兵发现后,又迅速钻进空箱子里。日本宪兵立刻将枪口对准箱子一阵扫射,直到木板上全是透光的弹孔。为首的宪兵打开箱子一看,里面竟然空空如也!春草已经绕到另一侧与陈浅会合,她暗笑:"在书场看我表演大变活人可是要花钱的,便宜他们了!"趁此时机,陈浅溜到大门边,用撬棍打开了门锁,春草扶着吴若男一起冲出门口,陈浅及时朝仓库内补上了两颗手雷,一时间浓烟滚滚,混乱一片。

"火!起火了!小心,那辆车冲过来了!可能有炸弹!"仓库外这时火光冲天,枪声震耳,不知到底来了多少敌人,仓库里的这些日本宪兵顿时心神涣散,无心恋战,纷纷移动脚步向外退去。眼看要被追上,跛子叔开车从火光中冲到陈浅面前:"快上车!"

陈浅、春草和吴若男赶紧跳上车,跛子叔扔给陈浅两套日本军服让他和吴若男换上。后视镜中,旧货车正在熊熊燃烧,一个黑影跳下车迅速消失在棚户区,看来龙头已经顺利逃脱。跛子叔发动汽车,只见他以高超的驾驶技术,在敌军中左冲右突,成功让两辆日本车相撞,远远落在他们身后。此时仓库发出几声巨大的爆炸声。成功了!吴若男捂住肩膀上的伤口,欣喜地望了一眼陈浅。

"你怎么样?"陈浅查看吴若男的伤口,翻出一些绷带,替她做了紧急包扎。跛子叔驶到一辆无人的日本军车前,陈浅会意,带吴若男上车离去。春草回头担忧地看着陈浅,陈浅回给她一个安心的笑容。眼看钱胖子已经开始边打边撤,跛子叔也发动车子朝码头西边疾驰而去。那是他们事先计划好的撤退路线,只要沿着江堤开出两里地,就有一段隧道,他们可以在那里弃车而行,到达江边登船回到市区,神不知鬼不觉。

"停车,拿出证件!"视线中突然出现的路障和临时检查站切断了码头与市区的联络,让陈浅心中微微一震,没想到日本宪兵队的援兵竟然在这么短的时间就已经赶到,哨兵低头翻查证件时,不断驶过的军用卡车和摩托让吴若男不由自主地握紧了枪把。陈浅掏出香烟,和哨兵简单地套了几句近乎,已经弄清这是井田早就安排在离码头五里地的一个日军中队。

"怎么办?"陈浅驾驶着军车缓缓驶离检查站时,吴若男低低问了他一句。他们两人都明白,如果这些增援的日本兵和码头的守军形成包围,钱胖子带领的军统和前来策应的中共特工都会面临绝境。陈浅从反光镜中深深望了一眼吴若男:"小丫头,我一直想上战场,今天可以大干一场了,你挺得住吗?"吴若男眸中闪着一种亮晶晶的东西,拔枪在手,故作轻松地一笑:"少废话,我早就等这个机会了!干吧!""抓紧!"陈浅说着放慢了车速,突然,猛打方向盘,军车掉了个头,朝着刚刚通过的检查站直冲而去。

陈浅和吴若男出其不意的袭击让所有的日军都措手不及,检查站的十几个日本兵很快被击毙,刚才驶往码头的七八辆军车也果然折返回来,追着他们的这辆军车往泥泞的江堤开去。密集的子弹从车窗玻璃两侧呼啸而过,陈浅一边握着方向盘一边从倒车镜中看着后面的追车，瞅准时机冷不丁射出几枪，几个摩托车手应声落地，车翻人仰，暂时阻挡了后面的追车。

"小丫头，前面就要到隧道了，你在那里跳车，不会被发觉。然后去江边按照既定路线撤离。"陈浅的话被正在换弹夹的吴若男大声打断："不，我负责引开小鬼子，你跳车，按照既定路线撤离，尽快回到丁香花园，以免引起井田的疑心。"

"你必须跳车，吴若男，这是命令！我随后再想办法摆脱追兵！"陈浅语气强硬。

"陈浅，你没有时间了，井田马上就会知道仓库被炸，你必须立刻回去！你如果不及时回去就暴露了，整个行动也就失败了！"

"我是组长，我不能丢下你！我答应过邱科长要带你们两人安全回去！"

"你敢小瞧我？谁说没了你我就会死？我可是军统少尉，军校的射击冠军！"

"可是……"

"牺牲小我成全大我，这是原则！陈浅，你忘了，这是你自己说的！"

在从车窗两侧呼啸而过的子弹声中，吴若男几乎是声嘶力竭，陈浅沉默了，前面已经出现了黑洞洞的隧道口，他知道，他们必须选择了，在几十秒内。

陈浅从车门纵身一跃之际，吴若男握紧方向盘，开足马力，朝着无边的冷雨和黑暗冲去，一颗泪珠悄悄从眼角滑落，她并不恐惧可能马上就要到来的死亡，而是，为自己没法再回头望他一眼，那个在仙乐斯舞厅送她玫瑰的男子，那个一直叫她小丫头的男子。

肩膀上隐隐的疼痛提醒着紧贴石壁的陈浅，他已经成功跳车。

薄冰

望着远去的军车，陈浅生平第一次感到了害怕，他害怕再也见不到吴若男了。虽然分别和死亡几乎和他们如影相随，但是，她还那么年轻，还有多少美好的事物没有经历，她不能死，不应该死！

索菲亚大酒店，灯火辉煌，高朋满座，坐在主位上的井田虽然表面谈笑风生，但心中一直隐隐浮动着不安。要不是看到尤佳子由于遇到年纪相仿的日本女孩，露出了最近难得的笑容，他早就想提前离席了。新郎新娘开始敬酒时，北川突然出现在宴会厅门口，他穿过人群来到井田身边，在他耳边低语了几句。井田的脸色骤变，握紧拳头，在桌上猛然一拍，骂了声混蛋。他满脸的杀气让坐在旁边的尤佳子脸色煞白，一声不吭地依偎在秋子怀中。"我要去一趟宪兵司令部，你先带尤佳子回家！"井田丢了这句话就转身离去。秋子一边安抚着尤佳子，一边招手叫来桌上另一个日本女孩，看着两个女孩又在一起亲热地说起话来，秋子长长地舒了口气，起身去补妆。

一脸微醺的陈浅回到丁香花园的时候，尤佳子刚刚入睡，秋子坐在客厅织着毛衣。她一见陈浅立即起身相迎："浅井君，你喝酒了？快坐下，我给你泡杯茶醒醒酒吧！"

陈浅瘫坐在沙发上，笑道："秋子小姐，您怎么这么早回来了？喜宴结束了吗？"

秋子端着茶盘走来，轻巧地冲茶泡茶："大佐突然有点急事去宪兵司令部了，我就带尤佳子先回来了。"

"怎么，前辈赶去宪兵司令部，有什么事情发生吗？"陈浅喝了两口茶，似乎酒意稍醒。

秋子抬头意味深长地一笑："我好像听到北川君说，是十六铺码头的秘密仓库受到袭击，现在宪兵队还在追那些逃走的人。"

"什么，码头仓库受到袭击？我从来没有听前辈提过秘密仓库的事，公然袭击我大日本帝国的宪兵队，这太猖狂了！"陈浅惊诧得差点弄洒了茶水，秋子忙提起茶壶给他又倒了一杯，接着说："大佐很愤怒，我看抓不到这些人，他今晚未必能回来安睡。"

秋子说到这儿，望向陈浅的一刻，突然稍稍愣了一下，虽然只是一瞬间，她的表情就恢复了自然，仍然被陈浅敏锐地捕捉到了。陈浅连忙乘她转身端走茶盘低头端详了一下自己的手，从隧道跳车时他就感觉到手背上隐隐疼痛，而一路上他急于赶路来不及细看，回到同福里以最快的速度换好衣服鞋子，洗去脸上所有的灰尘，以一副醉酒的姿态回到丁香花园。陈浅身上一切参与枪战的痕迹几乎都抹去了，但手背上的皮肤却已经出现了轻微的溃烂，那并不是普通的枪伤或者擦伤。仓库里所经历的一幕幕在陈浅脑海中划过，吴若男转身撬开最后一排箱子，却是空的，她伸手去摸，自己纵身一跃。陈浅很肯定，那一刻，除了那几十只射来的暗器，从箱子里一定还喷出了什么，那种轻微的刺刺声骗不过他那久经训练的耳朵。毒雾，含有某种硝酸类强腐蚀性的毒雾！看来吴若男的手必定也被这种毒雾所腐蚀，而自己则是在抱着吴若男躲避暗器的那一刻沾上了一点。陈浅早就有所耳闻，日军的防疫给水部队其实一直在秘密研制用于战争的生化武器，看来这种毒雾也是他们的研究成果之一。

"浅井君，你的手背好像有些红肿破皮了，我这有些本土带来的药膏，帮你涂一下！会好得快一点！"陈浅正在思索对策之际，秋子已经笑吟吟地拿来了药膏和棉棒。

陈浅忙顺水推舟，接过药膏连连感谢道："秋子小姐真是太细心了，我自己都没有注意到，应该是今天晚上在仙乐斯舞厅，几个地痞混混打架，把热茶打翻了，烫到了我！我自己来涂。"

"还是我来吧,我没到井田家来之前就是东京医院的护士,处理这些都是小事。"秋子说着,拿起棉棒细心地涂起来。

"秋子小姐原来是护士啊,这个真没听您说过。"

两人正闲聊着,玄关处突然传来了一声呼喊:"秋子,你在和谁说话,是浅井君回来了吗?"

陈浅和秋子都微微一怔,谁也没有想到,原以为一定会在宪兵司令部指挥捉拿逃犯的井田竟然在此刻回来了。

井田换了衣服坐下后,突然诡秘地一笑:"浅井君,我离开司令部之前得到了一个好消息,进入仓库的闯入者一共有两人,一人逃走,一人被追到江边击毙!"

"是吗?太好了,前辈,对这些敢于挑战大日本帝国的中国人,一定要斩尽杀绝!"陈浅说着,还做了一个斩杀的手势。

井田脸色阴沉,逼视着陈浅,观察着他脸上的每一丝肌肉的颤动。

第十七章

龙头哥的拿手绝技

半个小时前,军车的引擎发出沉闷的嗒嗒声,这标志着油已用尽,吴若男知道自己已经无处可逃,她索性停下车,以车身为掩护,打算和后面追上来的一群日本兵拼死一战。

靶场苦练的功夫没有白费,吴若男枪法极准,弹无虚发,打头的几个日本兵应声倒下。然而独木难支,后面的日本兵立刻扑了上来。打光了两支枪的子弹,吴若男拿起最后一支可用的手枪,又把所有的手雷塞进了自己的口袋里。

就在吴若男打算拉响手雷冲进日军之中,和他们同归于尽之时,一辆摩托车突然从天而降,丢下几枚燃烧弹,从日军中炸出一条血路。来人竟是去而复返的跛子叔!

跛子叔将摩托一横,挡在日本兵阵前,扬起一阵风沙迷住了前排日本兵的视线,颇有一夫当关万夫莫开的气势。只见他双手持枪,趁着风沙,左右开弓,一枪一个放倒了一片鬼子。瞄准这个空当,斜刺里春草驾驶着摩托冲入吴若男的藏身之处,她倾斜车体,一把拉住吴若男。吴若男身体就势一扭,上了车。枪林弹雨中,跛子叔肩部中了一枪,血光激起了跛子叔的斗志,他将一旁的土堆作为掩体，更迅猛地射出数发子弹，眼睛瞪得几乎要迸出血来。吴若男本不愿被他们所救，见此情景，不由得豪气地拍了拍春草的胳膊："走，我们去救他。"

春草骑着摩托冲到跛子叔身旁，吴若男数着仅剩的几发子弹，精准计算，射中了那几个最具威胁的日本兵。三人同上一辆摩托，不再恋战，且战且退，靠着不断丢向追兵的炸弹，一直退到了江堤之上。

眼见无路，"跳！"钱胖子的声音从芦苇荡传来。吴若男只觉得自己被使劲一拉，几个人和车一起落入了滔滔江水之中。芦苇荡中，钱胖子那张亲切的大脸映入吴若男的眼帘，他正在日军巡逻艇上捣鼓，上面是一堆拆解出来的枪、绷带、药品和证件。

丁香花园的客厅，秋子特意生起了壁炉，重新泡好了一大壶茶，就上楼去看尤佳子了。两个男人似乎都没有睡意，干脆摆起了棋盘。

陈浅落下一枚白子，单刀直入："前辈，有一点我恐怕必须知道，被炸的秘密仓库里有没有犬养大臣和我舅舅翘首等待的东西？"

井田紧接着落下一枚黑子，轻轻哼了一声："浅井君，你觉得我会愚蠢到把帝国战胜的希望放在那么显眼的地方吗？"

陈浅又落下一枚白子，似乎长长松了口气："前辈，我实在惭愧，一听见秘密仓库被炸我就沉不住气了，看来，我跟您比起来，还差着一座富士山。"

"不，浅井君太自谦了，其实我觉得你和我就在伯仲之间。如果我们俩斗起来，那还真是输赢难定呢。"井田拉长了语音，说完后才缓缓落下一子。

陈浅龇牙一笑："前辈，您也太会开玩笑了，论棋艺，您可是国手级别的，我不过就只能陪您玩玩。"

说着，陈浅一伸手，刚要落棋，却被井田一把抓住了手腕，厉声问道："浅井君，你的手，这是怎么了？你今晚受伤了？在哪里受的伤？"

陈浅并不躲闪井田犀利的眼神，而是直视着他，故意压低声音说："前辈，刚才秋子小姐问我，我没好意思说实话，其实，是我包养的那个舞女玫瑰，她以前的男人回来了，找我闹事，他知道打不过我，就使了点下三烂的手段，想向我和玫瑰泼硫酸，还好，被我及时发现了，我就小小地教训了他一下，估计他现在应该正躺在哪家医院里吧。跟我抢女人，这就是下场。"

陈浅说着，就得意地笑了起来，井田也随着哈哈大笑。在笑声里，陈浅抽回了手腕，继续落下一枚白子。这盘棋，两人都下得各怀心事。井田知道，无论自己的直觉如何怀疑面前这个浅井光夫，但目前来看，找不到一丝实质的证据，但不要紧，自己手中的王牌还没有打出。陈浅则暗暗庆幸吴若男终于脱险，因为以井田的个性，如果吴若男被捕或者被杀，他一定没空这个时间赶回家里盘问自己，而是会去连夜审问或者勘验尸体。井田回来了，就说明日本人此时手中并没有任何人证，他们只能等待天亮去勘查现场，寻找蛛丝马迹。

钱胖子此时正开着巡逻艇无风无浪地通过江面。吴若男和跛子叔、春草面面相觑，跛子叔笑道："你的枪法不错！"春草处理完跛子叔的伤，正想给吴若男重新处理伤口："你被毒气伤了，得尽快处理。"吴若男哼了一声，咬着绷带给自己上药包扎："我不需要你们帮助。"春草笑了笑："你刚才可是还回去救跛子叔，我知道你不是真的讨厌我们。"吴若男痛得皱紧了眉，却哼也不哼一声："那是面对小鬼子。下一次在战场上碰到你们，我绝不手软！"

春草看这个姐姐心不坏,可是却凶巴巴的,觉得好笑,就悄悄朝跛子叔吐了吐舌头。

当他们到达下一个码头,插着日本领事馆小旗的黑色轿车早就停妥,一路畅通无阻地回到了国际饭店。告别了跛子叔和春草,吴若男才想起了一个早就憋在心里的问题:"老钱,是谁让你折回来救我的?科长吗?"钱胖子这时又恢复了那副吊儿郎当的样子:"科长虽然神机妙算,可是他也无法分身哪,他那时候应该正往井田家跑呢。是白头翁,我在半路收到她的通知,让我去芦苇荡接应,至于跛子叔,肯定也是收到了她的消息,这一篓子炸弹,就当送给小鬼子当大礼咯!"

"白头翁!那,巡逻艇和轿车、证件衣服也都是她准备的?"

"可不是,这个女人我算服了,事事都计划周密!"钱胖子说着竖起了大拇指。

吴若男也不由得心生敬佩:"改天要是能见到她,我一定当面感谢她的救命之恩。就是不知道科长现在怎么样。"

钱胖子收起药箱,嘿嘿一笑:"放心吧,倒粪桶的兄弟明天一大早就能告诉我们他是否平安了。你呀,就安心睡一觉。"

陈浅和井田都只睡了四五个小时,一大早同车到达十六铺码头爆炸现场。暴雨初停,而北川竟然比他们还早,已经在那里等候。勘查现场的工作做得极其细致,井田手拿放大镜查看炸弹残片和脚印,甚至比任何一个下属都更加认真。在听完众人的意见后,他环视了一下站成一圈的日本军官和76号密探,下达了他的命令:

"昨晚袭击仓库的是两伙人,他们的武器装备和安装炸弹的手法都不同,一伙是清一色的美式武器,德国造定时炸弹,他们是军统；一伙是各种杂牌手枪，自制的炸弹，他们是中共。从车辙和脚印来看，他们从两个方向而来，一伙撤向了市区，一伙则从码头附近的棚户区逃走。市区人口密集，鱼龙混杂，不好查找。那么我们就从中共逃走的人员这边下手。你们看一下脚印，冲向仓库那辆装满炸弹的货车旁找到的脚印是四十五码，步距很大，这个人是个大个子，身材魁梧，他同时也很灵活，因为他在跑进棚户区时遭遇了我们的巡逻队，徒手杀了我们两个带枪的士兵。从后来他可以顺利脱逃来看，他很熟悉码头的地形。所以，你们要找的，是一个身材高大，会武功，在码头干活或者在码头附近居住的男人，他可能是一个码头工人，也可能是一个戏班子里的武师。他很可能有从军的经历，会自制安装炸弹，单身，独自居住一个房子。耐心，一家一户地查，找到符合条件的人监视起来，不要急着动手，直接向梅机关汇报。"

"是！"众人齐声答道，心里却都有几分不得要领。周左小心翼翼地问道："大佐，这个人有从军经历，单身，独自居住，您是从哪儿看出来的？"

井田没有答复他，而是望向陈浅，似笑非笑："浅井君，你一定知道为什么吧？"

陈浅知道此刻装傻会加深井田对他的怀疑，他索性朗声分析起来："货车上安装的炸弹是用旧手表和迫击炮弹自制的，这是军队常用的，一个经常需要自制炸弹的人当然需要一个单独的房子，而在这样的棚户区房屋狭窄，一个拖家带口的男人很难营造一个制作炸弹而不被人发现的空间。所以，他一定是单身。"

周左和众军官听后恍然大悟，连连恭维井田大佐真是心思缜密料事如神，而井田拍了拍陈浅的肩膀，低声说："浅井君，看着吧，这回这个共产党已经在我的手心里了！等抓到他，咱们再好好地下一盘！"

陈浅笑着答应，跟井田并排而行，但他心里已经是惴惴不安。他明白，必须提醒龙头哥立即转移。在井田刚才的描述中，龙头哥的形象已经呼之欲出，便衣密探们用不了几天就会查到在码头附近菜场表演武术的龙头哥。

龙头傍晚时分看到了钱胖子精心烹制的包子，那几个热腾腾的肉包子被邻居毛大娘用毛巾小心包裹着送来，说是他老家的堂兄弟来上海开了包子店，特意送来给他品尝。他说他姓陈，这包子，让你一定要自己吃，别送人。龙头自然一听就明白是陈浅派人送来的消息，他谢过毛大娘，接了包子，插好门点上灯，把那几个包子掰开细看，一张藏在肉馅里的纸条上，陈浅告诉他："井田已经在排查码头附近的武师，速撤离。"龙头思量了一会儿，把纸条就着包子大口大口地吃了起来，吃完了包子，龙头觉得很满足，他也做好了自己的决定。

消息顺利传到，陈浅松了口气，然而出乎他意料的是，龙头没有选择撤离！

龙头哥在知道危险迫近后，烧毁了家里所有牵涉党组织或者查明他个人身份的文字和书籍，在门上贴出了跛子叔和他约定的危险信号：一个倒着的"福"字。他还把所有制作好的炸弹都放在卧室的床下，引线则伪装成了一根灯绳。做完了这些事，龙头便每天仍然按时去菜场表演，烧菜，做饭，练功，一切照旧。

陈浅将拳头重重砸在桌面上，压抑着自己的情绪。明明知道自己处境危险却不逃脱，这是作为优秀特工的陈浅无论如何也不能理解的事情，同时，他冒着极大危险传出的警告，却被置之不理，这也令他难以置信。但他却毫无办法，只能眼睁睁看着周左和76号紧锣密鼓地搜捕，却无法阻止任何事。

到了第六天，井田突然来到76号的监视点，他在看完所有的监视日志和一叠照片后，用手指点了点其中的一张："就是他！你们看看，他和别的武师都不一样，不喝酒不赌博，每次进门就先拉窗帘，每次到饭店里坐下都拣靠墙的位置，这就是一个特工改不了的习惯。"周左和众便衣忙围上来看。"他叫龙头。"一个便衣抢先答道。井田拿起望远镜望了一会儿龙头那所独门独院的房子后，转身命令："通知宪兵队来协助，立即抓捕！"

当宪兵队包围龙头的住处后，龙头平静地在院子中央站定，就像每一个普通的清晨，他缓缓吐纳，练起了太极，耳边是屋外无法逃过他耳朵的脚步声和枪支上膛声。龙头最后朝城中看了一眼，还好，撑到了第六天。看着持枪冲入的一批便衣，龙头并没有慌张，他大喝一声，抓起每天练功的那两个大石墩子朝着便衣们迎面扔去。在便衣们被砸得东倒西歪时，龙头已经跑进了屋里，他一人一枪，毫无防护地冲了出来。

"小鬼子，你爷爷我来了！杀一个不亏，杀两个赚了！"

龙头老老实实干了一辈子辛苦活，这是他头一次这么昂首挺胸。他端起步枪疯狂射击，发誓要和这一群便衣、日本宪兵血战到底。当便衣和宪兵们最后一拥闯进屋子时，身中数弹的龙头哥怒目圆睁坐在床边，只见他嘴角浮现出视死如归的笑容。领头的大叫："不好！"

龙头哥轻轻一拉那根灯绳："小鬼子给我陪葬，痛快！"

在多年后重庆一条渔船上，陈浅和跛子叔的交谈中，他弄清了龙头为什么不马上撤退。跛子叔的回答很简要："那一周，我们来自几个省市的同志正在上海召开一个秘密会议，商议关于下一步的工作计划。龙头知道，他一旦逃走，就会引起井田的警觉而引发大搜捕，为了我，为了参会的每一个同志，他必须坚持一周迷惑敌人，七天！"

原本，以周左那点行动能力，已经被列为监视目标之一的龙头完全可以撑完那七天再安全撤退。但谁也没有想到，井田这个老狐狸先下手了一步。

一天后，陈浅和周左在古渝轩吃饭，陈浅这才从周左口中得知了龙头被捕的经过，心中既对龙头的牺牲叹息不已，又被龙头的豪情激荡起心中的热血。这才是陈浅欣赏的革命者。

喝醉了的周左心有余悸地对陈浅说："少佐，这帮共产党他们不是人，他们不怕死！幸亏我跑在后面，跑在前面的几个弟兄没死也断胳膊断腿了！"陈浅的悲伤都化成了杯中之酒，和周左不断推杯换盏，那晚他似乎真的醉了，当钱胖子把他扶上车时，他在钱胖子耳边轻轻说："老钱，陪我去江边走走！"

钱胖子把车开到一处荒僻的江岸，陈浅走向江边，钱胖子很贴心地把藏在口袋里的一瓶酒递给他，两人很默契，什么也不说，只是迎着江风不断把酒洒向漆黑的江面。临别时，陈浅问钱胖子："老钱，你说顾曼丽、龙头、跛子叔他们都是什么样的人？"钱胖子沉默了一会儿，才说："一群不怕死的人，一群敢和小日本拼命的人，一群和咱们重庆那些坐办公室的官老爷不一样的人！"

陈浅心里有很多话，但最终他什么也没说，还是钱胖子满脸忧虑地说了句："科长，龙头死了，我总觉得井田那小子不会就此善罢甘休！"

第十八章

蜂巢里的花布包袱

　　黑夜将至，井田坐在他的办公室里专心致志地做着一个人偶娃娃，自从彩英死了以后，尤佳子的脸上少了很多笑容，井田想让她看到这个玩偶，能过个开心的女孩节。突然，井田被手中锋利的工具刀轻轻割了一下，他停下来，紧紧握住刀把。从76号里挖出几乎毫无破绽的飞天是井田职业生涯的辉煌，可惜她死了。找到那个叫龙头的武师再次证明了他出色的推理能力，可惜人又死了。井田确信他可以一个接一个地挖出这些共产党特工，可是，他却无法控制他们。他们那么毫无畏惧地结束自己的生命，这些不怕死的中国人是可怕的种子，如果他们深植土壤，在这个千疮百孔的国家形成燎原之火，那么，帝国的统治终有一日会一溃千里。井田被自己的想法激怒了，他手起刀落，那个已经成型的人偶娃娃被一切两半。推门而入的周左见此情景，停住脚步，惶恐地唤了声"大佐"。井田放下刀，立即恢复成平时那波澜不惊的表情，抬手示意周左坐下。

　　井田要周左去做的事听起来非常简单，就是让他先把龙头的尸体悬挂示众三天，再找两个面生的便衣假装龙头的同乡去帮他收尸安葬，然后在坟前大哭，在龙头的邻居熟人面前大哭。井田慢悠悠地把那个坏了的人偶收拾好丢进垃圾篓里，对周左说："让他们去和那些武师混熟喝酒，和那些多嘴的老人去聊天，一个人活着就不可能不留下痕迹，让他们以最快的速度给我找到龙头的活动痕迹，一句话，一个人，或者一个地方。"

"是！"周左起身毕恭毕敬地立正行礼，他从心底害怕这个看似文质彬彬的日本人，但除了害怕，还有一种感觉从顾曼丽惨死的那天就在他心里慢慢滋生，那就是恨。周左曾经想过，趁井田独自一人时从背后偷袭把他捅死，但他清楚地知道，就凭自己根本无法杀死心机深沉的井田。

周左离去后，井田打开抽屉，又拿出一个做了一半的人偶娃娃，继续埋头用工具刀细致地雕刻着娃娃脸部的线条，他甚至还哼起了以前妻子美惠子经常哼的一首海边小调。他就像一个张网以待的渔夫，他相信，很快就会有收获。

陈浅吹着口哨走过国际饭店的大堂，在他臂弯里的白俄舞女媚笑着轻轻在他脸颊上啄了一下。陈浅俯身跟她调笑之际，余光瞥到梅机关的一个密探装模作样地在询问服务员是否有空房。自从仓库事件之后，井田的眼线就频繁地出现在陈浅周围，而他们每天传回去的监视日志也让浅井光夫沉溺女色在梅机关成为共识。

十四楼的一个包间里，白俄舞女扭动着身躯正要宽衣解带，陈浅把一叠钱和一个梅机关的证件放在了她的面前，用生硬的中国话说了句："关于这个房间里的事，什么也不要跟人说起，不然，你知道会去哪里。"白俄舞女顿时面如土色，战战兢兢地连连点头。陈浅随即一笑，直奔阳台而去。只觉一阵风过，落地窗帘微微摇晃，等白俄舞女仗着胆子走到阳台，那个英俊的男子已经踪影全无。

几分钟后，陈浅从阳台上悄无声息地跨入房间时，吴若男先是一跃而起持枪对准他的太阳穴，接着转惊为喜，此刻她很想拥抱陈浅，但最终只是拍拍陈浅的手臂，转过脸去，擦掉了眼角的零星泪光。一贯镇定的陈浅此时却不知所措，他只能轻轻拍着吴若男的肩膀，柔声说："没事就好，我亲眼看到你没事就放心了。"

吴若男平静下来，有点不好意思地说："处座来电，对我们炸毁日军秘密仓库给予褒奖，同时批准了你的请求，但是白头翁表示不会撤离，刺杀井田由你们俩共同完成。其他你自己看吧。"

陈浅默默听着，白头翁的情报和他明里暗里的观察互相印证，井田最近频繁和土肥原、犬养健密电联络，又秘密约见特别陆战队的几名精英飞行员。由于井田使用的是他个人专用密码，除了土肥原和犬养健，根本无人能破译，老汤虽然尝试了各种方法仍不得其解。尽管密电暂时无法破译，但通过传信时间与频率，白头翁和陈浅都明白，井田正在策划如何运送萤矿石回国。这也说明，他们和井田的决战之日已经迫在眉睫。在那之前，必须找出井田的密码本。

"回电处座，我将尽力寻找井田密码本的线索，不，是一定会找到。我和白头翁将在井田离开上海的那天接头，暗号由她确定。井田会使用飞机运送，到时候见机行事，我会跟随井田参与运送计划，白头翁会同时打探内部消息。一得知起飞位置，国共双方同时行动。我负责阻止飞机起飞，白头翁负责刺杀。请毛森他们准备好足量的炸药，如果我和白头翁在最后关头被井田识破失去行动能力，让他们务必毫不犹豫，炸毁飞机！"

"科长，你……"吴若男一脸痛苦之色，她无法质疑但又难以接受。

陈浅把声调放缓和了些:"我相信白头翁会同意我的行动计划。别担心,这只是万一,我、你、老钱一定会一起回娘家的。"

临别时,吴若男咬了咬嘴唇,望向陈浅:"科长,如果你不能回重庆,我也不会回去了。我要和你一起战斗到最后!"

"不,你必须回去,拿着我送给你的那把枪,替我继续打鬼子,直到他们滚出中国!你别忘了,你是军统少尉,党国军人,你不是个普通的小丫头!"陈浅故作轻松地一笑,吴若男却差点掉下泪来。

"我知道我该怎么做,一旦刺杀失败,我会和钱胖子一起带我们的人撤退,再图后计。"吴若男恢复了冷静。她知道自己刚才说的是傻话,却也是她向心爱的人说的唯一的情话。

陈浅和周左等人例行巡逻后一起在古渝轩吃火锅,众人喝得昏天黑地,陈浅让便衣们把又哭又笑的周左送回家,自己借口去找玫瑰,独自开车在仙乐斯舞厅打了个转,直奔四马路。吉祥书场里几个伙计已经在做打烊的准备,春草坐在桌前,一个人练习着魔术,只见一副纸牌在她手中千变万化,不时变成新鲜玩意。陈浅站在她身后轻轻鼓掌,春草却似脑后长着眼睛,头也不回地问:"不是说去外省了吗?怎么转眼就回?被人把货抢了?"

陈浅一屁股坐在她对面,自顾自吃着盘子里已经凉了的桂花糕,说道:"你怎么就不巴望我点好呢?我是那么容易被抢的人吗?明儿一早走,来看看你们。"

陈浅进门时已经悄悄和伙计打听了,说跛子叔的老婆病了,他回了乡下。陈浅一颗悬着的心才落地,他此时惦记的人只有春草。

春草瞧了他一眼就起身:"我去叫瑛姐姐过来。"

陈浅忙拉住她:"不用了,她累了一天,让她好好休息,我来,只是想和你说句话。"

春草坐下,一歪脑袋:"说什么?"

"外面兵荒马乱的,你少出门,出门一定要和别人结伴而行。"

春草点头。

"如果再有那些地痞欺负你们,你千万别和他们硬来,等我回来。"

春草笑了,又点点头。

陈浅说着就起身往外走,走得那么急,等他的身影消失不见,春草嘴里的桂花糕还没有咽下。春草突然觉得眼眶微微湿润,她后悔没有跟陈浅说一声:"小胡子,我愿意跟你走。"后悔没有把这场江湖艺人春草和跑货商陈光夫的戏演到头,哪怕只是让他开心一下。

两天后,陈浅哼着《长崎的雨》,脚步轻快地跑上梅机关的楼梯,与北川迎面撞上。

"北川君,晚上一起去仙乐斯还是军官俱乐部?"

"都不去,浅井君,跟我去四马路!"

"四马路?怎么,有行动?"

"抓人,抓共产党!"

北川年轻的眸子里闪着要杀人的兴奋,陈浅却突然明白为什么周左今早吩咐养狗人这两天不用再给那群纽波利顿犬喂食。

井田从楼上看着陈浅和北川的身影消失在梅机关门口,他也开始慢吞吞地换上一件西装,拿起电话告诉秋子,今晚降温,给尤佳子及时加衣。"我给她做的人偶娃娃已经快做好了,女孩节时一定会让她开心。"井田说这些的时候声音温柔亲切。秋子挂掉电

薄冰

话，看看在伏案练习毛笔字的尤佳子，她想，也许女孩节一过，她和尤佳子都可以回家了。

在去往四马路的车上，兴奋的北川喋喋不休地告诉陈浅，周左手下的两个便衣如何从一个武师口中探听到了龙头生前每周都要去一次四马路，于是他手下的密探立刻如蝗虫般布满了四马路的每一个角落，一个站街的妓女认出了照片上的龙头，说他拒绝了她的几次拉客，走进了吉祥书场，而吉祥书场的伙计则证明龙头来找过他的表叔。陈浅虽然确定他们不会抓到跛子叔，但是，他更担心另一个人。

一群凶神恶煞般的便衣闯进书场时，春草正笑脸盈盈地表演着魔术，她抬眼望去，手中的礼帽落地，几只鸽子扑棱棱地四处飞去。周左举起枪指住老板，大声喝道："那个跑堂的跛子叔呢？把他交出来！他是共产党！"陈浅跟在北川身后缓步而入，正看见被便衣们推搡着下台的春草，两人眼神交汇的那一刻，陈浅看到了惊愕、蔑视、愤怒、悲伤。陈浅别过脸去，对便衣们一挥手："搜！周队长，这里的人都不许走，一个个检查证件搜身！"北川带着人冲上了楼，在一片翻砸东西的嘈杂声中，陈浅点燃了一根烟，一边慢慢吸着，一边扫视着那些正被便衣检查的客人。一个伙计认出了这个经常来光顾的陈先生，小声嘟囔着："你不是那个陈先生吗？"他话还未说完，脸上已经挨了一个便衣结实的耳光。

陈浅的语气此时是冰冷的："让你说话了吗？废话别说，谁来说，跛子叔去哪儿了？"

胆小的老板吓得扑通一跪，带着哭腔喊着："他前几天说他老婆病了回了乡下，我们真不知道他是共产党啊！也不知道他去哪儿了！"

"共产党脸上会刻着字吗？你这里藏着个共党这么久你都不知道，你就该死！"陈浅骂着，随手抄起一个茶杯砸向老板，碎片四溅，老板的额头瞬间多了一道血痕。众人噤若寒蝉，都低下头再也不敢望向陈浅。挽着竹篮的唐瑛跨进门槛，唤了声："春草，我买到了驼色毛线，可以再织……"她的眼光猛地触到一身军服拿枪在手的陈浅，顿时浑身战栗，差点瘫软在地，被春草抢步上前一把扶住。陈浅默默地望了她们一眼，暧昧地一笑："唐小姐，几天不见，你好像又漂亮了，怎么，不认识我了？"

唐瑛还未开口，再也忍耐不住的春草把唐瑛拉在自己身后，狠狠瞪了陈浅一眼。

"我们从来都不认识你，我们以前认识一个长得有点像你的小胡子，不过他已经死了。"春草恨恨道。

陈浅冷笑两声："大家也算熟人了，我就再自我介绍一下。鄙人，特高课，浅井光夫！我早就觉得那个跛子叔有些古怪，正要下手，他就溜了。你们这些无知的女人，不要被共产党蒙蔽了！"

这时，北川从楼梯上疾步跑下，一脸的懊丧："浅井君，楼上都搜遍了，没有，只有那个跛子留下的几件破衣服，没有任何有价值的线索。看来他是听到风声跑了。"

已经检查完证件的周左也走过来低声报告："没什么可疑的人，有几个是青帮的，还有几个是常年混在这儿的大烟鬼和包打听。"

北川骂了句混蛋，随即提出把老板及所有伙计带回76号拷打。

陈浅摇了摇头："不好，这样这条线索就断了。这样，店别关，让老板继续营业，我们留几个兄弟在这儿假扮成伙计监视，万一那个跛子回来，就立刻抓人。其他人，一一核实他们的身份，找到居住地和证明人,没什么问题的就放,有问题的带回76号。"

陈浅的这番安排滴水不漏,立刻得到了周左的赞同,北川也只得悻悻地同意。三人正要各自行事,一阵汽车喇叭声在门口响起。井田被一群日本宪兵簇拥着,闲步而入。

"大佐!"陈浅、北川、周左忙立正敬礼。

井田一摆手,北川忙上前汇报了一下抓捕的情况,自称属下无能。井田环视了一下书场里那些陈旧但雕有花纹的立柱,说道:"中国有句古话,叫'知己知彼,百战不殆'。你们来这里之前,有没有了解一下这所房子的历史?"

陈浅、北川、周左面面相觑,井田从口袋中掏出一张图纸铺在桌上,用戴着白手套的手指一指:"我刚才特意去了原来的房主家里,让他找出了这张图纸,这个书场和它背后的那幢房子原来是一个大宅子,在它们之间,有一个密道相通,就在这!"

密道!众人都惊呆了,陈浅也在露出惊讶表情的同时,注意到春草和唐瑛脸色骤然一变。

北川带着日本宪兵们冲上楼去寻找密道时,井田端坐在一把红漆椅子上,目光划过每个站在墙边的中国人,最后,他的目光落在了互相依偎着的春草和唐瑛身上。

陈浅从吓得走路不稳的老板手中接过了一只茶碗,躬身递到井田面前:"大佐,这是这里最好的龙井,您尝尝。"

井田颇有深意地望了他一眼,随即很熟练地揭开茶碗,吹了几口茶叶,喝了一口。

就在井田喝下第二口茶时,楼上突然传来一声沉闷的爆炸声。几个日本兵连滚带爬地跑下来,嘴里喊着:"有炸弹,密道里有炸弹!"脸上挂着彩的北川冲到井田面前,还未开口,井田猛地脸色铁青地站了起来,大声喝道:"马上申请调特别陆战队过来,封锁附近的几条街道。搜，凡有嫌疑的人都抓起来！"

几分钟后，吉祥书场和来福戏班的老老少少几十口人垂首在井田面前站成一排，日本宪兵的刺刀闪着的寒光，吓得三四岁的孩子紧紧依偎着妈妈不敢哭泣。井田缓缓地在人群前踱了几个来回，停下脚步时，眼光有意无意地落在春草和唐瑛的身上。北川、周左和陈浅这时都已经结束了搜索，各自来汇报，除了密道中搜出残存的炸药和一台被炸毁的电台之外，其他一无所获。井田面无表情地望向陈浅："浅井君，你怎么看？突破口在哪里？"

陈浅一脸的懊恼："大佐，我必须向您请罪，之前我奉命在四马路调查时，来过吉祥书场和来福戏班，也怀疑过这里有共党的踪迹，可是，终究还是没有识破那个跛子。这次密道里的炸弹，八成是他事先安置的，他知道我们搜到密道，就会触发炸弹。他既然早几天就逃走了，所有有价值的痕迹应该也都抹掉了。我想，我们现在可以扩大搜索范围，比如派人去跛子的老家崇明岛搜一下，就算他逃走了，也许会留下什么蛛丝马迹。"

井田静静听完，蹲下身仔细翻看了一下那台炸得面目全非的电台，一笑："这是一台最新的美式电台，在军统不稀奇，在共党那里可是很珍贵的资源，如果跛子已经决定要逃走，他为什么不带走电台？只有两个原因：一是龙头死了，他只是去避一下风头，他也没有料到我们能这么快地找到他们的联络点。二是电台他不会用，带走也没有用，所以留下来，这也就意味着这里，这些人里，有会使用的人——共党的一个发报员，密道中的炸弹只是以防万一！"

周左和北川都一脸恍然大悟的神情，陈浅也不得不承认，井田的分析丝丝入扣，他能想到的，井田也都想到了，他想把井田的视线引出吉祥书场和来福戏班的努力没有成功。

薄冰

  井田起身，用手绢擦了擦手，慢条斯理地吩咐道："这里一定还留着什么，枪或者证件。搜，再搜一次，墙壁、炉灶、床底、柜子，全部撬开，掘地三尺，不信搜不出什么。"
  日本宪兵们在对整个屋子进行破坏性搜查时，井田悠然自得地绕着人群打转，观察着每一个人脸上的表情。最后，他停在一个戴着虎头帽抱着妈妈的腿一声不吭的小男孩身边，含着一丝危险的笑容，从口袋中掏出一块巧克力递到男孩面前。那从未见过的精美包装吸引了男孩，他立刻伸手来接，尽管母亲想要制止，却被井田身后北川的一个凶狠的眼神吓得不敢动弹。
  井田细心地剥开包装纸，看着男孩大口地舔着巧克力，他的声音听起来温柔平和："小弟弟，你告诉我，如果我送一盒子这种好吃的糖给你，你会把它藏在哪里，才不会被别的孩子发现呢？"
  "大树上的蜂窝里，我看到过跛子叔在那里藏东西。"男孩的回答只有短短两句话，却让井田狂喜异常，也让陈浅心如铅石。那棵生长在后院子墙边的老槐树上有几处不明显的攀爬痕迹，自然躲不过陈浅的眼，也瞒不过井田。井田用手指沾了一下那被踩过的青苔，抬头望了一眼树顶上那个巨大的黑色蜂巢，手不自觉地紧握了一下，他感到，那个没有逃走的共产党发报员，已经在他的手中了。
  两个身形敏捷的日本宪兵很快从蜂巢中找到了一个花布包袱，包袱被打开后，几件男式衣服，两把勃朗宁手枪，几个手雷，几本空白的特别通行证映入眼帘。井田立刻命令宪兵们一一检查所有成人的鞋底和衣袖，看看谁沾上了青苔。几个沾了青苔的男人被拉出了人群，他们苦苦哀求着，辩解着自己只是因为走近大树边抽烟或者做其他事沾了青苔，一时间，人群骚动，乱作一团。井田一个冷酷的眼神递给北川，北川会意，拔枪不由分说地射杀了哀求挣扎得最厉害的两个男人。顿时，院子里一片可怕的静默，几个忍不住想要哭泣的女性都死命地咬住了自己的嘴唇。

井田的声音在此时听起来就像在空旷的山谷中回荡："我知道，他们只是替死鬼，那个真正的共党谍报员还在你们之中。她应该是个女人，从这棵树上的脚印来看，她的脚很小，身体轻盈，攀爬能力很强。而花布包袱的打结法也是女人常用的。这几件男人的衣服上沾着几根长发，还有针脚改过的痕迹。想想吧，这个女共党眼看着你们枉死也不肯出来，你们还要维护她吗？都说出来吧，谁曾经下过那条密道？谁曾经爬过那棵大树？说出来，你们就能活命。"

人群一片死寂，陈浅的目光捕捉到了春草那无法遏制的愤怒，她正要举起手臂，却被另一个人使劲按住了。唐瑛的声音还是带着唱戏般的悠长和颤音："是我！这些东西都是我的！"她静静拨开人群走出，从来都是低头微笑的她此时一双眸子坦然无畏地注视着井田。井田上下打量了一番，身材高矮都符合那几件衣服的尺寸，猛地伸手抓住她的手腕，用力翻过来看了看，她的手指果然呈现出长期发报才会形成的弓形。

"就是她，带回梅机关！"

"那剩下来的这些人呢？"北川一边给唐瑛戴上手铐一边追问道。

井田稍一犹豫："暂时软禁在这里，不许随意离开，等候我的审问结果。你随我来，浅井君善后。"

"是。"陈浅目送井田和北川押着唐瑛离去，他转身命令周左，把所有人都赶进屋子里，只留几个76号便衣在外面看守即可。春草借着人群移动之际，敏捷地闪身进入灶房，她刚要伸手去摸藏在灶底的那把掌心雷，却被陈浅从身后一把按住。

"你!"春草扭头怒目而视。陈浅在她耳边低声说:"这个时候,你不能轻举妄动白白牺牲。唐瑛是为了保护你才挺身而出的,你要安全地逃出去,才能想办法营救她。"

春草愣住:"你究竟是什么人?"曾经,她以为他是扮成跑货商的地下党。刚才,她以为他真实的身份是日本人。现在,她却看不明白了。

陈浅默默地点了点头:"你们的朋友和战友。好了,你快回到那边屋里去,我会安排少量的便衣,等天黑了,让人来送酒灌醉他们,会有人协助你带着大家一起逃出去,能逃多少逃多少。"

陈浅从灶间里推搡着春草走出之时,迎头碰上周左进来取水。他故意大声呵斥春草,拉住周左叮嘱了他几句要看守好人犯,才转身坐上车先行离开了。周左望着远去的陈浅,心中泛起几分狐疑,他刚才似乎听见灶间里有人在低语,而恰好浅井少佐和魔术女郎走了出来,这里面难道有什么蹊跷吗?

第十九章

海乃家的罪恶

梅机关,审讯室里的鞭打和惨叫持续了两个小时,陈浅在办公室里抽完了半包烟。他无法想象烧红的烙铁烙在唐瑛白皙的肌肤上,也无法想象一个平时说话都会脸红的姑娘是有什么样的勇气才熬过这漫漫长夜。陈浅知道自己现在什么也做不了,他唯一能做的就是等待电话响起。

井田一脸倦容地走进办公室,陈浅立刻给他送上了一杯刚刚煮好的咖啡:"大佐,您休息一下吧,我替您去继续审讯这个顽固的女共党。"

井田喝了口咖啡,脸色阴郁地摆了摆手:"她,不是那个女谍报员,虽然她很有勇气,坚持说自己就是,但,我看得出来,她没有受过训练,我故意让北川把枪落在地上,可是她根本没有一个职业特工应有的反应,也根本不会用枪。是我疏忽了,她是个唱戏的,以前也唱过评弹,弹过琵琶,所以手指也会形成弓形。"

陈浅故意露出惊诧的表情:"那,她一定是为了掩护什么人,那个人应该就在来福戏班的院子里。"

井田重重地把咖啡杯放在桌上:"浅井君,我太蠢了,我们都太蠢了，真正的女谍报员应该是唐瑛身边的那个女孩，她们身材相似，感情亲密，一定是她。为了救她，唐瑛才会这么不怕死地站出来。"

陈浅立即起身，拔出手枪："我马上去，抓住那个女人。"

电话铃很及时地响起，接过电话的井田半天没有吭声，忽然挥手把咖啡杯打翻在地。

"我们晚了，周左刚才来电话，说他们在吃饭时，那个魔术女郎和其他一些人从后窗逃走了。而且外面还有人开车接应，转眼就没了影子。"

"大佐，是属下疏忽了，我应该早点看出来那个女人有问题。"

"算了，不是我们疏忽，是共党太狡猾。浅井君，现在还有一个好机会，唐瑛在我们手里，她就是筹码，她拼死救共党谍报员，共党也会拼死救她。"

井田说着转过身来，盯着陈浅诡异地一笑："浅井君，吉祥书场的老板告诉我，唐瑛有一个心上人，就是你。当然她不知道你的真实身份。现在，你去见她，女人是很奇怪的，她也许不怕死，却怕再也见不到心上人。你去告诉她，你喜欢她，只要她能配合我们抓住那个女共党，你们就可以在一起。"

陈浅尴尬地张了张嘴，一脸为难地立正行礼："是，我会尽力说服那个女人！"

陈浅走出办公室时，井田在他身后阴沉沉地笑着说："浅井君，又不是让你去娶她，你不用苦着脸，要温柔一点。你还要告诉她，如果她拒绝和我们合作，那么，明天天亮，她就会被送去海乃家，成为一个慰安妇。"

唐瑛趴在冰冷潮湿的地面上，全身的剧痛像潮水般涌向头顶。

她听见铁门被打开的声音，又听见一阵皮鞋走过石板的清脆之声。唐瑛努力抬起头，但她仍然看不清来者的面孔，血水模糊了她的双眼，审讯室里昏暗的灯光只能让她看见来的是个身材高大一身日本军服的男子。

陈浅扶起唐瑛让她靠在自己身上，掏出手绢仔细地擦拭掉她脸上的血渍，在今天之前，他不曾这样近地端详过唐瑛娟秀的脸庞。

"是你，陈光夫？不，你是个日本人。"唐瑛像被火烫了一般竭力想移动身子，但又瘫软无力。

"唐小姐，我叫浅井光夫，我是中国人还是日本人都不重要，重要的是我知道你喜欢我，是吗？"

唐瑛无法否认自己的感情，但又不愿承认自己喜欢一个日本人，她只能倔强地咬着嘴唇，不让泪水落下，扭过脸去："你走吧，我不认识你。我认识的是陈光夫，是个中国商人。"

陈浅知道北川此时就站在铁门的后面，死死地盯着他们，他继续柔声劝说着唐瑛："唐小姐，我们已经知道你不是共党，那个春草才是共党谍报员。你要明白，你现在只有两条路：一条是生路，说出春草可能会去的地方，配合我们抓住她，这样你可以无罪释放，以后还可以和我名正言顺地在一起；另一条是死路，不，甚至比死更可怕，你如果拒绝，明天你就会成为帝国的一名慰安妇。你这么聪明，一定不会选死路吧。告诉我，怎么抓住春草？"

唐瑛的身体开始剧烈地颤抖起来，抖得像一片风中的树叶。她曾经隐约听过慰安妇的事情，那是比死亡更令人恐惧和羞辱的命运。陈浅忽然伸手把唐瑛紧紧拥入怀中，低头去亲吻她的嘴唇。就在两人脸庞轻轻碰触的瞬间，唐瑛似乎生出一股巨大的力量挣脱出来，甩手给了陈浅结结实实一个耳光："滚，你这个日本鬼子,你们这些强盗、杀人犯!我什么也不会告诉你!你们杀了我吧!"唐瑛一口混着血水的唾沫吐在陈浅脸上。陈浅阴沉着脸站起身来,一边用手绢擦去唾沫,一边用日语骂了句"混蛋",随即怒冲冲地朝铁门走去。

不用回头,陈浅也知道唐瑛是怎样怒目圆睁,愤恨地用眼神把他这个欺骗她感情的侵略者千刀万剐。可是他只有这样做,唐瑛的努力才不会白费。

潜伏,就意味着要面临无数残酷的选择。这一刻,陈浅也不知道自己究竟是心狠手辣的侵略者,还是忍辱负重的潜伏者。

折腾了半夜,又弄丢了人犯的周左做好了挨井田几个耳光的思想准备。然而事情比周左预料的更严重,唐瑛的倔强让井田一腔怒火无处发泄,朝着周左的腿弯就是一脚:"废物!就算是养了条狗也要听个响,养你们有什么用处!这个队长你也不用做了!"

周左跪倒在了地上,从陈浅的角度,可以看到周左眼中冒出的恨意。

陈浅见状在井田面前微微鞠躬:"井田大佐,今天抓捕失败是我的责任!要是我更警觉一点就好了。"说罢陈浅一副懊悔不已的模样,一个为自己的小小失误而愤恨的高傲军官形象跃然而出。陈浅知道这会令井田不自觉地想起他的学生时代,而井田确实十分欣赏陈浅一直以来表现出的精明能干,只是始终有一片怀疑的阴云在他眼前盘旋不去。

"浅井君,难道你要替他受罚?"不等陈浅回答,井田已经一耳光抽在陈浅脸上。

"请大佐指教!我会记得今天的教训,下次决不放过一个敌人!"陈浅大声回答。

井田不失宽厚地挥挥手让陈浅退下,至于一旁的周左,井田朝他斜睨一眼："周队长，押送女犯唐瑛去军官俱乐部！"

看到井田不准备责罚周左，陈浅在周左手臂后扶了一把，将他从地上带了起来。周左疑惑，但他清楚，是陈浅的求情让井田放过了自己。背对着井田，周左握拳举起在胸口无声地碰了碰，意思是，这次的事，他记下了。

临上车前，周左掏出一根香烟递给陈浅，乘着打火之际，悄声问："少佐，是否要对这个女犯做特别安排？"陈浅吸了一口烟，眯起眼打量着面色苍白戴着手铐被推搡上车的唐瑛，冷冷一笑："一个支那女人，这种货色我要多少有多少。不过告诉那边的老板娘，这两天先不要安排她接客，她是大佐布下的鱼饵，是用来钓大鱼的，你们行动队负责在明处看守，我们的便衣会在暗中监视。"

"明白！"周左躬身应着，心中却盘旋着一个他也不敢去深究的猜测。

唐瑛被蒙着眼，不知道车子开了多久，她只能根据车窗里偶尔飘来的叫卖声来判断，他们一直都在市区转圈。当遮眼布被取下时，车门打开，周左先跳了下去，转身做了一个请的手势。唐瑛默不作声地走下车，小巷深处，一家挂着日式门帘的店面前，两盏红灯笼上有醒目的"海乃家"三个字。唐瑛被交给一个穿着和服、干瘪瘦削的老太太。唐瑛听不懂她叽里呱啦说的一大堆日语，但是从她眯缝的双眼和不断的点头中，唐瑛看出她对自己的容貌很满意。

周左按照井田的意思在一楼大厅和门口故意大声宣扬着，今天从梅机关带来了一个漂亮女人，过几天就能让大家尝鲜。唐瑛被老板娘领上了那个木结构的二层楼，一间间隔开的日式房间里传出的浪笑声让她浑身莫名地战栗，走廊里几个醉醺醺的日本军官都色眯眯地盯着唐瑛,还不时用日语询问着老板娘,而老板娘满脸含笑的回答显然让他们一脸悻悻。当那扇日式木门被轻轻合上时,唐瑛几乎是瘫倒在地,她知道,她暂时安全了。老板娘离去时的一通话虽然听不懂,但是她放下的那套半旧的和服与周围的几件女性日用品清清楚楚地告诉唐瑛,这间屋子里,曾经也住过被强掳来的慰安妇,而她们现在究竟去了哪里,唐瑛不敢想下去。她冲到那间小小的浴室,打开水龙头让冷水不断冲着自己的脸。她现在已经精疲力竭,但是她不能睡着,一分钟也不能让自己睡着。

钱胖子告诉陈浅,他开着车把春草和一些逃出来的老百姓送到了码头附近,临别时,春草告诉他,有任何消息可以用暗语写在老北站的寻人栏里。

陈浅点头,做了一个决定:"好!老钱,你立刻帮我去老北站传递消息,告诉春草,我会想办法救出唐瑛!"

钱胖子正要把几个打包好的菜递到陈浅手中,闻言将手收了回来:"队长,你变了。我们不能擅自行动,更何况,这会影响我们真正的任务。"

陈浅伸手取过钱胖子手里的饭菜:"告诉他们,井田在海乃家附近布置了很多梅机关的密探。我来安排,明晚我过去时想办法让唐瑛逃出去,让他们的人在巷子口等着,及时把唐瑛带走送到安全的地方。"陈浅拍了拍钱胖子的肩膀,转身走出古渝轩。

陈浅在丁香花园陪秋子和尤佳子吃了晚饭,他故意哼着小曲洗澡换衣服喷好香水,当他对着镜子梳头时,被影佐召去开例会又不放心周左的井田果然来了电话,让陈浅去一趟海乃家坐镇,别让共产党钻了空子。一脸无奈的陈浅出门时还故意跟秋子抱怨没空去见玫瑰小姐了。"玫瑰小姐总会等你的。"秋子笑意盈盈地微微躬身。

强撑着的唐瑛还是迷迷糊糊地蜷缩着身子睡着了，半梦半醒之间，她感觉到一只手在抚摸她的脸庞和身体，一种突如其来的恐惧让她瞬间清醒过来，刚想大叫就被捂住了嘴巴，一个男人用日语在她耳边嘟囔着什么，同时手上的动作加快了，开始飞速地撕扯她的衣服。唐瑛不顾一切地挣扎着，翻滚着，矮几上的台灯暖瓶纷纷落地。这场力量悬殊的打斗随着一声男人的惨叫而终止，推开木门的老板娘看见自己的丈夫捂着半边脸在哀哀惨叫，而脸色惊恐的唐瑛则退到屋角用一块暖瓶的碎片抵住自己的脖子。

"你们别过来，过来我就死！"唐瑛凄厉的喊声让老板娘记起周左送来时叮嘱的一定不能让她出事，井田大佐吩咐暂时不用接客，只放在这里关着。她急切地埋怨着自己好色的丈夫，"井田大佐"这四个字也让还跃跃欲试的老板不敢再次施暴，只是叫嚷着要拿鞭子来好好教训一下这个大胆的支那女人。老板夫妇刚刚退出房间，惊魂未定的唐瑛砰然跪地，她摸索着想再找到一块大些的碎片来保护自己，却被一双白皙的手紧紧扶住，唐瑛吓得猛然抬起头，一个女子看着她，用半生不熟的中国话低声说："不要怕！随我来，我来保护你！"

陈浅的车刚刚开到通往海乃家小巷的那条大街上，他就看见了一个戴着鸭舌帽的小贩，他正在殷勤地向两个刚刚走出海乃家的日本军官推销着摊子上的香烟。陈浅心中一动，停好了车，去报亭买了一份报纸，又走进街对面的一家西点屋，不急不忙地选购着面包。春草双手插在口袋中，低着头，让鸭舌帽尽量遮住自己的大半张脸，不远不近地尾随着陈浅。走到日本军官视线外的暗角，陈浅坚实的手臂搂住春草的肩膀，两人一起走到旁边黑暗的巷口中，紧贴着墙壁。

"春草，你怎么会在这里？这条街上到处是梅机关的密探，你们应该按我拟订的计划行事。"想到巷口外井田布置的重重陷阱，陈浅不由得皱紧了眉头。

"我看到了你留下的消息，我是来阻止你的！我们不能意气用事。"春草将陈浅按在她肩膀上的手松开。

"我不是意气用事，我有自信可以让唐瑛安全离开，请让我试一试。"陈浅看着春草，温暖的眸子变得坚定。他还是那个心高气傲的行动队队长，一个人单枪匹马就敢去闯龙潭虎穴。

"没有人比我更想救出唐瑛。"春草的声音中带着一丝哽咽，抓住陈浅的衣领收拢手指，"可是我知道我不能。"

陈浅握住了春草极力压抑着颤抖的双手，感受着她的痛苦，最亲的姐妹进了魔窟，可是她却要亲自下定决心，什么也不做。

"我们遭遇三番五次围剿还是没有死绝，并且生生不息，微弱的火光终于燎原。你知道这是为什么吗？就是因为我们讲纪律，服从集体，这就是我的信仰。比起让这里的人们能见到光，我的死，我的感情，已经不再重要。"

等春草再抬起头，两人眼中都像灌入了潭水，那是一种深沉的意志。

这时巷口传来极具节奏感的脚步声，无疑是军人长期训练后无法掩饰的肌肉反应。陈浅透过窗口玻璃的反光一看，来人果然是日本宪兵乔装的。于是陈浅将春草按到了墙壁上，当日本密探走到巷口，他见到浅井少佐怀里正抱着一个眉清目秀的年轻男子，一时目瞪口呆。

陈浅严厉地看了密探一眼："你有什么要报告的吗？"

"没有没有。"打扮成路人的密探摆摆手，抹了把汗赶紧离开了。方才密探已注意到这个小贩看见日本军官就马上迎上去，日本人大多不给钱，没人想做亏本生意，见到日本人总是躲着走。这引起了他的怀疑，因此他才一路跟随，没想到原来是个做皮肉生意的相公。

待密探离去，春草白了陈浅一眼，随即将一个精巧的小十字架塞到了陈浅手中，说："圣若瑟堂，如果有紧急情况，你可以去找那个神父，他是我们的人。但只能你一个人去，如果有军统的其他人出现，他不会和你接头。"

"别对我们军统有那么大成见，我们的弟兄一样拼死杀日寇。"

"不错，可是，你们蒋委员长一旦过上几天太平日子，就开始想着要屠杀我们共产党人。"

黑暗中，陈浅和春草突然间都沉默了，但他们都听得见彼此清晰的呼吸声，瞬间，他们都意识到国共之争是横在他们之间一道几乎不可逾越的鸿沟。陈浅把春草的手轻轻地握了一下："我向你发誓，不论将来局势如何变化，我决不会把屠刀指向共产党人。"

"我相信你。"春草扭头，陈浅看见一抹红晕闪过她的脸颊，但那或许只是一种错觉。因为他们是在黑暗中分手的，春草继续向前匆匆拐过街角，陈浅则快步走向自己的汽车，他关上车门，把报纸和面包扔在副驾驶座，打开车灯，打算重新发动。

"别动！动一动就没命！关掉车灯，交出武器！"一把枪顶住了陈浅的后脑，偷袭者显然是一直藏身在后座。

陈浅很配合地关掉了车灯，又掏出了口袋中的枪，盯着反光镜中那个模糊的黑影，缓缓把枪放在方向盘上："周队长，我正想找机会和你好好聊聊，但你这种方式似乎不怎么友好。"

周左丝毫不敢懈怠,他的手指紧紧扣住扳机,声音中的颤音却还是透露了他内心的紧张:"好一个浅井少佐,昨天就觉得你和那个表演魔术的女人眉来眼去的,听井田说她是女共党我就想明白了,你是故意放她逃走的。刚才我一直在暗中跟着你,还是跟丢了,不过,我可以肯定你去见那个女共党了,于是,我就在车里等你回来。难怪第一眼我看见你就觉得有点眼熟,可是我那时候不敢深想,现在仔细想想,越想越像,你不是浅井光夫,你就是那个被埋了的蝎子,对吧?你没死!"

"对,我就是蝎子,我没死,这次回来冒名浅井光夫执行任务。周队长,你打算怎么样?把我交给井田去领功吗?让我再尝一次赛狗的滋味,还是像顾曼丽那样,让井田给我注射鼠疫病毒?我知道,你不会,因为你不是一个冷血的人,你不会向杀死你心爱女子的仇人效忠。"

陈浅的判断一点都没错,"顾曼丽"三个字就像利刃刺痛了周左最柔软的那一部分。周左握枪的手微微颤抖了一下,一阵沉默。

"顾曼丽的仇你还想不想报?"

"曼丽的仇,我自己会替她报,但我也不可能和你们军统合作,我知道,我早就上了你们军统的暗杀黑名单。"周左的声音听起来有点干涩,陈浅当然知道他最害怕的是什么,最希望得到的又是什么。

"周队长,战争形势现在已经发生逆转,太平洋战场日军连连惨败,他们国内的资源已经不足以再支撑他们继续长期的战争,稍有眼光的人都看得出,日本必败,这是侵略者必然的结果。你想想,到了那时,你将如何自处?你如果现在回头还为时不晚,千万不要一条路走到黑,给日本人殉葬!"

一段长时间的沉默后,陈浅感到顶在自己后脑的枪放下了,他转过了头，看着神色黯淡的周左。周左看见陈浅的脸颊上还隐约留着被井田掌掴的指印，想起陈浅的仗义相助，周左的语气开始动摇，他曾在内心答应要报答陈浅，只是没有想到面对的是如此严峻的抉择。

"你救我，就是为了利用我不是吗？"

陈浅不置可否："想必你也明白，自然有这种考虑。但最终是因为我知道你的内心还有人性，还有感情。"

"感情？"周左难堪地干笑了几声，"我还能回得了头吗？光你们军统，我身上都有不少血债，再说，井田实在太厉害了，我斗不过他。"

"不，你可以。我听说，76号以前有过一个姓陈的行动队队长，本身就是地下党，而且，他最后还成功地盗取了情报，全身而退。既然他可以是共产党，你当然也可以是我们军统的内应。"

"你说的是陈深？我认识他，他当时是行动处处长老毕的红人，谁也想不到他竟然是个共产党。"周左这时的语气已经明显缓和了，毕竟陈深是他身边活生生的例子。

"他能做到的，你也一样能做到，只要你从今天起转做我们的内线，配合我完成这次行动，我会直接向戴老板汇报你的事情。我可以向你保证，将来，战争结束时，国民政府一定会对你从轻发落。"

周左内心一阵翻腾，此刻却见到自己的母亲正走向街上的药店。陈浅朝车窗外挥了挥手，周左迅速将枪口隐藏在了衣袖中。周母眉开眼笑地朝陈浅打招呼："浅井少佐，多亏了您的关照，曼丽的药方中有味难寻的药，都仰仗您帮我联系这家药房的掌柜找到。"

原来陈浅早就发现了周左的跟踪，一切都在按他的计划进行。等到周左偷偷潜入陈浅车中，陈浅知道，对周左的策反计划到了该收网的时候。

目送周母走进药房,陈浅注视着周左:"你要想清楚,井田败逃之日,你和你的家人会是什么下场。"

"蝎子,不愧是蝎子,真有你的。"周左苦笑。陈浅明白,周左已经完全放弃了抵抗。

"那么,一言为定。"陈浅说着向周左伸出了手,周左思量了片刻,握住了陈浅的手:"一言为定,蝎子。"

陈浅一笑,把一直放在口袋中的左手拿了出来,收起了一支已经打开保险的柯尔特。

周左被陈浅搭着肩膀带下车时,额上已惊出一层冷汗,原来蝎子已经设想好了各种情况,从一开始自己就没有任何胜算。

唐瑛洗了个澡,换好了干净的和服,盘腿坐在矮几边,吃着一个饭团。她觉得这是她吃过的最美味的饭团。她抬起头望着坐在对面的梳着发髻的年轻女子,轻声问:"姐姐,谢谢你,我叫唐瑛,你也是日本人吗?为什么老板和老板娘都不敢进你的屋子来找我呢?"

女子的眉间凝着一丝淡淡的哀愁:"我是日本人,我叫樱子,原来在东京做艺伎。后来,听说我失踪的未婚夫没有战死,而是在中国的上海,为了寻找他,我才应征到中国来做慰安妇。在来中国的大海上,船翻了,很多人都死了。我被一个渔民救了,就流落在沿海一带。我花了两年多的时间才来到上海,半个月前,我找到了上海的日军司令部,那天,我在那里询问我未婚夫的下落,他们把我带去见一个人——井田大佐,他就派人把我送到这里暂时住着。他还说,他认识我未婚夫。这里的老板娘和老板以为我是井田大佐的女人,所以,他们不敢到我房间里来,你就安心躲在这里。"

"井田大佐！"唐瑛手一哆嗦，饭团落地，"井田！他送你来这里，还说帮你找未婚夫，他会有这么好心？他是骗你的，樱子姐姐，他一定是骗你的。"

樱子轻轻摇头，起身收拾地上散乱的饭团："井田大佐说话很和气，他能说出我未婚夫所有的情况。他说，我未婚夫在战场上受了伤，改了名字，记忆也丧失了很多。刚才经过你房间之前，老板娘来告诉我，井田大佐来电话说，让我准备好，明天去参加一个宴会，就会见到我未婚夫。你放心，明天我见到井田大佐，会请求他让老板娘放了你，让你回家。"

樱子的眼中迸发出一种动人的光彩，唐瑛想告诉她，井田绝没有那么好心，那一定是个圈套，但不知为何，她却无法说出口。就算只是一个梦吧，她也不忍心让樱子的梦瞬间破灭。

木门唰的一声被拉开了，面色冷酷的周左立在门前，先朝樱子微微点了点头，再把手中一条围巾猛然扔向唐瑛。

"唐小姐，别以为躲在这里就没事，浅井少佐让我把这个破玩意还给你，他让我告诉你，你还有一次机会，好好想清楚，说出我们要的东西，你就可以离开这里。明天晚上，少佐会亲自来问你。如果你还执迷不悟，后天，你就会被送去南京的防疫给水部，那可是一个比天堂还要美的地方。"

周左的脚步声消失在楼梯上之前，樱子赶紧关好了木门，转身只见唐瑛正痴痴地凝望着手中的围巾，狐疑地轻声问："唐瑛妹妹，他说的是浅井少佐，难道你喜欢的是一个日本男人？"

唐瑛的眼眶微微发热，这条围巾是她送给她心中那个风趣善良的年轻行脚商陈光夫的，而不是日本军官浅井光夫！她正想把围巾狠狠扯碎，却摸到里面藏着什么硌手的东西，仔细一瞧，那是一张扑克牌，正是春草常用来表演的那一张。牌面是黑桃K，在西洋的扑克牌占卜术中这代表了离别。唐瑛立刻明白了两件事：一是春草已经安全离开，这让她安下了心；二是浅井和春草有某种秘密的联系，虽然她不知道内情，但浅井是春草可以信任的人，那么，自然也是她可以信任的人。

为避免樱子看出破绽，唐瑛将扑克收在袖中，又使劲摇了摇头："不，我恨他，不是因为他是个日本人，而是因为他和井田一样，残害我们中国人。"

"他们要你说的到底是什么？我听说过南京的防疫给水部，那可是一个比地狱还要可怕的地方。千万不要让他们把你送去，明天我带你一起去求井田大佐，求他，我们一起求他！"

伏在木门之外的老板娘听到这儿，蹑手蹑脚地走下了楼梯，拿起电话拨通了梅机关井田办公室的号码。她不断躬身点头答应着什么，随后放下电话，对她那整天抱着酒瓶子的丈夫冷脸说道："井田大佐说了，明天把樱子姑娘送过去，再带上十几个漂亮的姑娘一起，特别是，那个新来的支那女人，让她也穿上和服一起去！"

第二十章

宴会上的血色樱花

从周左的口中,陈浅得知唐瑛目前还未遭受什么痛苦,只是被囚禁在海乃家。只是不知道井田究竟打算如何用唐瑛设局来引诱共产党出面。陈浅知道,井田的阴谋早已被看穿,注定不会得逞,然而他不知道自己究竟能否眼看着唐瑛身陷囹圄却表现得无动于衷。正思索着,陈浅在走廊里与一脸春风的北川迎头碰上。

"浅井君,我来接你去参加宴会,走吧!"

"是井田大佐专门为关东军岗村大佐在金门大酒店举行的欢迎宴会吗?听说井田大佐和岗村大佐是老同学,这回正好让他们叙旧,我就不去凑热闹了吧。"

"不行,井田大佐刚才特意打电话让我来接你的,今天啊,会有东京艺伎的表演,大佐说你一定爱看。"

"东京艺伎,这倒是难得,我还真是想欣赏一下!"

"漂亮,绝对的美人,而且今天会有很多美人,我们俩都不会空手而归!"

"北川君,你已经有了小百合,还这么见一个爱一个,小心她知道吃醋。"

"浅井君,你还不是一样,每次看到你,身边的女人都不同,哈哈。"

二人说笑着上了车,陈浅随意一瞥,后座上的一盒鳗鱼饭团映入眼帘,那是海乃家的招牌饭团,也是北川的最爱,每次他去,老板娘都会殷勤地送上一盒。陈浅的心中瞬间捋清了一条线索,北川在来76号之前刚刚去过海乃家,他应该是从那里接走了那个东京艺伎,那么,心机深不可测的井田一定是早就策划让自己也参加这场宴会,唐瑛是否也会被带到这个宴会上呢?

穿着鲜艳的和服、梳着高髻的唐瑛垂着头,混在十几个打扮得花枝招展的日本女子里面,跟在樱子身后,一起缓缓步入这间豪华的小型宴会厅。一阵阵狂妄自得的笑声里,唐瑛微微抬起头,高悬层叠的宫廷式华丽吊灯下,一片土黄色的军服瞬间刺痛了唐瑛的双眼,在一字排开的几张圆桌上每一桌都放着一大束如粉色烟雾般的花朵,那些正在推杯换盏的日本军官一见这群日本女子走进来,都纷纷窃窃私语,投来色眯眯的目光。脚步迟疑的唐瑛被身后的一个女子催促着,她一扭头,正看到一身军服身材挺拔的陈浅刚刚走进门,她愣住了,但只能身体僵硬地随即向前走去。她希望,陈浅没有认出自己,如果井田派人把她带到这里来,是为了侮辱她折磨她而从她嘴里挖出春草的线索,那么,她宁愿陈浅不会目睹这一切。

就在唐瑛看见陈浅的同时,陈浅也发现了混在日本女子中的唐瑛,但他的脸上波澜不惊,谈笑风生地和几个熟识的日本军官打着招呼,随手端起桌上的一杯香槟酒一饮而尽。坐在岗村身边的井田阴森的目光一直追踪着陈浅,看见他潇洒自如地喝酒吃菜,忽然说了一句不知什么笑话,顿时引起了一桌日本军官的哄笑。

已经喝得有几分微醺的岗村注意到了井田的沉默,顺着他的眼光望去，说道："浅井君还真是个受欢迎的美男子啊！听说他还是仁科教授的亲外甥！这样的人才，井田君，可以留在梅机关做你的得力干将啊！"

"是啊，他的确是个人才，来上海以后帮了我很多，所以我今天为他准备了一份厚礼！"井田嘴角浮起一丝冷笑，忽然站起，举杯高声说：

"诸位，今天，是为我的挚友和老同学冈村大佐举行的欢迎宴会，我让人用折纸制作了这些樱花花束，就是要让大家仿佛回到我们魂牵梦萦的家乡。既然有樱花有清酒，又怎么能没有歌舞呢？下面，就请来自东京的美丽艺伎为我们表演歌舞吧！"

冈村带头，宴会厅里爆发出一阵狂热的掌声和叫好声，随即安静下来，一老年艺伎盘腿坐下，丝弦声悠悠而起。

陈浅一边喝着香槟酒一边含笑注视着那三个艺伎翩翩起舞，领头的那个女子面色沉静，手执团扇随乐声不断律动，舞姿典雅。而其余不表演的女子都分列两边，面色苍白的唐瑛也在其中，她尽管一直低着头，但陈浅却能看出她的嘴唇在轻轻颤抖。

井田的脚步声越来越近，陈浅却假装沉浸在表演中没有察觉，直到他把手搭在自己肩膀上才猛然回头。

"大佐。"陈浅惊道。

井田在陈浅身边坐下，俯身在他耳边轻语："浅井君，今天我有一份礼物要送给你。"

陈浅微微一怔："礼物，是……"

"就是她！你的未婚妻，樱子小姐！"井田突然提高声调，抬手示意，丝弦之声戛然而止，全场焦点落在井田指向的那个女子。

"樱子小姐，你看这是谁？"

"樱子！"陈浅喃喃念着这个名字，缓缓起身，秋田死前痛苦的表情，两个人在东京读书时秋田给他看的那个女孩的照片，无数个记忆的碎片在瞬间清晰起来。

樱子一步步地朝陈浅走来，表情茫然而困惑。井田在旁目不转睛地观察着两个人的一举一动，右手悄悄伸向腰间握住了枪柄。

"樱子，我没想到，你还活着，你竟然还活着！我太开心了！"陈浅抢先几步，迎上樱子，紧紧把她拥入怀中。

陈浅在樱子的耳畔低语着："我还记得，我们一起在长崎的海边看船，你说，总有一天要坐着大船到海的那边看看。没想到，我们终于都来到海的这边了，却已经物是人非。"

樱子犹豫了一刹那，也抬手紧紧抱着陈浅，呜咽着说："秋田君，真的是你，我总算找到你了！你的样子变了，可是，你的声音没变，你还是我的秋田君！"

全场一片哗然，一些军官纷纷向陈浅表示祝贺。神经紧紧绷着的井田此时放开了紧握枪柄的手，也起身假意笑着说："为浅井君和未婚妻重逢干一杯！"

不知哪个军官高喊一声："浅井君都有美人相陪了，我们也别闲着了！"那些早就按捺不住的军官于是纷纷起身走向站着的那群日本女子，开始把自己中意的女子往身边拉去。唐瑛在一片混乱和哄笑中被两个日本军官抢先拉向自己的怀里，她拼命挣扎，衣服都散乱开来，还在其中一名军官脸上狠命抓了一把。啪！那名军官反手一掌，唐瑛被打得跌坐在地。

"这个女人居然不愿意伺候我们帝国最光荣的军人，真是该死！混蛋！"随着咒骂这名军官拔出佩枪指住唐瑛。

"住手！这个女人不能杀！"站在樱子身边的陈浅一声断喝。

众人狐疑不解的目光纷纷投向他。陈浅不动声色地解释道："这个女人不是咱们大日本的慰安妇，她是支那人，而且是井田大佐的重要线人,有她才能引出那些隐藏的共党特工,所以她不能死。"

"支那人?这么漂亮的支那女人当然也应该伺候我们皇军。"

"不能杀,给我们玩玩应该没事,不然太浪费了。"

"井田君,你是不是要留着这个女人自己开心啊?那我们就不跟你抢了。"

一直静观其变的井田此时才起身,走过来,冷冷地看了一眼依然坐在地上的唐瑛:"不,再漂亮的支那女人在我看来,也不过是一个畜生。不过浅井君说得对,她还不能死,她还有用,可以做我的诱饵,来抓住那些抗日分子。这样吧,为了避免引起不快,今晚我提议,把她送给我们最尊贵的客人——岗村大佐,由他享用这个女人,明天再把她交给我带回梅机关。"

众人听到岗村的名字,自然都不敢再有异议。早已色心炽热的岗村爆发出一阵得意的大笑:"井田君这么客气,我就……却之不恭了!今晚一定好好享用一下。"

"不,井田大佐,这个女人太重要了,而且她又非常不驯服,昨天她就打了我,今天又怎么配伺候岗村大佐呢?属下认为,还是另外挑温柔的大和民族女子伺候岗村大佐才对,这个女人应该带回梅机关严加看守。"陈浅的一番话让岗村也不免踌躇起来,井田扭头注视着他,突然笑道:"浅井君,昨天我是听说这个女人打了你耳光,难道你还舍不得?"

"大佐,我并非舍不得这个支那女人,只是担心她冲撞了岗村大佐。"

一直坐在地上的唐瑛此时突然站了起来,颤声说:"我愿意去伺候皇军,我想好了,只要你们能饶了我的命,让我干什么都行。"

陈浅和井田瞬间都望向唐瑛,谁也没有想到,她竟然会在此时此刻说出这样一句话。

"很好,只要你好好伺候冈村大佐,就可以活命!"

"不,我,只想伺候您,因为您才是掌握我命运的人!"唐瑛缓缓抬起头,朝着井田妩媚地一笑。

"我?"这下,井田愣住了,周围的军官,包括冈村都哈哈大笑。

井田的脸上很快浮现出一种恶毒的笑容,他在一把椅子上坐下:"那好,你现在过来,跪在这儿,替我把皮靴擦干净。"

唐瑛顺从地向井田走去,她的脚步坚定沉稳,从陈浅身边走过时,没有丝毫的犹豫。陈浅望着那个柔弱窈窕的背影走到井田面前,双膝跪下,开始仔细地用衣袖替井田擦着皮靴。他感觉全身的血液都已经涌向了头顶,一刹那,他已经洞悉了唐瑛的真实用意,但他已来不及做出任何举动。

唐瑛已经把一只鞋擦得纤尘不染,伸手去擦另一只鞋之际,突然手掌中寒光一闪,狠命地刺向井田的腹部,武器正是她头上装饰用的发簪。一切都在几秒之中,随着一声枪响,唐瑛的身体飞了出去,撞翻了圆桌,翻滚了几下,鲜血从她胸口不断涌出,染红了地板。

陈浅朝唐瑛微微点了点头,他完全明白唐瑛的用心。这一刻,陈浅忽然和春草的心贴得那么近,他知道,如果春草在这里,她也会用这样的方式和最好的姐妹告别。

北川赶忙跑向井田,急切地问道:"大佐,您怎么样?"

井田起身收了枪,掸了掸溅到衣服上的血迹,哼了一声:"一只蝼蚁,也想杀我?"

众艺伎见了血都一阵惊叫,樱子也发出一声尖厉的叫声,瘫软下去。借着照顾受惊未婚妻的由头，陈浅提前离开了这场血腥的宴会，他抱着樱子走过唐瑛身边时，鞋底沾上了唐瑛的鲜血，也混杂了几片殷红的花瓣。陈浅大步走去，他不敢回头，也不能回头，他知道，只要他一回头看见井田，愤怒和悲伤就会淹没理智，让他拔枪射去。井田目送着陈浅离去，他总觉得，陈浅离去时看着唐瑛的一刹那，自己的余光捕捉到了陈浅脸上的悲伤，那种无法抑制的悲伤，虽然是一闪而过，但是足以让自己对陈浅的怀疑继续下去，好在自己等待的密件即将到来，一切将真相大白。

  回到丁香花园后，陈浅让樱子替他打个电话到古渝轩，告诉他们掌柜，自己今晚原定的包厢取消了，不再和周队长他们聚会喝酒，因为自己今晚要陪久别的未婚妻。钱胖子迅速接收到了陈浅想传递的信息，未婚妻樱子出现了，日后他们得时时提防井田从樱子入手识破陈浅的假身份。

  樱子体贴地帮陈浅放好了洗澡水，她似乎想说什么，但最终还是放下干净的衣服，退出了浴室。陈浅把水龙头调到最大，让身体整个淹没在热水中，在雾气和水声中，陈浅的泪水缓缓而下，他不记得自己多久没有哭过了，但是他知道，悲伤只能是今晚，明天，还有很多必须做的事等着他。

第二十一章

圣若瑟堂的送别

北川躬身汇报着:"我手下的人跟踪了浅井一个多月,白天他不是在76号就是在梅机关,晚上经常去古渝轩喝酒,然后去舞厅找乐子,泡支那女人也泡白俄女人,泡到了就去饭店开房间。这两天,樱子小姐到了丁香花园之后,他倒是收敛了点,晚上都会很早回去吃晚饭。这么长时间我没看出浅井的任何破绽,现在那个吉祥书场抓来的女人又死了,我们手里线索断了。对不起,大佐!都是我办事不力。"

坐在桌前的井田一直在雕刻手中的人偶娃娃,头也没有抬:"不是你的错,如果浅井是高手,你是不可能看出什么破绽的。连我也没看出他有什么破绽,除了那天宴会上,唐瑛死去的一瞬间,他似乎露出了不该有的悲伤。"

"如果大佐真的怀疑浅井的话,可以不让他参加这次萤矿石的运送行动,把他支走,派去别的地方。这样,不就万无一失了?"

"不可以,犬养阁下已经来了几次急电催促我快运送萤矿石回国,仁科教授急于要继续进行核武器研究。浅井是犬养阁下的特使,仁科教授的外甥,目前我并没有任何实质的证据证明这个浅井有问题，就没办法把他排除在外。不然，犬养阁下会认为我有私心，要用萤矿石来要挟他。"

北川面露难色："那么，我们只能让浅井参加一周后的行动，没有别的选择了？"

"这个樱子，或许会是一个突破口！"井田眯起了眼睛，"北川，不要忘了准备贺礼，去祝贺浅井少佐新婚。"

一个装饰着丝带的礼盒被推到了北川面前，打开一看，赫然是一只微型窃听器，泛着幽暗的冷光。

装饰一新的屋中，陈浅与樱子面面相觑。虽然举行的是西式婚礼，樱子仍坚持穿纯白的和式嫁衣，白色棉帽将她乌黑的秀发藏起，更衬托出她唇若初樱。陈浅心中泛起一阵酸涩，若是秋田在，这大概是他今生梦寐以求的场景吧。

无暇伤感，陈浅琢磨着应该如何向樱子表明身份，以便今后应付井田的试探。樱子却先开口了："你不是秋田君。"

陈浅警觉地环视一周，突然他的手指触摸到桌面上散落着的几点花粉，这盆绿植被移动过！一看，果然叶片下隐藏着窃听器。不好！陈浅用手势向樱子示意。

此刻正在监听陈浅和樱子对话的北川一下子震惊了，没想到，浅井的假面具这么快就要揭开了，他激动地竖起一边耳朵，等待最后一锤定音。

陈浅讶异："樱子，为什么这样说？"

樱子会意，拿捏着凄婉的语调："你不再是以前的秋田君了。你变了，以前的你是那么温柔，那么善良，而不是现在这样残忍。"

"没错，我接受了特工训练，非常严酷的训练，你无法想象……现在的我失去了很多回忆，但我知道，我仍然从心底爱着你，樱子。"说着陈浅便抱起了樱子,朝卫生间走去。浴缸里哗哗哗的落水声伴着嬉笑声荡漾开来。

北川失望地摘下耳机,扔到了一旁,看来要找到浅井的破绽绝非那么容易。

樱子贴在陈浅耳边小声说:"我第一眼就知道你不是秋田君,但是,你读过我写给他的信,我知道,你一定是他的朋友,秋田君信任的人都是好人。"

"好,樱子,从现在开始我们要互相配合,不能让井田看出一点破绽,否则我们都走不出这里。秋田君他一直在找你,我保证此事结束,会将你安全送回日本。"

樱子将自己的经历、爱好和生活习惯一一告诉陈浅,当然,还有她和秋田相处时那些不为人知的秘密,说着说着,樱子不由得悲伤起来,她终于说出了两人心照不宣的疑问:"你能不能告诉我,秋田,他还活着吗?"

"樱子……"陈浅一时语塞,但他不忍心说出真相,"秋田他,在重庆,我答应他,会让他从此像个普通人那样生活。"

"好,我明白了。"樱子望着院中飘落的樱花,"浅井君,从今天起,你就代替他活下去,而我,也会作为你的妻子活下去。"

从北川不免懊丧的表情就可以看出,窃听没有进展。井田逆着阳光打量雕像的面部,又抬手在上面改了几刀。

"不要心急,今天晚上土肥原阁下的秘密特使就将带来我想要的东西,浅井究竟是不是真浅井,一切都会真相大白。"

"土肥原阁下的秘密特使已经到了吗?"

井田终于雕好了人偶最难雕刻的面部,抬起了头:"我接连发给土肥原阁下几次密电,经过我的一再请求,他百忙之中,派人给我送来了浅井的秘密档案,这是特高课严禁外传的,所以这件事,我们必须严守秘密,在梅机关里也只有我和你知道。"

"是!大佐!"

"今晚我要参加影佐将军的例会,不能缺席,你代表我去浦江饭店见这位秘密特使,他的身份是一个商人,而且只会在上海停留一晚上,一定要招待好他。当你拿到档案之后,立即返回梅机关,我会在这儿等着你。"

"请放心,大佐!我已经为贵客物色了一位非常温柔懂事的姑娘,在密使到达之前送去房间等着他。"

井田微微点头,北川踌躇了一会儿,还是张口问道:"大佐,那个人,关于那个人的背景,特高课在东京的秘密调查,进行得怎么样了?"

"卓有成效,非常有趣。"井田的表情说不出是开心还是生气,着实让北川也琢磨不透。

"那要不要先安排送尤佳子回国,免得……"

"不用,我已经说了,在女孩节之后亲自送尤佳子回国,如果贸然提前,会打草惊蛇。一切按照原计划,一周后,运送萤矿石回国。航空队的飞行员呢,你安排好了吗?"

"在外面等着呢,都是参加过敢死队的帝国精英。"

"请他们进来!"井田说着,把那个人偶拿在手中,仔细端详,喃喃自语,"我想,尤佳子一定会很喜欢这个人偶的!"

北川走出井田的办公室后,先去车队叮嘱了一下司机加油,穿过一段阴森的走廊,又上了几层楼,来到另一幢小楼一个隐秘的房间,推门而入。这里是他专门安排的办公室,离井田的办公室比较远,也是他和梅机关的秘书小百合密会的地方。妻子孩子留在日本本土的北川自从跟随井田来到上海,身边就一直有女人,但是娇小妩媚的小百合可以说是他的最爱，两人的关系在梅机关也是公开的秘密。北川刚走进办公室，就看见了桌上的那盒海乃家鳗鱼饭团，以及盒子上面搁着的一支红色玫瑰。他记得自己把饭团落在了车子里，看来一定是小百合这个爱吃醋的小妖精又去查了他的车，顺便帮他拿了过来，那支玫瑰正是昨天自己送给小百合的，她一定是想用这个提醒自己：别忘了今晚的约会！

北川想着，就拿起了电话，拨通了小百合的办公室："宝贝，我刚从大佐那儿回来，很忙，真的很忙。我当然很想你了，还用说吗？很抱歉，今晚不能陪你去白马咖啡屋了。不不，今天是你的生日我没忘，可是，今晚我要帮大佐去取一件重要的东西，要见一位贵客，不能带你，只能我一个人去。女人？没有，我向你发誓，绝对没有别的女人。早上啊，我就是去海军俱乐部为这位贵客物色陪他的姑娘了，不是我自己去找女人……你放心，你的生日礼物我已经准备好了，你最喜欢的法国香水，明晚，明晚我会给你补过生日。"

北川沉浸在温柔乡之时，楼下的一间办公室里，陈浅正戴着耳机专注地听着，北川不会想到，那盒鳗鱼饭团其实是陈浅拿到他办公室去的，而那支玫瑰花则是特制的，在空心的花茎里藏着一个微型窃听器，这是陈浅回报给北川的礼物。陈浅知道，井田和北川的办公室每周都会进行反监听的严密检查，无法在他们的电话或者其他摆设上动手脚，但是来自情人的一支玫瑰却会让北川忘记特工守则，不会去仔细检查。陈浅听到北川挂了电话，哼起一首《夜来香》，又打开盒子，拿起一个鳗鱼饭团美美地咀嚼着。他知道，北川应该会等小百合溜过来温存一下。陈浅摘掉耳机，小心地藏好了窃听设备。

所有的线索在陈浅脑海中迅速串联，渐渐清晰，白头翁突然给吴若男发去密电，告知运送萤矿石的计划将在尤佳子过完女孩节之后展开，而井田正在等待一份来自土肥原的秘密文件，秘密文件是否与陈浅有关不得而知。死去的秋田幸一提过，土肥原曾是梅机关头目，虽然已经调任，但他手中掌握着大量梅机关特务的秘密档案。北川刚刚接到了井田的秘密命令，将在今晚去见一个神秘人物取一份重要文件。北川今天早上去了专供日军高级军官寻欢作乐的海军俱乐部，为这位千里迢迢而来的客人物色姑娘。那么，北川要去见的这位贵客究竟住在何处呢？陈浅拿起电话拨通了海军俱乐部，他用低沉的日语询问："老板在吗？"

海军俱乐部的老板接起电话，听到井田大佐亲自询问早上物色好的姑娘什么时候送过去，没见过井田几次的老板也知道他可是个大人物，立刻诚惶诚恐，连声回答："今晚七点准时送到浦江饭店，大佐，我们一早就让她打扮准备了，绝不耽误！"

浦江饭店！陈浅随即又往浦江饭店打了个电话，以海军俱乐部老板的名义询问饭店是否为他的姑娘准备了晚餐，得到的回答是，晚餐准备了三人份，将在八点送到房间里。放下电话，他知道他必须抢在北川之前，拿到那份秘密文件。

陈浅当即赶去与吴若男和钱胖子会面。钱胖子一身暴发户打扮，他摘下了手上的假玉石扳指，"我已经去了一趟海军俱乐部，装作客人向姑娘们打听了一番，喏，这就是北川选中的那个姑娘。"说着钱胖子将一张纸递给陈浅，"按你的吩咐，我记下了这个姑娘的大致身高和体重，还画下了她衣服的大致样式。"

吴若男和陈浅探头一看，严肃的脸上瞬间绷不住笑意，只见那纸上歪歪扭扭的笔画，勉强能认出是一个女子的背影，活像幅小学生涂鸦，哪里还看得出是位窈窕的佳人。

钱胖子得意地一笑："是不是很传神？"

"老钱,你的画功不怎么样,不过主要特点都抓得很准,我看得出,她穿着束腰,梳了盘辫髻,额前遮一块黑色面纱。这件洋装是近日在交际场上很流行的款式,追时髦的女士几乎人手一件,我向舞厅的姐妹去借一件就是了,不会引起怀疑的。"

"你说得全对!"钱胖子朝吴若男竖起大拇指,"看来我们小丫头潜伏这么多天还是学到了不少混饭吃的本事!"

三人商定,必须找人取代这个姑娘混进浦江饭店,从特使身上调换资料并安全逃离。只是吴若男的样貌与表面身份是北川熟知的,这个重要角色的人选必须另作安排,而钱胖子手下几个军统队员又没有符合的。吴若男看着陈浅,显然已明白了他的决定,点头道:"确实,现在没有人比她更适合。"

如果这个计划失败,资料交到北川之手,那么陈浅将会启动第二方案,伺机在北川回来的路上调换档案,但如果一旦引起井田的警觉,整个回娘家计划也可能功亏一篑。因此,只许成功。陈浅抬腕看了看时间,还有一天的时间留给他去准备,现在他必须去圣若瑟堂见一个人。

圣若瑟堂,门庭冷落,无数扇巨大的彩绘玻璃窗折射出斑斓的光晕,照射着一排排陈旧的木椅和木椅上寥寥几个虔诚祷告的信徒。陈浅从木椅间那条狭窄的通道缓步走去,一直走到讲道台前,把手中的一本《圣经》递给那位鬓间花白的牧师。

"神父,我捡到了一本《圣经》,听说是你们这个教区的一位教徒丢失的,请您看看,能不能帮我找到她,还给她。"

牧师翻开那本厚厚的《圣经》,一个精巧的珐琅十字架赫然出现在他眼前。牧师微微一惊,拿起那个小十字架仔细查看了一下,随即和颜悦色地示意陈浅去忏悔室里等候,自己转身入内。陈浅在昏暗中等了片刻,那道薄薄的黑布后传来一个甜美的声音:

"我的孩子，你有什么需要忏悔的，说吧。"

陈浅的心微微颤动了一下："神父，前几天我亲眼目睹了一个善良勇敢的姑娘惨死在我的面前，我曾经想救她，可是我食言了，我唯一能做的，只是满足她的心愿，让她进入天堂，不用再受痛苦。而我仍将继续和杀死她的凶手周旋，扮演我必须扮演的角色。"

黑布被缓缓掀开了，身穿修女黑袍的春草凝视着陈浅，好一会儿，泪意在她眼中蔓延，又被她生生忍住。

"唐瑛如果还有机会跟你说话，我想，她会说她不怪你，因为你必须要完成你的任务，这个任务会拯救无数的生命，会帮助我们更早地赢得这场战争。

"我一定会为她报仇，为顾曼丽报仇，为所有死在井田手上的人报仇！这一天不会太远，一周后，井田运送萤矿石的计划就要展开，他这几天正在秘密接触日军的两个飞行员。他还在怀疑我的身份，所以，他找土肥原贤二要了浅井光夫的秘密档案，今晚就会有人送到浦江饭店。只要顺利过了这一关，我就可以和井田一起登上运送萤矿石的飞机。而你这段时间一定要隐蔽好，别再贸然行动，等我给你消息。"

"我相信你。现在我们还有更紧要的任务不是吗？不能让秘密档案落在井田手中！"春草坚决地说道，"你是个有正义感的人。只要是坚决抗日的，就是我们团结的对象，是我们的同志，这是我们的毛主席说的。"

"同志……"陈浅听见这个温暖的词不由得笑了。

"蝎子，请告诉我具体的行动计划，我们会全力协助。"春草此时说话的神情俨然已是一名特工，但说完她就忍不住一笑，"我不能让你在这里就倒下，你可是白吃了我那么多桂花糕！"

陈浅从随身的包中取出衣服，春草接过来一看，是一件花色入时的紫色洋装。拎起来翻来覆去打量了一番，看上去比寻常大街上的样式要华丽不少。

"今晚你要代替海军俱乐部的姑娘去浦江饭店会会日本特使和北川，具体安排是这样的……"陈浅附在春草耳边将行动的细节一一说明，说罢将她推向忏悔室，"好啦，快换上这身瞧瞧吧！"

春草走进忏悔室，换上了洋装，走到陈浅跟前，故作风情地转了一圈，毕竟她是个经验老到的表演艺人。陈浅眼中流露出一丝欣赏，将一册资料交给春草："这是准备好替换的浅井秘密档案，当初我让老汤帮我准备时也是以防万一，没想到真能用上。别说，你这样倒真有几分不俗的风采。"

"小胡子，我看你是消遣我呢！"

"哪里比得上你消遣我的次数多。"陈浅喜欢春草叫他同志，也喜欢春草叫他小胡子。

陈浅从贴身口袋里取出一条珠链为她戴上："七点在浦江饭店后门等，会有人来接你进去。"

交代完今晚的计划，陈浅将那本《圣经》递到春草手中，春草也把那个珐琅十字架塞回到他手中："这个你留着吧。井田心机太深，越是快到最后时刻，你越是要当心。他发密电的密码，一定要想办法破译，不然，谁也没办法知道他在机场的部署，也就没办法配合你的行动，即使你上了飞机，也是孤军作战，凶多吉少。"

陈浅握紧那个珐琅十字架："放心吧，我会找到密码本的，你等我的消息！春草，我不知道战争还要打几年，我们能不能活到胜利的那一天。但如果，我是说如果，我们能等到胜利的那一天，你能不能考虑，和我一起，我们一起……"

春草的脸微微飞起一点绯红，但果决地打断了陈浅的话："陈浅，答应我，如果，有一天，我像曼丽姐姐和龙头哥、唐瑛那样，永远离开了，你不要悲伤，替我继续战斗下去……"

春草说完没有再等陈浅的回答，就拿着《圣经》走出了忏悔室。

春草没有再抬头看一眼陈浅，陈浅也没有再回头，他走出门，走下台阶，在不知何时飘起的漫天细雨中悄声说："好，我答应你！"

一辆黄包车停在了陈浅的面前，穿着雨衣的跛子叔还像当伙计时那样一抬手："浅井少佐，上车吧，等你很久了！"

跛子叔一脚踩在踏板上，从教堂十字架巨大的阴影下飞驰而过。隔着雨声，跛子叔的话仍然清清楚楚地传到陈浅耳朵里："陈浅，你的这次行动对国家民族意义重大，组织对你和井田的这场暗战很关注，经研究决定，飞天小组将全力配合你们军统的行动。有任何的需要你可以随时通知我们，这也将是我们国共联合抗日的一个典范！"

"谢谢。飞天？难道春草才是飞天？"

"飞天是一个小组，一群为了信仰可以牺牲一切的人！顾曼丽、春草，她们都是飞天。"

陈浅瞬间明白了，飞天从来没有消失，不断有新来者代替那些牺牲的人。他们生生不息，如敦煌壁画中的那些神女一样，永远飞翔于浩瀚的天际。

在仙乐斯舞厅后面一条冷僻的小巷中，陈浅和跛子叔在雨中握手告别，跛子叔的目光似乎能穿透夜色和雨幕。

"陈浅，保重。"跛子叔叮嘱道。

陈浅目送跛子叔的背影渐渐消失，他摘下礼帽，转身推开舞厅的玻璃门，吴若男正在一群人的包围中跳着欢快的踢踏舞，一眼瞅见陈浅，就拨开众人，跑过去搂住陈浅的脖子："你好几天没来了，玫瑰都想死你了！"

陈浅亲密地点了点她的鼻尖:"我也想你了!"随即在她发丝上一吻。

吴若男把自己的脸更加紧密地贴着陈浅的胸膛,笑得灿如春花:"处座密电,老汤试了很多种方法,都无法破解井田的密码,他的生日、结婚纪念日、他喜欢的小说等等,他问你有什么关于井田的线索能提供给他。"

陈浅笑着拉着吴若男走入舞池,一个华丽的旋转后,在她耳边悄然说:"井田的恩师和岳父,涩谷教授的著作。我进过一次井田的书房,看到涩谷教授出版过的所有著作,让老汤找找有没有突破口。"

"还有一件事,白头翁突然来电,说到了紧急关头,她会和你相认联合行动,接头暗号:我住长江头,君住长江尾。"

"舞跳得越来越好了,你离开军统局也可以在仙乐斯走红了!"陈浅难得开了一次吴若男的玩笑。

第二十二章

浦江饭店的夺命佳人

浦江饭店，一位盛装打扮的摩登女郎按下了电梯的按键，只见她穿着一身紫色洋装，皮肤如玉。年轻的服务生刚想多看两眼，便感到女郎身后一个面目肃穆的黑衣男子投来含有威胁的目光。黑衣男子一步不离跟在她身侧，察言观色的经验让服务生立刻反应过来，看来这个女郎就是北川少佐亲自挑选的姑娘了，果然美丽温柔。

"您好，我这就带您上楼，特使的车刚到，估摸着大概也到房间了。"服务生朝两人连连点头哈腰，黑衣男子示意让女郎跟着服务生上楼去。交接完毕后，他独自回到饭店门外的汽车上待命。

登上电梯，女郎神态自若地摸出随身的化妆镜照了照，看脸上的妆容是否还完整。轰！突然，电梯猛地一震，停在了十五楼与十六楼的中间，随即灯光熄灭，电梯被卡住了。服务生听到了女郎慌张的叫声，他连忙朝紫衣女子站立的方向移了几步，询问她如何。

女郎不满地拍了拍电梯门："这是怎么回事？快点找人来修啊，不然我可耽误不起，到时候误了时间，日本人怪罪下来怎办！"

正在这时，一个身材肥胖的修理工气喘吁吁地赶到电梯门外，对着发怒的女郎讨好地笑笑："别生气，电梯出了点小问题，卡住了，主管叫我赶紧过来修。放心吧！很快修好，保管不耽误！"

修理工嬉皮笑脸的模样逗得女郎和服务生脸色缓和下来："好，那你手脚利落点！"

"得嘞！"修理工说着便掏出工具箱的物件捣鼓起来。

浦江饭店的十九层，特使拎着公文包从另一部电梯走出，朝自己的房间走去，两名日本宪兵抱着行李尾随其后。特使转过拐角，一个身穿紫色洋服戴一个艺伎面具的女子正倚着墙等待，见了特使，她款款走上前来！

春草挽住了特使的手臂，用熟练的日语招呼道："尊贵的特使先生，您辛苦了。"从特使的角度望去，女人体态柔美，这个遮住半张脸的面具让她的红唇更加妩媚动人。特使春心大动，蛮横地揽住她的腰，将她带到了客房门前。

"特使阁下，您好！我是北川。"正要进入对面房间的北川见到土肥原的特使，伸手与他握手寒暄。特使嘴上应答，心思却明显在怀中的美人身上。

北川看到自己挑选的姑娘，将特使逗得满脸春色，心里也不禁轻松起来："好，不打扰您，过会儿晚餐准备好，我会再来叫您。"

春草与特使进入房间后，便故意到窗边，顺势拉动那层带纱的窗帘，在楼下路边望风的吴若男，看着春草安然无恙进入房间，知道一切顺利。

春草紧紧靠在他肩膀上，发丝直蹭他的鼻尖。见差不多了，春草撒娇，说只有洗过澡才能见到她的庐山真面目，特使果然立刻同意，急匆匆走进浴室。

听到水声响起，春草小心地快速翻动起特使公文包里的文件，然而从头到尾找了一遍，没有！

此时，伴随着哐的一声，电梯中的灯闪了闪，恢复了正常的亮度。

"女士，电梯已经恢复正常，祝您今晚愉快。"修理工模仿西洋电影里的绅士朝女郎弯腰鞠了一躬。女郎被逗得乐不可支，欣喜地赏了修理工一点小钱。

电梯顺利地往上升去。

"不能再拖下去了，希望春草能顺利调换档案。"扮成修理工的钱胖子走到窗边，假装无意地做了一个甩手的姿势，向吴若男报信。见到此景，吴若男立刻打开车灯闪了数下，通知十九层的春草，真正的女郎已经要来了。来的路上，她们已经约定，车灯一亮，无论是否成功，春草都要立刻撤离。

见到车灯信号，春草的心瞬间悬了起来。就此离去，她实在不甘心，但若是找不到秘密文件，再待下去也无济于事。深吸了一口气，春草将公文包放回原处，双眼飞快扫视屋内各处，这时一只随手放在地上的漆木点心盒引起了她的注意。虽然从外包装的印字上看，这不过是常见的日式点心樱花饼，但春草看出封条与正面的包装纸材质不同，包装纸是以和纸所制，封条却是中国所产的本土纸张，可见这盒点心被打开过！秘密资料很可能就放在点心盒里，正因为摆放得如此之随意，所以刚才春草忽视了它。

摸了一遍点心盒的构造，春草发现盒子下层的木质零件可以拆开，于是她以魔术师的迅疾手速打开盒子，将真正的档案取了出去，将伪造的档案放了进去。

女郎鞋跟敲击地板的声音从走廊一端响起，由远及近，她走到服务生告诉她的客房门前，刚想敲门，却发现门是虚掩的，浴室中传来哗哗的水声和中年男子哼着日本小调的声音。女郎看到门旁放着一个艺伎面具,马上领会了客人的意思,她戴上面具,摇曳生姿地走进房间。在海军俱乐部,喜欢这种花样的客人可不在少数。

此时,春草已经改头换面,借着清洁推车的掩饰,悄无声息地溜出了浦江饭店。吴若男载着钱胖子和春草迅速离去,在拐了数个弯,确定无人跟踪后,两人才一脸紧张地望向春草:"成功了吗?"

春草从身上取出真正的浅井光夫的档案,调皮地晃了晃:"顺利完成任务!"

井田小心地拆开包装严密的档案袋,抽出几张纸,对着那整容前后的两张照片看了很久,随后,把档案袋锁进了自己的抽屉。

"大佐,怎么样?"北川见井田不说话,有些惴惴不安。

"没问题,都没问题。立刻通知飞行员,按照计划准备好飞机,在机场随时待命!所有参与护送我们去机场的宪兵,你也去安排好,随时听候我的命令。"

"对浅井的监视是不是要撤掉?"

"不,要更严密,从现在开始到萤矿石运送计划启动,我要他的所有行动二十四小时都在监视之中。"井田诡异地一笑。

"是,大佐,那一位……"北川欲言又止,他知道,井田的心思从来没有人能够猜透,他也不允许别人猜透。

井田拿出两个已经制作完成的天皇和皇后人偶,笑了笑:"北川,明晚到丁香花园来,我们给尤佳子提前过女孩节!告诉秋子,一定要准备最好的清酒,我要和浅井还有樱子小姐好好喝一杯!"

"是,大佐!"北川转身欲走的一刻,又被井田叫住,他眼中隐隐闪着些火焰。

"北川，这次运送萤矿石回到东京，我将被晋升为少将，你将被晋升为上校。我们很可能受到天皇的接见，说说你还有什么心愿？"

"是，大佐！我最大的心愿是，可以回家乡见见三年没见的爷爷，爷爷一手把我带大，他是这个世界上我最挂念的人！"

井田点点头："去吧！"

北川离开后，井田望着窗口那串江户风铃，喃喃说道："爷爷、家乡、北川，你心里的牵挂太多了，就像十年前的我，只有舍弃了这一切，你才能真正献身给帝国！"他突然拔枪射去，那串江户风铃的绳结应声而断，风铃砸在窗台上，碎出一片清脆之声。

陈浅一大早来到76号就觉出有一丝不对劲，宪兵队突然派了两个小队守在76号周围，进出的人也需要接受比平时更严格的盘查，据说是井田大佐的命令。他预订的古渝轩的午餐也只允许送到门口，钱胖子没能和他见上面。陈浅小心地从那一小坛泡椒凤爪中取出了藏着的纸条，迅速读完烧毁。老汤来电，他连夜彻查了涩谷教授的著作，可是由于数量太多，还是没有破译井田密码的头绪。但却有了令人震惊的发现，身为好战分子井田的岳父，涩谷竟然是日本著名的反战学者，多次发表过反对日本发动战争的学说，为日本的主战派所忌恨。十年前，他在伊豆温泉度假时，被闯入的盗贼枪杀，真相不明，外界对此众说纷纭。

井田，涩谷教授，十年前惨死的岳父和产后病死的妻子，秋子口中对妻子情深不忘的井田，这一切是否和井田的密码有关联？陈浅决定，无论如何，都要再找机会探一下井田那深闭紧锁的书房。陈浅起身隐身窗帘之后，清楚地看见了北川正站在院子里，一边和来往的人员聊天，一边时不时地朝自己的办公室方向窥视。看来，春草调换的秘密档案虽然让井田无法再质疑自己的身份，却让他加紧了对自己的监视，这同样也说明，萤矿石的运送已经近在眼前。

陈浅暗自摸了摸口袋，里面有一张大华影院的电影票，他知道此刻，吴若男正在去影院的路上。可是现在的情况下，他绝不能再去和吴若男见面。于是陈浅和北川坐着车离开了76号，去给尤佳子买女孩节的礼物。昏暗中，没有等来陈浅的吴若男独自安静地看完了一整场电影，她明白，这说明陈浅出了紧急状况，无法与她联络。走出电影院，吴若男迅速去找钱胖子传递这一情况，钱胖子搓搓手："若男，今天我去76号也被拦下了，陈浅现在很难和外界交流，看来我们要启动紧急联络方案。"

"好，我们自己不能乱，要做好一切准备。监视加紧说明井田要开始大动作了，萤矿石随时可能启运。"

"嗯，我这就去丁香花园附近打探情况，为那个方案做准备。"

"沉住气，相信蝎子，他是蝎子，他一定有办法！"临走前吴若男对钱胖子说，她低着头，仿佛也是在说给自己听。

陈浅脸色凝重地看着窗外，一个宪兵中队被调来围住了丁香花园，从下午起，不许任何人进出，饭菜由宪兵队的厨师来做，说是井田大佐下的命令，连电话都不许打。他知道吴若男和钱胖子肯定已经明白了异常，现在必须想办法传出消息。樱子打开门，唤陈浅去吃饭，她走到桌边，忽然指间一痛，叫唤了一声。

陈浅心痛地抓住樱子的手，只见指腹上一道伤口渗出鲜血。原来是那盆绿植的叶片边缘带刺，划伤了樱子。

"放在这里实在有些危险，我把它放到外面去吧。"说着陈浅捧起绿植跨出了房门。

望着盆栽下的窃听器，陈浅知道自己已经在不引起井田怀疑的情况下移除了这颗定时炸弹，等雨水一下，窃听器进水便会失灵。这几天和樱子的戏已经做足，想必北川日日监听也已经厌倦，而现在他需要一个不被监视的空间。处理完此事，陈浅携着樱子的手前往庭院。

暮色四合的庭院中，尤佳子穿着漂亮的和服在桃花树下，由秋子陪着，一一摆上人偶、白酒和黏糕。祭礼完毕，秋子、樱子带着尤佳子在桃花树下准备好的矮几边，吃着各色糕点，开心地说着悄悄话，不时发出一阵欢笑。

换了和服的井田含着笑意盘腿坐在客厅中，从打开的隔门望着笑得如桃花般灿烂的尤佳子，陈浅和北川都端坐在他对面，互相敬酒。秋子准备的上等清酒似乎让井田一时忘记了自己是梅机关双杰之一，他一边畅饮，一边和陈浅、北川聊着他最欣赏的织田信长，他感叹这位乱世枭雄跌宕起伏的一生，惋惜本能寺之变中他葬身火海。井田仰头饮下一杯酒，伸手搭住陈浅的肩膀，似笑非笑："浅井君，织田信长英雄一生，就是毁于他手下的那个叛徒明智光秀之手，所以，如果织田信长重生，他一定会抓住时机首先杀了那个叛徒。"

陈浅也喝得醉眼惺忪，他搭住井田的肩膀，笑着说："大佐，我倒是觉得，对织田信长忠诚的人更多，森兰丸、丰臣秀吉、德川家康，要是他肯稍微宽容一点，不去苛责怀疑别人，也许明智光秀还不会造反。"

井田突然纵声大笑，指着北川，大声喊着："说得好，北川就是我的森兰丸，浅井君你就是我的丰臣秀吉，来，喝，今晚不醉不休！"

第二十三章

伊豆的雾夜往事

当陈浅已经醉得不省人事之时，一个机场打来的电话，让井田脸色微变，和北川匆匆离开了丁香花园。樱子把陈浅扶回了房间躺下，陈浅突然睁开眼睛，敏捷地翻身坐起，原来他并没有醉，现在就是一个绝好的时机。

井田的书房在丁香花园的水榭旁，他都是自己亲自打扫，不让用人们进门。陈浅住进来几个月，也只是在几天前乘秋子打开房门时故意和她说话，在门口望了几眼。在黑暗中，陈浅匍匐着敲击每一寸地板，他没有发现地板下有任何异样，井田在某些方面像一只爱清洁的猫，他的书房中几乎找不到一样乱放的东西和一件多余的摆设。陈浅凭借记忆小心地摸索每一本书和每一样摆设，再小心地把它们放回原处。当他摸过书桌时，突然心中一动，忙低头轻轻嗅了嗅，桌面散发着一种松木的自然清香，而整个桌体并没有这种香味，说明桌面并不是原装，而是重新换过。陈浅忙在书桌上下试着触摸每一件物品，但没有任何动静。难道自己猜测错了，书桌下并没有暗格？陈浅的目光在整间书房里缓缓移动，最后落在了挂在窗口的那串江户风铃上。井田的办公室窗口挂着一串一模一样的风铃,据说都是去世的井田夫人亲手所做。可是书房的窗帘几乎是终年低垂的,所以那串风铃也几乎成了摆设。陈浅敏捷而无声地走到窗前,风铃上落着灰,而悬挂的绳子顶端却显得较新,且有反复摩擦的痕迹,也就是说,这根绳子应该是打开屋内某处的机关。陈浅伸手抓住铃舌轻轻一拉,书桌那边传来微弱的咯噔声。陈浅从书桌暗格中取出的仅仅是一本《伊豆的舞女》,版本却比摆在书架上的那一本早上好几年。

陈浅戴上手套,用嘴咬住微型电筒,细心地翻着每一页,书页上呈现出因潮湿而形成的霉点,而上海的气候并不十分潮湿,可见这本书之前曾经被放在某个潮湿的环境中。陈浅继续翻着,隔几页就会看到书的主人用日文写下的备注,可见他在读书时非常专注,可是笔迹明显并非井田的,究竟是谁的书值得井田如此珍藏?翻到一半时,一片暗红色的污渍映入他的眼帘。陈浅用手指沾了沾在嘴里轻轻一抿,虽然隔了遥远的岁月,他还是清晰地感觉到了那股血腥味,没错,这是血渍。血迹呈雾状,喷溅范围小,可见是枪击造成的。基于血迹的形状,陈浅计算出血源的方向,他似乎看到了这样一幕情景:书的主人正在细读,而客人突然来临时,他并没有收起书,而是把书摊在桌上和对方详谈,对方突然拔枪射击,主人猝不及防,胸口中枪,扑倒在书上,才会形成这样的血渍。

突然,书页上有三点血渍引起了陈浅的注意,这三点血渍并不在喷溅血液的轨迹上,而是正好点在文字上。陈浅将三个字的读音首字母合在一起,正好是井田这一姓氏的读音ida。看来,死者是用最后的力气,悄悄用手指蘸血在书上标记,告诉世人他被害的真相,然而由于太过隐秘至今尚未被人发现。

在潮湿环境中放过的书,被射杀的书主人,井田煞费心机的收藏，所有的线索瞬间在陈浅脑中并成了一条，伊豆海边被杀害的涩谷教授，他就是这本书的主人！就在陈浅用微型相机拍下那本《伊豆的舞女》之时，花园里远远透过来的一点光亮让他警觉，他立即拧灭手电筒，敏捷地放好书，还原了书桌。

回到自己的房间，陈浅叹了口气，现在的问题是如何把消息传递出去。樱子见了陈浅这丧气的样子，便让他靠在自己双膝上，替他按摩着头皮："以前秋田君总是喜欢枕在我的腿上想事情。"

"樱子，现在我出不去，你去替我传递一份消息，此事非同小可。"通过短暂的相处，陈浅已经看出樱子柔弱的外表下有个坚强的灵魂，否则她也无法漂洋过海活着来到上海。

"是，我明白了。"樱子坚定的目光在黑夜中发出光芒。

樱子走到庭院中，看到秋子仍在收拾残羹冷炙，尤佳子不愿独自回房，贴在秋子身边玩耍。樱子向秋子恳求道："秋子姐姐，我想去药店一趟，之前已经和老板约好要去取药，要入口的东西，我一向是不喜欢别人动。可是这里戒备好森严，怎么办呀？"

不料事情比樱子想象的更顺利，秋子并没在意，手上的动作不停："就说是尤佳子需要，大佐疼爱尤佳子，想来不会有事。宪兵会跟着你去的。"

尤佳子闻言，捧着脸朝樱子做了个可爱的表情："樱子姐姐对我好，我也要对樱子姐姐好。"说着，软软的小手拉起樱子跑向门外去找宪兵。

走在路上，樱子惴惴不安地捏着衣角，她终于走到药店门口。买完药结好账，身后的日本宪兵见樱子并无异样，松了口气。然而到了半路，樱子寻机会将衣服上装饰的绸缎花取下，塞进了路旁墙壁的缝隙中。

就在樱子脱手时，一队宪兵从暗中窜出，将她团团包围！

"樱子，哈哈！浅井终于上钩了！"北川得意地大笑着，上前将樱子绑了起来。手下从墙缝中取出绸缎花，北川取来，拆开一看，上手一摸，摸到了凹凸不平之处。仔细一看，是一组用针孔刺出的摩尔斯电码，他交给宪兵，让人去破译。

"说吧，你是不是在为浅井传递消息？浅井是什么人？"北川将樱子的头按在墙上。

"此事你无权知道，我要见井田大佐。"出乎北川的意料，樱子在最初的慌乱后迅速冷静了下来，他没有看错，樱子嘴角甚至有一抹转瞬即逝的笑意。

"带回去！井田大佐可没有空见你。"北川毫不动摇，抓着樱子的头发将她扔给宪兵。

樱子冷冷地盯着北川："你会后悔的！"

丁香花园的杂物间传来北川的怒吼，听闻此事的陈浅迅速赶来，被宪兵拦下。宪兵告诉陈浅，北川正在审讯疑犯，无暇接见。陈浅知道，北川不想与他正面交锋，以免落下口实。看来北川是铁了心要从樱子手下揭开浅井光夫的真面目。

阴暗的房间内，樱子被绑在椅子上动弹不得，在北川饱含威胁的话语轰炸下，她的身体开始簌簌颤抖。北川用火钳夹起一颗烧红的炭："樱子，要是我把它放进你嘴里，你猜会发生什么？哈哈哈，你就要失去你那美妙的声音了。最后再问你一次，浅井光夫，是不是假的？"说着北川捏住了樱子的下巴。樱子泪流满面，疯狂挣扎着，最后她闭上了眼睛，大叫道："是假的！浅井是假的！"

北川一愣，命人解开了樱子的绳子："哈哈，好！你的好丈夫就要因为你这句话而死了！"

陈浅正在门外等着北川，他满脸担忧而愤怒，朝着北川就是一拳。北川擦去了嘴角的血渍，一愣："别演了，浅井，你根本就是个冒牌货！"

"北川，你用酷刑威逼我的妻子，她素来身体孱弱，怎么经得住？"陈浅又要动手，被北川挡下了。

"那你倒是解释解释，樱子为什么偷传情报？"

"那是因为……"陈浅毫无惧色直面北川的目光，"我之前已向犬养大臣汇报，让樱子成为我的下线。这几天我与她谈话中发现，她流落到沿海地区曾为当地农民所救，而结识了地下党成员。如果利用她打入中共内部收集情报，或许会是个好办法。现在这个计划还来不及实施，我就被软禁起来，只有出此下策，让樱子将情报传递给犬养大臣。"

一滴冷汗顺着北川额头滑下，他咽了口口水，告诉自己不能乱。北川定了定神："你有什么证据？"

"你可以看看樱子传出的内容，只要用芥川龙之介的《竹林中》即可破译！"陈浅盯着北川，北川叫宪兵去按陈浅说的做。

陈浅知道，他让樱子演的这一出"欲盖弥彰"达到了预设的效果，北川显然已经落进了他的圈套。只是他没有料到，樱子会为此遭受如此大的痛苦。萤矿石运送在即，北川来不及向日本国内求证自己的说辞，搬出犬养大臣，至少可以保樱子暂时的平安，也可以掩盖陈浅与吴若男、钱胖子真正约定的紧急联系方案。

此时北川已经收到了手下破译出的那段摩尔斯电码，验证了陈浅的话。虽然没能最终核实，但不敢冒失的北川只能躬身离开。陈浅瞥见了他领口处露出的一截红色的绳子，那是北川的爷爷送给他的护身符。

等北川走得没了影子，陈浅启动了真正的紧急联络方案。他转身快步回到屋里，从抽屉中取出一枚极其逼真的蜡制鸟蛋，用小刀从顶端切开一个小口，将在书房拍摄的胶卷塞入其中，又用蜡将它封好，随后他走到窗边，打了一个呼哨，不一会儿，正在廊檐下吊环上歇着的小蓝应声而至，陈浅把鸟蛋放进小蓝的嘴里，做了一个手势："去吧！"小蓝扇扇翅膀朝墙根的大树上飞去。住进来的这几个月，陈浅一直在训练小蓝做这个游戏，他知道，这枚特殊的鸟蛋一定会被小蓝准确放到那个他和尤佳子一起搭起的鸟巢中，而最迟明天一早，那个定时来运送粪车的军统特工就会来取走鸟巢中的情报，这是他和钱胖子约定的紧急联络方式。陈浅刚做完这一切，楼下已经传来了急促的脚步声，是秋子来唤陈浅下楼。

北川正等着陈浅："大佐刚从机场回来，他决定让樱子随同其他军属一起回国，现在我就要带樱子过去集结，如果你有任何问题可以亲自去问他。"

陈浅面无表情地摇摇头："没有，大佐的命令，我没有任何疑问。"见樱子一脸惊惶，陈浅伸出手捏了捏她的肩膀，将她拉入怀中。见状，秋子会心地合上门，留两人话别。

"樱子，你会平安回到日本的，到那时一切死无对证，你对他们也没有了利用价值。或许，你会回到长崎，像一个普通人那样，过幸福的生活。"听到陈浅所描述的生活，樱子眼里却涌出泪水："浅井君，谢谢你为我做的一切。再见了！"

樱子走后，陈浅长久凝望着窗外开败的樱花，他不知道，自己没有告诉她秋田的死讯，究竟是对还是错。

当陈浅被秋子半夜叫醒时，他一脸懵懂。秋子的眸子冷静清澈，丝毫没有睡意："大佐命令，计划有变，立刻出发！"

陈浅一个激灵翻身坐起："去哪里？"

"龙华机场！"秋子说道。

第二十四章

机场的殊死一搏

  七八辆军车在深不见底的夜色中急速地驶出街口，正在远处一座高楼上监视的钱胖子放下望远镜，转身踢了踢睡得横七竖八的几个军统便衣："快！通知毛区长，井田这个小鬼子动了，让我们的人跟上！"双眼布满血丝的吴若男从另一个房间跑了过来："白头翁五分钟前发来急电，我刚译出来！龙华机场！快！"

  乘军统众人忙成一团之际，钱胖子对吴若男使了个眼色，悄声说："你去一下火车站，在寻人栏里用暗语把地点和时间写在上面，中共的人会来配合我们！"

  中共？吴若男眼光一闪，刚要发作，钱胖子及时补上一句："科长的命令！"吴若男顿时没了声音。

  "若男，科长说了，中共必然会采取行动，如果我们不与中共合作，到时候计划冲突，反而会酿成大错，所以科长早就和跛子叔通了气。"听罢，吴若男不再反驳，看来陈浅早就计划好了，只是瞒着她。

  "好，我到时和你们会合。"吴若男跨上摩托，划破夜色疾驰而去。钱胖子看不到此时吴若男脸上狡黠的笑容，兵不厌诈，这么大场面的任务她可不想让给中共。

同一时刻，陈浅、秋子、尤佳子并排坐在一辆黑色轿车的后座上，北川驾驶着轿车从丁香花园的后门静静驶出。

"哥哥呢？"睡得迷迷糊糊的尤佳子揉着眼睛问。

"大佐先走一步，去龙华墓地了，让我们先去机场等他！"

"墓地？"陈浅语气微微惊诧。

秋子一边帮尤佳子穿好外套一边悄声说："井田夫人五年前去世后没有运回本土，就葬在那里，大佐说，要先去拜祭她，再去机场！"

陈浅没有再说话，从看见北川的护身符的那一刻，他就知道，这是井田设下的又一个局。北川对这枚护身符珍爱异常，只有在执行危险任务前才会佩戴，他傍晚时就戴着，就说明他已经知道半夜就会出发。而他们故意对自己说明晚十二点出发，就是为了迷惑自己，如果自己是假浅井，那么错误的情报就会由自己的手中传递出去。而井田去龙华墓地的目的也绝对不会是拜祭死去的妻子，唯一的可能是，萤矿石就藏在那里！

月光下，井田的指尖轻轻划过冰凉的石碑。

"美惠子，只有你是真正爱我的，因为你宁愿死也不愿意对别人透露一句，是谁杀了你的父亲。你知道，我要效忠天皇，就不能顾及儿女私情。"井田猛地一挥手，"挖！"

十几个被抓来的苦力在一群日本宪兵的枪口下开始了挖掘。偌大的墓园中，所有活着的人都屏气凝神注视着那个被渐渐掘开的坟茔，只听到乌鸦凄厉的叫声。

美惠子的棺材被小心地撬开，森森白骨旁两个筒状物闪着金属冷寂的光泽。宪兵队小队长忙俯身抱起这两个筒状物，躬身交到井田手中。井田像抱孩子似的轻轻抚摸着它们,用几乎听不见的声音说:"仁科教授,你看见这里面的宝贝一定会欣喜若狂的,只要你的试验成功,我们的帝国就永远不会失败!"

井田转身往墓园外走去,他的脚步踏碎了月光和落叶,在他身后,响起一阵急促的枪声和此起彼伏的惨叫声。

轿车驶出了市区,路面开始变得颠簸,从拉紧的窗帘外漏进来的一丝月光照在秋子似乎永远波澜不惊的脸庞上,她耐心哄着满脸不快的尤佳子,见她不肯喝水不肯吃东西,就抓着她的手,柔声说:"我们比赛背中国的古诗词好不好,你不是很喜欢吗?"

尤佳子来了兴致:"上次你教我的两首我还没完全记住,我喜欢那首'我住长江头'!"

正在闭目养神的陈浅心中微微一震:"好,我们就玩接龙,我住长江头,下一句。"

尤佳子还没开口,陈浅的声音悠悠响起:"君住长江尾。"

秋子转脸朝着陈浅意味深长地一笑:"怪不得大佐总说浅井少佐的才华惊人,连中国诗词你都这么熟悉。"

"过奖了,秋子小姐。"陈浅在说话的同时暗中伸出一只手和秋子紧紧相握。

"浅井叔叔,你别打岔,秋子姐姐,后面两句是什么?"

"后面两句是:日日思君不见君,共饮长江水。"

秋子和尤佳子说话的同时,她和陈浅互相用手指在对方手上急促地敲击着摩尔斯电码。

"蝎子,我已经在丁香花园安装了定时炸弹,还有半小时,炸弹就会爆炸,能牵制日本宪兵队的兵力,老钱他们应该已经收到我的密电,去龙华机场埋伏,一旦上了飞机,你负责安装炸毁萤矿石的炸弹,我负责刺杀井田并启动炸弹。记住,要带尤佳子走,把她安全送回国。"

"白头翁,如果你刺杀失败,我将会接替你。"

秋子深深地望了陈浅一眼,随即轻轻在他手上敲下了一句话:"请照顾好我的女儿。"

陈浅松开了手,转脸去望窗外飞驰而过的路面,他的猜测终于被证实,但另一种不祥的感觉瞬间紧紧抓住了他的心。

这时,北川突然猛打方向盘,车子一个大转圈,朝着另一条路疾驰而去。

秋子紧紧抱住尤佳子,望向陈浅,两人此时都明白了,井田已经再次改变了计划,他们要去的不是龙华机场,而是另一个方向的大场机场!

"尤佳子,这首诗的意思是,写诗的人很思念一个人却不能和她相见,他们虽然喝着一条江里的水,却可能见了面也不认识,失之交臂。"

秋子的声音还是那么温柔,陈浅却听出了其中的决绝,如今,他们已经失去了军统和中共方面的后援,想全身而退几乎已经不可能,同归于尽就是最后也是唯一的选择。

机场的跑道上,两名飞行员正钻入一架小型军用飞机,戴好头盔。

井田看着黑色轿车穿过层层的检查驶入机场,在不远处停下,车门打开,尤佳子像小兔子似的开心地朝井田奔来。井田张开双臂,同时望向随后下车,拎着包朝自己稳步走来的陈浅和秋子。

井田抱住尤佳子,无声地笑了,一切都在他的掌握之中。

机舱的门缓缓关闭,飞行员开始做起飞前的各种准备。陈浅悄悄把自己的提包往座椅下面踢了踢,那里面是一个蓄电池炸弹,可以用他口袋里藏着的伪装成烟盒的引爆器来引爆。秋子开始打开箱子查看仓促之间整理好的行李，北川打开小冰柜，帮井田和尤佳子倒了两杯饮料。井田似乎心思都在妹妹身上，把尤佳子拉在自己身边坐下，笑着问："尤佳子，我帮你做的那两个人偶你没忘记带吧？"

"没有，哥哥，秋子姐姐都帮我带上了！你做得比东京的那些工匠都好。"尤佳子喝了一口饮料，天真地笑着，卸下自己的小背包，从里面取出了那一对人偶。

"这里面还有个小机关，一打开，人偶就会唱歌，我还忘了告诉你呢！"

"啊，这么好玩，哥哥，快告诉我机关在哪儿？"尤佳子拿着那对人偶翻来覆去地找着，她突然打了一个大哈欠，伏在了井田膝盖上。

井田含笑接过那个天皇人偶，一边拍着尤佳子，一边握住人偶的脚部，轻轻一拧。

陈浅只听见咻一声，是利器穿过空气的声音，再一凝神，秋子已经面色痛苦地从椅子上滑落下去，一支如手指长短的飞镖深深地没入了她的腹部。而此时的尤佳子没有发出一丁点声音，无声无息地在井田怀里睡着了。

与此同时，北川和陈浅都已经拔枪对准了瘫倒在地的秋子，陈浅还特意用脚把她的箱子踢到了一边。

"白头翁，别等了，你在丁香花园安装的那些炸弹永远不会爆炸了，好歹你也在我身边待了这么多年，为了不让你死后被野狗拖走，我已经让他们在机场边的树林中挖好了你的坟地。让尤佳子睡一觉，就是因为我不想当着她的面杀了你。"井田得意地说道。

秋子的腹部不断涌出鲜血，她努力支撑起身体，靠在椅子上，直视着井田："井田裕次郎，你这个刽子手，你逃不了。"

井田爆发出一阵阴森的笑声："白头翁，你还等着那些军统的饭桶来救你吗？他们已经根据你的情报去了龙华机场，而那里特别陆战队正在等着他们，这一点，我还真要感谢你发出的假情报。两天前，东京特高课突然告诉我，根据他们调查，你这个山口秋子是个冒牌货。但我决定留着你，让你给军统送去这份大礼。"

"你……"秋子突然把手伸向自己的靴子，却被早已戒备的北川一枪打中手腕，刚刚拔出一半的匕首砰然落地。

井田冷冷一笑："没用的，白头翁，你已经没有筹码了！北川，搜一下秋子小姐身上，看看还有没有藏着什么其他武器。"

北川答应着连忙屈膝蹲身，开始在秋子身上搜查。从陈浅站着的位置，可以清楚地看到，秋子在北川耳边悄声说了句什么，北川的脸色突变，他停住手，转身望向井田："大佐，秋子说，你派人杀我爷爷？告诉我，这不是真的！"

井田没料到垂死的秋子竟然会在此时说出这件事，一时愣住，狡猾地放缓了语气："北川，这个女人，是想要动摇你的信念。事情并不是那样的，我只是派人告诉你爷爷，他的存在会让你分心，不能全心效忠天皇，他就自杀了。"

北川抚摸着脖子上的护身符，目眦欲裂："大佐，我全心全意效忠，替你做了多少事，为什么要得到这样的下场？"

听到北川的质问，井田感到自己的权威被挑战了，生气地喝道："北川，你这是什么语气！你爷爷已经风烛残年，你该感激我，别忘了，你是帝国的军人，你的生命属于帝国！"

"不，不！这不是真的！"看到井田的狰狞面目，北川心神俱乱，一声惨叫，他所为之付出生命的帝国之梦，此刻就像一个笑话。

早就在等待机会的陈浅一跃而起，一掌狠狠地切在北川脖子上，随之转身，朝着井田扣动扳机。

随着两声交错的枪响，北川倒地昏迷，陈浅的肩膀受伤，但用枪死死指住井田，井田捂住手腕，跌坐在座椅上。

忽然，机身剧烈地摇晃了一下，两人都感觉到了，飞机已经在跑道上开始滑行！

井田突然笑了，另一手举起了那个皇后人偶："蝎子，你就是蝎子，你的表演真的很成功，把我都骗了！你很聪明，但是，你还是输了，看看，秋子已经毒入心脏了，你救不了她了！而你，知道我手里握着什么吗？路易氏气！只要我一按开关，你的皮肤就会起红斑，你就会剧烈咳嗽，连枪都拿不住，十分钟，只要十分钟，你就会痛苦地死去！现在，丢掉手枪！"

陈浅手一松，手枪落地："可是我不信你会打开那个开关，因为一旦打开，你和尤佳子也会一起死！"

井田瞥了一眼还在沉沉睡着的尤佳子，眼中闪出狂热的光："你错了，蝎子，我早已准备好让尤佳子和我一起殉国！她是帝国的女儿，为天皇而死是她的最高荣誉。我早就告诉飞行员，不管后舱发生什么，都让他们不要打开舱门，我们死后，这架飞机还将继续飞行，直到东京。即使死亡，也不能阻止我完成犬养阁下交给的任务。而你，蝎子，你将彻底地惨败，既阻止不了萤矿石被运走，也阻止不了军统上海区全军覆没！"

井田的计划竟然包含着这最后也是最残忍的一步，他不惜杀死自己和妹妹来完成任务。脸色苍白的陈浅缓缓垂下了手，井田能感觉到他的意志正在瓦解，这也正是他期望看到的，他不仅要摧毁敌人的肉体，还要摧毁他们的精神。

"井田,你自比织田信长,其实,你连他的一根小指头都不如。他光明磊落,一世英雄,你却阴险毒辣,对自己的亲人也能狠下杀手。十年前,你亲手杀死你岳父涩谷教授的时候,他被你射中后肯定没有马上死去。你还记得他的眼神吗?恐怕这些年的噩梦里,你都忘不了那个眼神吧?"

陈浅的话像一根绵软的针直刺井田的心脏,他的全身都不由自主地颤抖起来:"不,不可能,你不可能知道,当时屋子里只有我,只有我一个人!我要杀了你!"

暴怒的井田刚要扑向陈浅之际,一颗子弹无声无息地穿过了他的心脏,他晃了晃,向后倒去。匍匐在地举着枪的秋子也耗尽了最后一丝力气。

陈浅忙一脚踢飞了井田手中的人偶,眼看他已经断了气,随即转身扶起秋子,试了试她的鼻息,尚有微弱的呼吸。

陈浅刚想拿枪闯进驾驶室,突然嗅到一丝古怪的味道,他一阵晕眩,忙扭头望去,一股白色的雾气正从摔成两半的人偶嘴里缓缓吐出。陈浅顿时明白,井田几乎在中弹的同时打开了开关。但一切已经来不及了,雾气扩散的速度很快,陈浅的咽喉和气管里像是被人灌进了滚烫的岩浆,他翻身倒地,意识在渐渐模糊。恍惚中,他隐隐约约地感觉到飞机停止了滑行。

随着一阵密集的枪声,通往驾驶室的舱门被哗的一声打开了,一丝新鲜的空气让陈浅从昏迷的边缘醒来。"陈浅!"穿着日军军服的春草和钱胖子一边驱散雾气,一边把陈浅和秋子往外面抬去。

"尤佳子,快救尤佳子!起爆器在我口袋里!"意识渐渐恢复的陈浅在春草耳边低语。

吴若男和一班军统特工驾驶着几辆军车在飞机前方和日本宪兵激烈交火,这时,几辆着了火的军车从日本宪兵后方冲来,日军顿时大乱。激战的人群中,跛子叔镇定指挥,边打边退。

陈浅等人被送上了一辆军车,眼看军车离飞机越来越远,春草轻轻按下起爆器。巨大的爆炸声惊醒了沉睡的尤佳子,她叫着哥哥,被春草死死抱住。军车撞破了铁丝网,朝着山林冲去,后面的日军渐渐追赶了上来,春草和陈浅举枪射去,几个骑着摩托车的日本兵纷纷中弹倒地。

尤佳子乘人不备,突然跳下了疾驰的军车,摔倒在地,她爬起来,朝着那具在大火中燃烧的飞机残骸奔去,她边跑边喊:"哥哥!哥哥!"只跑出几步就被追击的日军射中,颓然倒地。

"尤佳子!"春草和陈浅同时大喊,但风声里只传来一阵密集的子弹声,尤佳子倒地的身影很快消失在他们视野中。

第二十五章

芦苇荡里的最后一个魔术

一开进山林,一行人便弃了车,按照春草事先计划好的路线,徒步穿越山岭。钱胖子一边喘着粗气一边解释着,他们如何从鸟窝中找到了陈浅留下的胶卷,老汤如何根据《伊豆的舞女》破译了井田发给犬养健的密电,他们才没有落入陷阱,和春草会合,转道来了大场机场。夜色成了一道天然的屏障,掩护着他们到达江边时,吴若男也已经带着一群军统赶到了这里。跛子叔安排好的渔民纷纷从芦苇荡里划出了渔船,春草和陈浅都坚持要在最后一条船上掩护大伙,吴若男也想跳上那条船,却被钱胖子一把拉住。"小丫头,照顾好白头翁,一步也不许离开她!"用力划动船桨的陈浅对她挥着手留下这么一个命令。七八条船往不同的方向驶去,很快融入夜雾中。

船舱里,吴若男看看自己怀里还在昏迷的白头翁,才发现她竟然紧紧攥着自己的手,她突然对这位传奇特工前辈生出一丝说不出的亲密感。钱胖子走到她身后,递过一碗水:"赶紧喂她几口水吧,不知道她能不能撑到毛区长为我们安排的撤退地点。"

吴若男突然被激怒似的一转身,拔枪顶住了他的脑门:"钱胖子，你这个叛徒，我明明用暗语告诉共产党的是明天晚上运送萤矿石，为什么他们什么都一清二楚，还比我们先一步来大场机场？说，是不是你暗中通共？"

钱胖子微微一愣，但随即依然笑嘻嘻地一抓枪柄："小丫头，小心走火，你说通共可是冤枉我了，我是回归队伍，因为，我本来就是共产党！"

"你！"吴若男又惊又气，刚想发作，却被一个温柔的声音唤住："幺妹，不要再恨共产党了！"

很久没有人这么喊过吴若男了，在她儿时的记忆里，最喜欢这么喊她的是已经连容貌都记不清的母亲。

"你叫我什么？白头翁，你是谁？你究竟是谁？"

吴若男丢下枪，抱住秋子，涕泪横流，问着一个自己无论如何都不敢说出答案的问题。

早已洞悉一切的钱胖子替她回答了这个问题："她就是你的亲生母亲吴茵。十五年前，你的父亲被查出是我党地下党员而遭到追捕，她因为掩护爱人逃走而被关进了渣滓洞。关山月看中她出色的特工才能，假意用军法处死她，其实是派去日本当了卧底。正因为她想见一见多年未见的女儿，这次才选中了你来上海执行回娘家任务！"

"妈妈，妈妈，为什么你一直都不回来看我？幺妹想你！"

钱胖子的话似乎打开了记忆的闸门，秋子透过模糊的泪水望向泣不成声的女儿，用近乎耳语的声音说："幺妹，永远别恨你父亲，记住，他很爱你！找到他，答应我，找到他！"

"妈妈！妈妈！你不要离开我！"吴若男努力想用自己的身体温暖一点点冷却的母亲，但秋子的眼中已经渐渐失去神采，攥得紧紧的手也慢慢松开。

藏身在船尾处的陈浅和春草握着枪，警惕地望着黑沉沉的江面，他们耳边，除了哗哗的水声，就是彼此的呼吸声。

"我真想看你再表演一次魔术，你那个帽子里面飞出来鸽子是怎么弄的？以后你当我师傅教我。"陈浅打破沉默，在春草耳边轻语。

"拜师费很贵的，陈少校，你交不起！那个小魔术算什么，我还会大变活人呢。"

陈浅故作惊诧："大变活人哪，春草同志，手下留情，可别把我变没了！"

两人轻松地开着玩笑，绝口不提依然处在被追捕的危险中，但春草还是从陈浅偶然皱起的眉头里察觉了什么，她找出准备的纱布和剪刀，麻利地剪开了陈浅被血水粘在身上的衣服。

"我不要紧，小伤而已！"

"闭嘴，老实给我待着！"春草的一个瞪眼让陈浅乖乖地闭了嘴，由她帮自己小心地包扎肩膀上的伤口。春草突然看见陈浅挂在脖子上的那个珐琅十字架，心里微微一颤："你还戴着它呢？"

"戴着，永远戴着，这辈子都不摘下！"陈浅一本正经地说，故意不去看春草。

好一会儿，陈浅才扭头悄悄问："春草同志，如果我想加入你们的党，你愿意当我的入党介绍人吗？"

春草这时已经包扎好了伤口，很认真地望着他："陈浅同志，加入我党是终身的选择，不能心血来潮，不能……"

她的话被一阵嘈杂的机器马达声打断，两人互望一眼，刚拔出枪，撑船的船老大就啊的一声，栽落江中。

日军的巡逻艇，还是两艘！春草和陈浅立刻一个划桨一个往后射击，奋力把渔船往江边的芦苇深处划去。本来此时已经过了日军正常巡逻的时间，但机场的爆炸，井田的死亡，显然让他们

薄冰

已经如惊弓之鸟，所以增加了江面的巡逻艇，而且不问青红皂白，只要看见渔船就射击。

茂盛的芦苇丛减慢了巡逻艇的速度，灵活的渔船很快就拉开了一截距离。但陈浅知道，这只是暂时的，如果离开芦苇荡之前不想出办法，他们都逃不过巡逻艇的火力追击，而弃舟上岸也不可行，因为不远处的岸边分明传来了狼狗的狂吠，看来日军已经做好准备，把上岸的人一网打尽。陈浅一眼瞧见船上放着的木桶，那是渔民用来装鱼的，他有了一个危险但是可行的主意：

"春草，听好，你钻进桶里，我给你浇上鱼鳞，把桶藏在芦苇里。然后我去引开他们，只要你不动就不会被巡逻艇发现，等他们走远了，你就跳水游到岸边，鱼鳞味会让狼狗发现不了你，你走小路去码头，那儿有你们的人，你就安全了！"

"不，我不会丢下你！"

"春草同志，现在不是任性的时候，我枪法比你准，水性比你好，年纪比你大，你得听我的！再不听话，我就打晕你！"

春草感到陈浅的指甲深深掐进她的手背里，于是不再争论，默默地点了点头。就在陈浅转身打开桶盖的一刻，他感到脖子上被人重重地一击。他昏迷前的最后一个模糊的记忆是，春草拼命往他身上倒着鱼鳞，在盖上桶盖的最后一刻，她轻轻地吻了一下他的脸颊，嫣然一笑："陈浅，这是我为你表演的最后一个魔术！"

陈浅似乎在水面上漂荡了一个世纪，当他意识清醒时，已经是在一条飞速前行的渔船上，钱胖子和吴若男一左一右焦急地望着他。

陈浅不知哪儿来一股力气，挺身坐起："春草呢？春草在哪儿？"

一阵沉默后，吴若男指了指远处江面上隐约的火光："我们掉头回去找到你的时候，她驾的那艘渔船已经撞上了那艘巡逻艇，爆炸了！整个渔船都炸毁了！"

陈浅愣了几秒，朝钱胖子一伸手："不！她不会死！我要回去找她！把枪给我！"

"不，你不能回去！陈浅同志！你得带着我们前进，去码头，迅速撤离！"一贯嬉皮笑脸的钱胖子此时严肃地绷着脸。

"把枪给我！你带着他们撤离，我要回去，我必须回去！我不能丢下春草！"

陈浅暴怒的叫声令吴若男浑身一激灵，她含泪呆呆地望着陈浅，但钱胖子却丝毫没有胆怯的样子，他逼视着陈浅。

"陈浅，你忘了你的责任、你的任务了吗？白头翁已经牺牲，你难道不该安全地把她的女儿带回去吗？还有那些军统上海区的兄弟，还有那些中共地下党的同志，你回去，会把他们都置于危险的境地。枪给你，回不回去，你自己决定。"钱胖子说着，把一把枪放在陈浅手中。

陈浅紧紧地握住枪把，握紧松开，松开再握紧，当吴若男感觉自己的心已经快要跳不动的时候，陈浅一转身，直视前方，颤声说："全速前行！去码头！"

第二天傍晚，在码头熙熙攘攘的人潮中，已经换了西服的陈浅和钱胖子从车里缓缓走下，先下车的吴若男一副富家太太的派头，颐指气使地指挥着搬运工把一件件行李搬上船。

钱胖子停住脚步，向陈浅伸出手："送君千里终有一别，你们该回去了，我也该回家了，至于关处长那里该怎么说，科长你一定早就想好了！"

陈浅握住他的手："就算我告诉关山月你是共产党，他也一定不会信，因为，你根本不像他们想象的共产党！"

钱胖子狡黠地一笑："共产党也有七情六欲，也有儿女情长，也有爱人有孩子，爱吃火锅，爱吃夫妻肺片。要说不一样，我们只是多了一样——信仰！"

陈浅眼中显出敬佩之色，更加用力地握住钱胖子的手："老钱，我连你的真名都不知道，但是，我觉得，跟你们很亲，就像亲人挚友那样，可以推心置腹同生共死！"

"当然！跛子叔让我转告你，坚持，战斗，等待！他还说，关山月是他的老对手了，心狠手辣，翻脸无情，你回去要小心。"

陈浅凝视着钱胖子的身影消失在人群中，沉思了一会儿，转身大步朝正等着他的吴若男走去。

码头对面的一座茶楼里，对着江面的一扇窗半开着，一个旗袍女郎正坐在窗前缓缓地饮茶，但她的眼睛始终没有离开码头停着的那艘轮船。一个穿长袍马褂戴墨镜算命先生模样的男子走到女郎对面坐下："小姐，让我帮你算个命吧，你眉带桃花，眼含轻愁，说明你最近遇到了心爱的人，不过又很快分别了！"

女郎轻轻一笑，从包里掏出一张钞票放在桌上，低声说："麻雀，你算得真准，可惜你算不出你的徐小姐现在在哪里。这个交给伍先生，是我和跛子叔拟订的下一步的行动计划。如果批准，我们立刻开始行动。"

被称为麻雀的男子收起了钞票，朝着窗外望了一眼："他的船还没开，需要我去告诉他一声，你没有死，让他安心吗？"

"不，我不希望他牵挂我，他回去以后将面临更复杂更危险的环境，心无旁骛才能继续战斗。我也是一样。"女郎说完，起身款款而去。

麻雀没有动，继续喝着茶。窗外，轮船拉着汽笛，缓缓驶离码头。

第二十六章

归来的梦中人

轮船划破了水面的平静,一位富家太太有模有样地斜倚在栏杆上吹着江风,眼见重庆山城的轮廓逐渐清晰,她轻摇着手中的纱扇,靠上身边男子的肩头。在周围的人看来,这是一对你侬我侬的夫妻。

"蝎子,我们回来了,任务顺利完成。"女子说道。

"是啊,终于结束了。"男子摘下礼帽,冲女子笑笑,徜徉在悠闲的晚意中。

山城的黄昏安静而绚丽,如火似虹的彩霞从水面升起。回想起深入敌营胆战心惊的日子,真有恍若隔世之感。

渡船停靠在岸边,船舱里的人群沸腾了起来,纷纷拖着行李朝岸边走去。陈浅和吴若男并肩走下甲板,按计划,军统局的车会在码头接他们。

"你说我们这次回去,局里会怎么奖励我们?你至少也得官升一级吧!"吴若男挽上陈浅的手臂,一脸雀跃,滔滔不绝地替陈浅规划着在军统局的光辉未来,差点规划到了陈浅当上少将处长的那天。

陈浅心知这些天来他们都太累了，所以他并没有打断吴若男的玩笑话，而是微笑倾听着。然而，从下船开始，陈浅必须打起精神，见到钱胖子没有返回，谢冬天肯定会揪住这个疑点不放，陈浅要做好准备应付接下来的事。

见到军统的人在车边等待，陈浅和吴若男走了过去，却发现来人准备了两辆汽车，原来沈白露亲自来码头接吴若男，她们要同坐一辆先回家去。沈白露一见久别重逢的表妹，喜极而泣，夸张地将吴若男搂紧："若男，你不知道你这一去呀，我每天担惊受怕，手帕都弄湿了不知道几块。今天多亏谢科长特地提前通知我你回来的消息！"

送沈白露和吴若男离去后，陈浅走向后面的一辆车，司机和随行的人员看起来都十分面生。就在陈浅的手指握在车把上，想要拉开车门的时候，他陡然停下了脚步。

有哪里不对。

谢科长？沈白露的话无意中提醒了陈浅，也就是说，谢冬天是故意安排沈白露来接吴若男，以便让陈浅落单。

嗅到了危险的气息，陈浅的目光溜进车窗，注意到了驾驶座前的油表，脑海中飞快计算着，剩下的油量是不够返回军统局的，如果他们早就准备好了接陈浅回去，那么不可能不提前加足汽油。也就是说，这些人根本没打算接陈浅回去！

后视镜中一点闪光掠过陈浅眼前，陈浅见到后座的黑暗中隐藏着一支黑洞洞的枪口，正对着他的脑袋！

陈浅猛地一拳挥去，打晕了身后的军统，抬眼一看，猛烈的枪声猝然爆开，穿过玻璃直冲陈浅而来。陈浅就地一滚，迅速逃走，混进拥挤的人群。远处吴若男从车窗中探出身子："陈浅！"泪水从她眼中滚出。

躲藏在朝天门码头附近一艘废弃的渔船上，陈浅戴着斗笠，背对行人，在船舱中用刚抓到的鱼煮汤来喝。滚水咕噜咕噜，汤色渐渐转为奶白，陈浅的心跳平息下来，他已经观察到码头上来去的有不少军统便衣。

现在首先要搞清楚，究竟是谁要杀自己，现在军统局内是什么状况。根据目前的情况推测，陈浅认为是谢冬天想要暗杀他，而如此大张旗鼓，这次暗杀大概受到了关山月甚至是戴老板的默许。想到这里，陈浅黯然神伤，旧伤未愈又添新伤，数年来忠心耿耿替戴老板奔走卖命，竟然落到这么凄凉的地步。对于居高位者来说，一个蝎子又算得了什么，只不过是爪牙罢了。想起当日靶场上被戴老板点名的荣光，竟然已经如此模糊了！

夜色降临，码头上只剩稀稀拉拉的行人，树下一女二男，显然都是军统特工，陈浅知道自己一旦被发现，这个女子会假称是他的妻子，其余两人则会伪装成娘家兄弟，以捉奸名义当众将陈浅强行带走。此时见四下无人，三人便卸下了伪装，朝岸边走去。陈浅定睛一看，一艘小船靠岸，只见一个五花大绑的男人被推下来，移交给了三个特工带走。那个胖胖的背影，平时总是乐颠颠地抖动着，今天却颤颤巍巍，身上布满了可怕的伤口，但他脚下的步伐却前所未有地庄重，一步一步仿佛踏在毅然赴死的道路上。

陈浅眼眶一热，即使不用细看，他也知道，那是钱胖子！

陈浅悄悄潜入水中，沿着岸边疾行。整个身体浸泡在冰冷的水中，渐渐变得麻木。游出一大段路，陈浅终于听到三人的对话，他们今晚要去兴隆饭店。那是谢冬天的势力范围，而钱胖子作为叛徒按理应该带回军统审讯，这样看来，谢冬天并没有掌握决定性的证据，说到底，不过是宁可错杀不可放过。现在即使是陷阱，陈浅也要冒险去走一遭了。

薄冰

　　钱胖子被押送进二楼走廊尽头的一间卧房，折腾了一番，两个同伴伸伸懒腰去吃晚饭，只留下一人看守。陈浅查看过四周，并没有其他人，于是他从窗户翻进，沿着墙体上的窄台一路移动到房间中，一跳进屋内，只见钱胖子被塞住嘴巴绑在房间中央的椅子上。

　　"老钱，我带你出去！"陈浅急忙朝钱胖子走来。

　　见到陈浅现身，钱胖子呜呜直叫，他发不出声音，拼了咬破舌头的劲才将塞嘴布顶出。

　　"快走！"说完，钱胖子拼命一跃，硬生生将自己连椅子从地上拔了起来，挡在陈浅身前，他肥胖的身躯从没有像今天这样灵活。窗外一颗子弹射来，没入了钱胖子的胸口。

　　胸口血流如注，钱胖子一摸，艰难地喘着粗气说道："打中这里，没救了，快走……谢冬天不会放过你！"他拼着最后的力气摸出一枚共产党的徽章递给陈浅，"要是重庆待不下去，到延安去！"

　　陈浅接过那枚带血的徽章放入怀中，就被钱胖子狠狠推到一旁，来自远处狙击手的子弹硬生生打在地板和钱胖子的身上。陈浅很想帮钱胖子合上眼睛，可是他知道狙击手正在等他露头。必须立刻离开！此时房门被啪的一声踹开了，陈浅掏出手枪，做好了射击的准备，却发现门外的特工已被放倒，此外空无一人。

　　陈浅端着枪，警惕地走了出去，却发现特工倒下的身体无意中形成一个箭头。此时，一队国民党士兵跑上楼来，陈浅沿着箭头所指的方向跑去，藏身进了墙内一扇隐秘的小门后，躲过了追击。

　　看来这是有人在帮助他出逃！这个神秘人是谁？陈浅无暇细想，既然他指引自己到这里，就肯定有下一步安排。摸到身边的扫帚水桶等物，看来这里是饭店清洁工用来放置杂物的，小门的门缝上被刺出了细孔，只有当人躲在洞内的黑暗中，才会发现这几点微弱的光点。陈浅细看，这是一组摩尔斯电码，写着：跳窗。

情势危急，只能相信这个向他伸出援手的神秘人了！陈浅打开窗户一跃而下，一旁的汽车立即启动，车灯闪烁数下，陈浅会意，拉开门躲到了后座，汽车立刻启动。陈浅猫着身子，暗中观察开车的黑衣人，是一个女子。一路飞奔，来到山中的一间废屋，陈浅才看清救他逃离险地的竟是沈白露！此刻她完全没有了一贯的娇态，说道："蝎子，你有什么想问的吗？"

陈浅没有说话，从胸前摸出了钱胖子留给他的徽章，上面的血已经干了。

"沈白露，你是……和钱胖子一样的人？"

"没错！顾曼丽很关心你，那之后组织上一直在留意你，我受命帮助你，也是因为我知道你和他们不同，你给予了我们潜伏的同志很多帮助。"

"不。"陈浅坚决地摇了摇头，"是你们帮助了我。现在军统局是怎么回事？"

沈白露脸色凝重："关于回娘家行动的整个详细过程，谢冬天花了很多力气追查，还让手下黄毛调查制作了一份报告。关山月对在大场机场突然出现的那些不明身份的人很是在意，怀疑是共产党。后来钱胖子失踪，关山月就断定这其中必定有牵连，按照他宁可错杀不可放过的性格，你们三人就必须消失，但碍于吴将军的面子，若男算是保住了命，现在也被禁足了。"

"我明白了。"陈浅黯然，他摸遍了全身，只有一包皱巴巴的烟，于是他掏出一根烟点燃，将它插在地上。袅袅青烟升起，仿佛是在祭奠亡魂。

沈白露面对这支代替焚香的烟，默默合掌拜了一拜："老钱是最喜欢讲笑话的,我们应该笑着送他才是。"她挤出一个笑容,眼角却湿了。

"该死的人本来应该是我。重庆已经完全被军统控制了。沈白露同志,现在的我是否有资格申请到延安去?我想把老钱的遗物送回去。"

沈白露恢复了坚定的目光:"只要是有志革命的人,延安都会敞开怀抱欢迎。只是,蝎子,我希望你能继续在军统潜伏,我们得到情报,关山月正在酝酿一项长期计划——涅槃。主要目的就是在日军战败后调转枪口打击中共,具体内容是什么没人知道。同时,已经有军统特工为这项计划打入了延安内部,他的代号是狸猫。我们需要你找出这个狸猫,弄清楚涅槃计划的具体内容!"

"好,我现在正式申请加入中国共产党,执行我的第一个任务!"陈浅毅然说道。

"我会做你的入党介绍人。"沈白露欣慰地笑了,随即又收敛了表情,说道:"只是如何重新回到军统局,这是个难题。我找到了谢冬天的一点把柄,他这几年可没少中饱私囊。"说着沈白露将一份资料交给陈浅。

陈浅接过来看了一遍:"我已经想好了,我要重新回到军统,堂堂正正地出现。"

"这样可行吗?"

"至少目前明面上没有人有理由动我,只是要重新取得关山月的信任。关山月多疑,精于权术,谢冬天的野心太大,这会威胁到关山月,如果利用这一点,让关山月重新利用我去和谢冬天互相牵制,事情就还有转机。"陈浅对这一点很有把握,因为方才暗杀他的三个特工,从行事做派上看并非军统正式编制人员,而是在社会人员里发展的外围特工,可见暗杀并非是官方行动,关山月是想以此试探陈浅的能力和忠诚。

"看你的了,我现在得回去了,不然会引起怀疑。"说完,沈白露单手拎起坤包甩到了肩上,倚在门边最后看了陈浅一眼,然后走进了茫茫夜色中。

罗家湾19号的一间办公室里,谢冬天正在跳舞,他面带微笑对着那个幻想中的舞伴,跟着留声机里华尔兹的旋律,抬手,旋转,甩头,一丝不苟。直到小心翼翼的敲门声响起,谢冬天才停下脚步,把留声机的唱片取下,坐回办公桌前,对着门外提高声音喊:"come in!"

手下黄毛惴惴不安地推开门,点头哈腰:"谢处长,陈浅回来了!"

最初的惊讶过后,谢冬天恢复了冷静,笑得颇有深意:"陈浅,他还敢回来。"看得黄毛心里直打鼓,谁不知道,年轻得志的谢科长笑着杀人眉都不皱。

陈浅大模大样走进军统局的大门,向邱映霞复命。邱映霞神色复杂地望了他一眼,还未开口,便听陈浅说道:"我要见处座。"

邱映霞如何不知道军统局的内部斗争,但她并不想掺杂其中,只是按命令行事,这也是她最受戴老板欣赏的一点。陈浅知道邱映霞表面上墨守成规的性格,说道:"我只是想向处座汇报回娘家行动。"

"好,我会报告处座。"邱映霞留下几个字给陈浅。

陈浅走上楼梯的同时,一脸得意的谢冬天也正快步而下,两人的目光不期而遇,却都没停下脚步,只是简单地打了个招呼,仿佛什么都没有发生过。

谢冬天猜到陈浅一定是去面见关山月的,他暗暗一笑:"陈浅,这可是你自己往悬崖边走。"

关山月专心给那几盆名贵的翡翠兰浇着水,并不看陈浅,好一会儿，才放下水壶，眼神似乎充满别样意味："恭喜你，蝎子，立了大功。"

"处座，这是我的报告。"陈浅不慌不忙地递上报告。他的叙述滴水不漏，称机场出现的人是青帮，如何找到青帮，联系人、地点、时间，桩桩件件都不差分毫。关于钱胖子的部分，陈浅痛陈自己昨日调查后才得知，他机场无故失踪是因为赌博欠债，挪用了大笔军统活动经费，悄悄买好了去美国的船票，乘乱脱逃。除此之外，还有那份关于谢冬天的黑资料，这才是陈浅的真正筹码。

关山月满意地合上了报告："老弟，我完全信任你，只是人心险恶啊，你年轻得志，难免遭人妒忌，我只有未雨绸缪，万一上面追问下来，我才能为你解释。整个军统，我关山月眼中的可用之才，就只有你！"

说罢，关山月将关于谢冬天的那份资料收了起来，却没有再追问。陈浅暗想，和自己估计的一样，关山月真是个老狐狸，现在自己和谢冬天都有把柄在他手上，以后他可以利用自己和谢冬天互相争斗，这样他的处长位置才坐得稳。

陈浅又可以以蝎子的名义回到军统，只是没人知道他已经不是过去的蝎子了。

陈浅走后，关山月起身，看了看窗外乌云密布的天空，无声地笑了。谢冬天的野心实在太大了，他不仅想除掉陈浅，或许日后还想扳倒自己，他想一枝独秀，自己就偏不让他得意。

第二十七章

保密局的深夜会议

1949年，重庆。

深夜，陈浅并没有睡熟，他刚去过望龙门看守所，前几天被逮捕的那一批集会宣讲马列主义的学生中有两个因为受刑过重已经悲惨死去。看守所所长还私下对陈浅说，鉴于现在国军在与中共军队的交战中连连失利，毛局长已经下了密令，对所有被逮捕的通共分子格杀勿论，所以，这批学生很可能在这几天就会被秘密枪决。

搜集了几份刊登了这次逮捕事件的报纸，陈浅前去面见保密局里的温和派，已经升为保密局西南特区副区长的关山月，为挽救这些年轻的生命做最后的努力。关山月听后，漫不经心地扔下几句官腔，什么青年学生乃国之未来，什么晓之以理动之以情，让他们回头是岸，再无别话。陈浅只得点头称是。

那些充满青春气息的面庞在陈浅脑海中一一闪过，陈浅抓起手枪，在黑暗的房间里不断练习拔枪射击的动作，这会令他找回熟悉的掌控感。

很快，一阵急促的电话铃声将陈浅的思绪打断，紧急通知，前往罗家湾19号开会。

陈浅将枪收起，他预感到，这次深夜会议必然不同寻常，很有可能，他潜伏等待的那个机会终于要来临了。

陈浅和其他同僚一样，只是隐隐约约地听说过计划的存在，只有保密局西南特区区长徐远举和副区长关山月知道它的真正内容。

与此同时，谢冬天正起身对着穿衣镜迅速整理军服。这几年，陈浅因为出色地完成了各种危险的任务，一直是戴笠和关山月跟前的红人，完全盖过了谢冬天的风头。直到戴老板意外身亡后，毛人凤掌权，谢冬天才开始凭着孔家公子的推荐，步步高升，一直升到保密局西南特区二处处长，和身为二处副处长的陈浅相比，算是稍胜一筹，但谢冬天从来不曾放弃彻底击垮陈浅的念头，他一直在暗中寻找着陈浅的把柄，却始终一无所得。

陈浅匆匆赶到罗家湾19号时，他和谢冬天在走廊不期而遇，两人对视一眼，几乎同时跨进了灯火通明的会议室。此时，邱映霞、汤尚寿和另外几个处的处长都已经赶到，偌大的会议室里，虽然已经齐刷刷坐了十几个人，却鸦雀无声。当陈浅悄然走到汤尚寿身边准备坐下时，一直站在窗前凝望夜色的关山月猛地转过身来，面色沉重地吐出一句："诸位，坏消息，两个小时前，共军突破我方长江防线，南京失守了！"

"啊，这么快！这可怎么办啊？"一阵迷惘绝望的窃窃私语被关山月一个冷冽的眼神所止住。

"诸位，值此党国危难之际，正是我等效命之时，大半夜把诸位叫来，是因为我刚刚接到局座从台湾发来的电报，鉴于当下的局势，涅槃计划正式启动！"关山月扫视了一下屏息等待的众人，才缓缓继续，"涅槃，凤凰浴火而重生。"

在关山月简要的解说中,陈浅弄清楚了涅槃计划的三部分:拟定潜伏者名单;当共军逼近重庆时,炸毁电厂、自来水厂、兵工厂等重要设施;分步骤开始处死关押的政治犯以及暗杀重庆亲共的民主人士。

会议结束时,关山月给各位处长布置了任务,三日内,每人拟定一份潜伏者名单交给他作为参考。关山月说完这一大通话似乎也有些疲倦,他颓然在靠椅上坐下,喝了一口茶水,才淡淡地说:

"今天会议的所有内容,都是最高机密,各位绝对不能泄露出去,如有违者不要怪我关某人无情,按军法处置!所有保密局西南特区的家眷,从即日起不准离开重庆,等候分批送往台湾。"

"这是要拿家属当人质啊!"陈浅走出会议室时听到汤尚寿一声低低的叹息。

"陈浅、谢冬天,你们留下!"

陈浅和谢冬天被关山月分别安排任务,陈浅得到的任务是在重庆各重要设施布置炸弹,谢冬天另有任务,这段时间二处处长的日常事务由陈浅暂领。

不一会儿,谢冬天步出门外,一脸志得意满的表情:"陈处长,希望我们以后捐弃前嫌,同心为党国效力。党国存亡,比几个学生的性命重要太多了。"

听谢冬天的揶揄之语,陈浅分析,看来谢冬天已经得到了重要任命,才会如此自傲,而陈浅替学生求情,显然令关山月对陈浅产生了反感。越到关键时刻,自己越要冷静。陈浅笑了笑:"谢处长提醒的是,我只是担心滥杀无辜,致使民心浮动,对战局不利。"

两人正要离去,却撞上匆匆忙忙折回的邱映霞,她神情严肃地把手中的一张纸递给关山月:"关区长,刚刚监听到的,就是两年前消失的那个频率,署名飞天,可是电讯处破译不了,老汤已经过去了,正在全力想办法。"

关山月接过纸条,看了看那上面记录的符号,嘴角掠过一丝阴冷的笑意:"飞天!看来南京失守,飞天就盯上重庆了!"

"飞天?"陈浅和谢冬天都面露惊诧,陈浅追问道,"区长,飞天顾曼丽不是六年前就被梅机关的井田裕次郎处死了吗?卑职亲眼所见,这里怎么又会出现一个飞天呢?不会是共党故意混淆视听吧?"

"飞天不是一个人,是一个特工小组,顾曼丽死了,就会有新的共党特工加入。这是狸猫给我传来的讯息,是从上海地下党高层中得到的,绝对可靠!"

狸猫!陈浅的心中微微一震。

谢冬天立刻不失时机地向关山月恭维道:"关区长,难怪前些天,上海区能够一举抓获十几名共党高层。原来是您运筹帷幄决胜千里,早就在共党内部安插了卧底。"

"狸猫迟早要和你们几位见面的。"关山月说着,目光一一扫过三人的脸。

陈浅走出罗家湾19号时,晨光正从厚重的云层中穿过,静静洒向坡上遍植的黄葛树。陈浅把车开得一会儿快一会儿慢,连拐过几个街角,确定后面没有尾巴之后,陈浅的心里稍稍安定。风暴将至,自己和飞天的处境将更加危险和艰难,所有的讯息都必须在今晚的会面中传递出去!

陈浅看完了一场魔术表演,又在书店转悠了半天,确定身后没有尾巴,才溜达到弹子石码头,他一边在烟摊上挑选着香烟,一边暗暗观察着码头的情形,除了几个棒棒还在等客,深夜的码头已经行人寥寥。陈浅故意站在路灯下抽完了一根烟，把手中的一本《春明外史》落在地上又弯腰捡起。等了一会儿，也不见有人上前搭讪，陈浅走向那停着的几条渡船，说了一个非常偏僻的去处，和几个船家不急不忙地讨价还价。等到所有船家都拒绝了他的低价，他才径直走向最后一条渡船，一个箭步跳上船去，坐下，把手中的《春明外史》搁在一旁，吆喝了一句："船老大，走吧！"

那一直蹲在船上抽着旱烟袋的老艄公似乎对陈浅的举动毫不意外，一声不吭地起身去解开缆绳，摇动船桨。船头静静划开水面，周围的人声渐渐淡去，陈浅望着那混浊江水中的一点波光月影沉思了片刻，突然扭头一笑："跛子叔，你那二胡有多久没拉了？琴谱都给你撕了糊在船舱顶上了。"

跛子叔更加用力地划动船桨，低低一笑："六年了，陈处长的眼神还是那么尖，我还担心天黑，你瞧不出这些琴谱，瞧不清我的脸呢。还不来帮忙？"

陈浅这时也忙起身，帮忙划桨，当小船划入一片芦苇深处，两人才停住，紧紧握手。

"跛子叔！"

"陈浅同志！"

"我一直在等你，等你们！"

"我知道，春草也知道，这六年，你为我们传递了重庆各方面非常重要的情况，对我党在重庆的地下工作帮助很大。我们一直没有正面联络你，就是为了保护你，让你稳稳地扎在保密局里，现在到了让你这把宝剑出鞘的时候了！"

在清冷的月色和寂寂的风声中，跛子叔告诉陈浅，他是中共中央派遣到重庆的特派员，由于中共上海地下党出现了叛徒，在

薄冰

十天前的保密局上海区对中共地下党的疯狂抓捕中，已有十几名党内骨干被捕。本来，地下党的损失可能更大，因为一名年轻党员机智地识破了保密局特务的跟踪，及时通知了另外几名地下党领导人，才没有让地下党组织遭受更大的打击。这批被捕的共产党人已经被保密局迅速转移，目前去向不明。

陈浅很快分析出，南京失守，上海已是风声鹤唳，关山月必定会把抓捕到的这批人押解到重庆。

跛子叔赞同地点点头："你需要利用你的特殊身份，查明这些同志的关押之处，给我们的营救提供准确的信息。另外一件事，就是我们希望你能在最短的时间内，找出这个叛徒，他依然身份不明，是对我们党组织的巨大威胁。"

"狸猫！"陈浅毫不迟疑地叫出了这个代号，他有种强烈的预感，狸猫已经来到了重庆，他就潜伏在黑暗中，伺机而动。陈浅知道，从今晚起，他和关山月的较量开始了，从现在起的每一刻，他都如履薄冰，错一步，就将坠入深渊。

在一处废弃的码头，两人告别时，陈浅告诉跛子叔他把涅槃计划中他知道的内容都用密码写在了那本《春明外史》里，跛子叔则交给他一本《金粉世家》，里面藏着陈浅和他联络的秘密方式。

"陈浅，为了保证你的安全，在整个重庆，只有我和飞天知道你的真实身份，你只和我单线联系。"跛子叔再次紧紧握了握陈浅的手，随即跳上船，却在小船离岸时，又问了一句："你不会怪我们一直没有告诉你她并没有牺牲吧？"

陈浅在夜色中一笑，朝跛子叔挥挥手。他知道，一定是春草刻意对他隐瞒了这个消息，她害怕牵挂自己，也担心自己牵挂着她，在那些无法预知的危险岁月中，他们都只能选择淡忘感情。

陈浅在几天后收到老家奶奶寄来的家书时，确定自己被秘密监视了。那封信看上去纹丝未动，封口处过于清晰的邮戳却显得欲盖弥彰。军统的手段陈浅心知肚明，他在办公室里一边放着周璇的唱片，一边轻手轻脚地查找了一番，埋在花盆里的微型窃听器被他取出又原样放了回去。就像陈浅预料的一样，一旦涅槃计划启动，关山月就会牢牢监视他。

吴若男蹑手蹑脚地捧着蛋糕从里屋走出来时，被刚走进家门的陈浅敏捷地拔枪指住了胸口。

"小丫头，怎么是你？私闯民宅，胡闹！"

陈浅其实已经猜出吴若男是前几天乘和自己在枪房练枪之际，偷偷地配了他家的钥匙。他收起枪，故意冷下脸，自顾自去洗脸换衣。

吴若男把蛋糕搁在桌上："我就是想让你开心一下，给你庆祝个生日嘛！况且谢冬天这家伙最近不知道在忙什么，你也轻松多了不是吗？往日他老是找你的茬，但我知道，你肯定不会当叛徒的对不对？"

"若男，"陈浅不知怎么回复，无可奈何地说，"好，领你的情，为了感谢你，我请你去心心咖啡屋喝杯咖啡吧！"

"哇，太好了！"吴若男忍不住雀跃之情，一声欢呼。

陈浅走在吴若男身后，他能为她做的也只是拜托跛子叔留意，调查吴若男的父亲是谁，现在究竟在哪里。

第二十八章

真假狸猫

罗家湾19号侧门外的斜坡上，陈浅站在树荫下闷闷地吸着烟，上海区抓捕的中共要犯今天已经被秘密押解到重庆，由陈浅负责，亲自送到白公馆关押。关山月今天一大早就去了涂山寺为早逝的关家二小姐祈福，说是要静心在寺里待上一天，吃一吃那里的斋饭，和住持大师聊聊天。

回到公寓，陈浅从书架上拿下那本《金粉世家》，翻到夹着书签的那一页，在灯下用小刷子蘸着隐形药水细细刷过，一行字迹慢慢现出，是跛子叔在城内设置的几处死信箱地址。

第二天，关山月飞往云南见保密局云南站站长沈醉，陈浅特意去白公馆送犯人材料，他的车刚刚驶进白公馆那锈迹斑斑的铁门，一阵机枪扫射声和高昂的口号声从山后的松林中传来，惊起无数飞鸟。

"这是怎么了？"陈浅问笑呵呵来替他拉车门的独眼老九。老九是白公馆资历最老的看守，据说他的左眼在打仗时被炮弹炸坏，于是离开军队来了这里做看守。

老九接过陈浅手中的两瓶酒几包烟，眉开眼笑，连连致谢，才压低声音说:"就是前一阵子抓到的那批游行的学生,关区长转达毛局长的意思,杀,一个不留!还都是些孩子,也跟着共产党闹,唉,生生把小命丢了!"

陈浅压抑住心中的悲愤,淡淡地嗯了一声,和老九边聊天边走向白公馆所长杨进兴的办公室。跟杨进兴交接了文件之后,两人又抽着烟闲聊了几句战局,杨进兴照例抱怨不知何时才能安排他的家眷去台湾,为自己未来去了台湾后的前程忧心。他是徐远举的心腹,口风极严,也绝口不提这批上海押来重庆的犯人会在何时处决。陈浅在谈笑之后放下几斤上好的太平猴魁,告别出来,径直绕到后院独眼老九的住处。原来老九早就麻利地准备好了一桌家常小菜,这是老规矩,陈浅每次来,都要和他小酌几杯。

两人几杯下肚,老九话匣子打开,陈浅知道了关山月来白公馆三次提审了哪些犯人,而谢冬天居然也曾经来过白公馆,借着给杨进兴送礼,不断探问关山月提审过的中共要犯。

"这谢处长谢大公子,可是从来眼睛朝天,只认得那些什么公子,居然也会跑来白公馆翻审问记录,我实在搞不懂!"老九说。

陈浅和老九轻轻碰了一杯,淡淡一笑。他当然明白,谢冬天来到白公馆要查的是什么。狸猫,这枚关山月紧紧攥在手中的棋子,自然也让谢冬天动心。而谢冬天和陈浅竟然意外地想到了一起,狸猫来到重庆,最佳的隐身之地,自然是在白公馆的中共要犯之中。

"谢处长如果要查关区长审问了哪些犯人,何须翻审问记录,只需问一声你老九就行,这白公馆里里外外还有你老九不知道的事吗?"陈浅的这一句夸奖让老九得意地哈哈大笑,已经喝得微醺的他摸出一大串钥匙领着陈浅来到一排单人牢房,一个个地向他介绍这些犯人的名字。走到最后一间时,他拉开铁门上的小铁窗,神神秘秘地一指那个在一堆干草上和衣而睡的男子，说："陈处长，这关区长啊，来了三次，上海押来的这些犯人里，只有一个他提审了三次，就是他，孙志明！这家伙是个中共死硬分子，怎么上刑都不开口，可是，关区长还偏偏每次都亲自劝说他，一劝就是一个多小时。"

孙志明！陈浅的脑海里闪过这个人的材料，他是军工厂的工人，由于在工人运动中表现英勇积极，在半年前加入了上海中共地下党。陈浅走近铁门一步，从那狭小的窗口望去，那孙志明腿上胳膊上裸露的皮肤的确布满了骇人的伤痕，看来受刑不轻。他会是狸猫吗？陈浅知道，要确定这一点，还需要更多的证据。

陈浅看了一会儿，忽然转身对老九一笑："光顾着闲聊了，我都忘了，还带来一瓶洋酒丢在车后备厢里了！"等老九转身喜滋滋地跑去车里取洋酒，陈浅迅速关上铁门，屈起手指，在铁窗上急速地敲击起来：

"关区长命令你，表现要更英勇突出，获取中共高层信任，耐心等待行动指令。"

陈浅用的是军统的密码第一高手魏大铭独创的一套密码，如果对方不是军统受训人员，不可能明白。他敲完了之后，静静等待了一会儿，铁门里传来回应的敲击声：

"属下明白，昨天放风时获得消息，中共地下党有营救的意图，我们可以将计就计一网打尽。另外，望上峰多多照顾我老母亲。"

陈浅略一思忖，又用密码轻轻敲出了一句："有消息可以直接告知杨所长。家中一切都好，勿念！"

天色渐暗，陈浅坐进车里正要发动时，听见后面的牢房里传来一声高过一声的口号声："中国共产党万岁！"几个看守闻声连忙气急败坏地往后面跑去。

陈浅微微一皱眉："又是谁在闹？"

老九一乐："还不是那个孙志明，找死，又是一顿好打！不过他也喊不了几天了，我听见行刑队的商量明天要去松林坡挖大坑，看来，就这几天夜里了，要送他们上路了！"

"也是该送他们上路了！等把这批犯人送走了，你可以松快点，告诉我一声，我们再好好喝一杯！"

陈浅说着一笑，朝老九摆了摆手，摇上车窗，车子绝尘而去。

陈浅和谢冬天是在第二天的夜里突然被叫到罗家湾19号的，关山月把一份名单丢在桌上，淡淡说了一句："你们俩坐我的车去吧，立即处决！"

开往白公馆的路上，陈浅和谢冬天都默默无言地望着窗外，各自猜度着对方的心思。陈浅知道自己现在必须想办法将情报传出，否则就来不及了。陈浅内心升起一丝烦闷，见谢冬天开着车窗吸了支烟，陈浅顺势问他要了根烟点上，抽完后，随意地将烟头往窗外一丢，丢进了路边的一只垃圾桶。

谢冬天看似无意地伸出手在车窗边敲了数下，后车的黄毛会意，停下车将垃圾桶中陈浅丢下的烟头小心地捡起来带走。陈浅明白谢冬天找不着什么，这只是他用来吸引谢冬天注意力的东西，趁谢冬天与黄毛交流之机，陈浅才将情报丢进前方路边真正的死信箱——公园的树洞中。

白公馆里的犯人突然被叫醒，戴上手铐脚镣被推出牢房，大多数人都已经意识到了死亡的讯息，他们依然保持着沉着和冷静，走过一间间牢房时，轻声和那些虽然相识不久但是肝胆相照的狱友告别。当那些伤痕累累的囚徒在枪口下走上囚车时，从他们的嘴里，竟然传来了低沉悲壮的《国际歌》歌声。

颠簸的车厢里，孙志明一边卖力地唱着歌，一边窥视着中共上海地下党的负责人李东的一举一动。这几天他虽然费尽心思，却无法获知营救行动的详细计划。他像一只突然钻出地面的鼹鼠，每个毛孔都能感觉到危险的气息，从今天最后一顿牢饭中取出的一把袖珍手枪藏在孙志明的短靴中，那是关山月无声的命令，如果中共的营救行动开始，他就要伺机偷袭李东，制造混乱。

盘旋的山路上突然滚下了无数石块，随着几声刺耳的急刹车声，负责押送的军车躲避不及侧翻在地，紧跟在后的囚车在惯性中也骤然倾斜，与此同时，枪声四起。李东挺身而起，低低喝了一声："同志们，我们的人来了，准备跳车！"

谢冬天和陈浅的座驾在整个车队的最后面，被一棵轰然倒下的巨大松树砸中，等两人奋力爬出车厢，拔枪跑到囚车前时，囚犯们已经纷纷跳车，在陡峭的山路上，和那些惊魂未定的国民党士兵进行殊死的肉搏。黑乎乎的山林间，只听到搏命的惨叫，根本无法分辨是敌是友，谢冬天毫不迟疑地举枪射向人群，手枪子弹打完，捡起地上一把冲锋枪，正要大开杀戒之时，只觉左腿被什么打中，一阵剧痛，摔倒在地。

孙志明随着人群跑到山崖边，正打算拔枪悄悄射向李东时，却见已经有人在大树上绑好了结实的绳索和简易的滑轮，他也只好随着众人攀绳而下。跛子叔和十几个熟悉地形的山民正隐身在山崖下的山洞中，只要上面有人攀下，就赶紧抓住，拉入洞中，当山路上远远地传来十几辆军车沉重的车轮声时，众人已经点燃火把跟着山民急速沿着山洞逃走。孙志明紧紧跟在李东的身后，一路上用藏在手心的刀片在石壁上悄悄留下记号。队伍钻出山洞，过了歌乐山的山脊，来到一处偏僻的山坳中，孙志明蹲下系鞋带，正要再次削去树皮留下标记，被人在身后重重地拍了拍肩膀。

"孙志明！狸猫！你做的记号我们都弄掉了，你的主子关山月没法来救你了！"

孙志明转过身来，看见队伍中那个目光锐利、被大家称为跛子叔的中年人嘴角泛起了嘲讽的笑容。

孙志明从短靴中拔枪的动作其实非常迅捷，甚至跛子叔还没来得及做出反应，人影一闪，一个年轻人已经挡在了跛子叔前面，孙志明的身子突然微微一颤，捂住腹部颓然倒地。中共重庆地委刚刚上任的团委书记邱泽拔出匕首俯身看了看，转身对跛子叔报告道："他死了！"中共四川省委书记纪松涛和跛子叔眼神中都不约而同露出欣赏之意，这个年轻人反应灵敏动作干净利落，是个不可多得的特工人才。

关山月坐着军车赶到时，路上的石块和树木已经被搬开，陈浅带着几个人正绑着绳索缓缓滑下山崖去寻找逃犯。

"对不起，关区长，是我们太大意，中了中共的埋伏，让犯人跑掉了七八个！"谢冬天一脸懊丧地挣扎着坐起。

关山月绕过那一具具尸体，望向那黑不见底的山崖，一丝不易察觉的笑意掠过嘴角，螳螂捕蝉黄雀在后，他的网已经撒下，绝不会空手而归。

很快，陈浅和他手下的人顺着山洞找到了山坳，但地上的脚印和车辙通往四面八方，一时他们没了追踪的方向，只好带着孙志明的尸体回到了关山月的面前。

关山月还未开口，匆匆赶来的杨进兴就惊诧地脱口而出："是孙志明！"关山月微微皱眉，轻轻叹了口气，对陈浅吩咐道："这是我安插在中共的卧底狸猫，看来是被他们识破了，可惜了！好好安葬了吧，回头你代我送笔抚恤金去他龙潭镇的家里！"

"是！"陈浅答应着，忙指挥手下把孙志明的尸体先运回白公馆，瞬间，一种说不清的不安感萦绕在心头。陈浅离开时，从车窗瞥见杨进兴在关山月耳边汇报着什么，关山月的身体语言中读不出痛失狸猫的沮丧，反而隐藏着深深的杀气。

陈浅突然后怕，这一切比他想象的要顺利许多，狸猫的身份，连军统内部都极少有人知道，为何自己用军统内部通用的密码就套出了对方的话？按理来说，狸猫不会轻易和关山月之外的人联系。孙志明很有可能是关山月放出的烟幕弹，如果没死，他可以辅助狸猫，如果死了，则可以让真正的狸猫藏得更深。更令陈浅担忧的是，孙志明如果本来就是关山月用来欺骗中共的棋子，那么孙志明曾被他用军统密码所诈的事，恐怕已经上报关山月了。自己无意中被利用来替关山月做了局，还露出了破绽，陈浅狠狠拍了一下大腿。

陈浅回到寓所，关山月这几天的行踪在陈浅脑海中不断交织，逐渐形成了一条清晰的线，唯有涂山寺，关山月独自一人待了大半天，如果他在行动之前和狸猫进行了联络，那只能是涂山寺。

一身黑色中山装的陈浅背着手在涂山寺后院冷寂的回廊里看雨雾中的一株榕树，听到身后轻轻的脚步声，缓缓转身，对着匆匆而来的住持微微欠身，在住持惊疑不定的目光中，一张黑色派司被拿出轻轻一晃，又迅速收回口袋中。陈浅的衣着做派神情都透露着神秘的官方身份，住持不敢不信，却又实在不知自己这寺院里有什么值得挖掘的东西。

"大师，目前重庆形势复杂，鄙人奉命调查所有官员的私下行踪。您什么也不需要知道，只需要告诉我，一个星期前，保密局的关先生来的那一天，他做了什么，见了什么人，所有细节。还有，我今天来的事情，除了您，不能让第二个人知道。您明白了吧？"

住持被陈浅那冰冷锐利的目光盯着,连头也不敢抬,连声答应着:"是,明白了!"

陈浅从涂山寺侧门快步出来,来不及打伞就猫腰钻进了黑色轿车,他毫不犹豫,直奔东吴大学。关山月来的那天,只有东吴大学的一个老师带着几个学生在观摩石刻,他们在一起吃了斋饭,关山月还和那个老师去了禅房,欣赏大师的几件藏画,聊了一个小时,那个老师叫邱泽。

在东吴大学的调查,陈浅没有出面,而是由国民政府内政部调查局去教务处调查有通共嫌疑的教师学生。陈浅调取了邱泽的档案和几张照片,当眼镜、胡须、儒雅的笑容这些都被抹去后,一个人的面孔从记忆的深处慢慢浮上来:一个应该已经被军统处死的人。刹那间,他在鸡冠石山慈母堂看见的那个背影和那张俊美的脸融为了一体:许奎林!陈浅念出了这个名字,背脊上透出一股森森的寒意。

心心咖啡屋后,一个乞丐摇摇晃晃走近,蹲在了路灯边,他就是乔装后的陈浅。向地下一看,在路灯根部和水泥路面之间有一段缝隙。确认左右无人注意到,他将写有狸猫真实身份的纸条藏了进去,同时提醒跛子叔随时注意,自己一旦得知处决时间和地点就会立刻传出。当他离去时,咖啡屋内传出《渔光曲》悠扬的旋律,年轻瘦削的钢琴师抬起头,眼神游走在窗外的景色中。

傍晚的雨渐渐大了起来,空荡的教堂里,一阵风过,烛光微微闪动。年轻的钢琴师合上双手祈祷,念罢,他起身走向藏书室尽头,推开一扇隐蔽的小门闪身而入。一盏用报纸遮住的煤油灯露出微弱而温暖的晕黄光线,靠在折叠床上的中年男子抬头看了一眼,钢琴师打开手中的《圣经》,只见里面赫然藏着一张纸条。

"跛子叔，有情报！"原来他是地下情报员许桐。跛子叔展开陈浅的纸条，立刻就着灯光，全神贯注地破译起来。

破译出的情报令跛子叔的眉头轻轻一挑。邱泽，这个名字他当然不陌生，这个英俊机敏的年轻人给他留下了很深的印象。跛子叔深知，鉴于目前复杂多变的形势，他不能对重庆地下党负责人公开陈浅的身份，所以也就无法在此刻指认邱泽就是应该已经死去的军统叛徒许奎林。

沉思片刻，跛子叔烧毁了纸条，对许桐说："明天，重庆工委会在这里开会，邱泽也会来，我会试探他，一旦确定他就是狸猫，由我来告诉重庆市工委的负责同志并且除掉他。"

"可是如果邱泽是狸猫，明天的会议就会非常危险，应该取消啊！"许桐焦急地一皱眉。

"不，无法取消，万县的同志今晚已经出发，已经来不及通知他们。另外，不能暴露陈浅的身份，在没有确凿的证据之前，重庆工委也不会同意取消这么重要的会议。不过，我和重庆工委的纪书记已经做了应急方案，一旦有危险，能保证参会人员快速撤离！"

陈浅正像往日一样打算开车回家，却发现有什么不对，四周仿佛有许多眼睛在暗中盯着他。陈浅知道自己不能慌，便神色自若地坐进了驾驶座。这时周围埋伏的人一拥而上，将枪口对准了他。

在人群包围中，谢冬天跨上车门，坐在了副驾驶座上，他将双腿交叠伸出窗框外，点了根烟，别有深意地看着陈浅："陈处长，你说中共是怎么知道行刑时间的？我听说孙志明曾经透露有军统人员和他联络，恐怕他是被骗了，关区长正在查这个内奸。"

"共匪狡猾得很，不然还要你我做什么。谢处长，有什么话不妨直说。"陈浅看着谢冬天的做派，原来他是在模仿陈浅在车上抽烟的动作。看来谢冬天对他的怀疑始终没有断绝，陈浅立刻高度警觉了起来。

"我查了这几天进出的记录，发现一件有趣的事。"谢冬天靠近陈浅，紧盯着他的眼睛，"陈处长真是亲力亲为，竟然自己跑到白公馆送材料，远在云南的关区长若是知道了，也要称赞你是党国英才吧？"

"谢处长，你和我一样，都对狸猫感兴趣，不是吗？"陈浅暗示他知道谢冬天也到白公馆查过狸猫，还未等到回答，就看到老九被黄毛等人押着走进了楼上的审讯室。

"陈浅，等我审问了这人，事情会有结果的。好自为之！"谢冬天跳下车，大步离开，朝陈浅挥挥手。

谢冬天没有和陈浅当面撕破脸，只是让手下陪同陈浅回保密局。陈浅看着窗外，谢冬天的人正在楼下徘徊，在拿出自己无辜的铁证之前，陈浅既不能回家，也无法联系外界。谢冬天从老九那里一定会得知自己与老九对饮，以及打发老九出去而自己单独待在了牢房的事，这无疑是个极大的疑点。在此党国风雨飘摇之际，正如毛人凤所授意，宁肯错杀一千不可放过一个。

"陈处长，我们家若男找你呢，她可是一心想和你看电影喝咖啡。"沈白露走向陈浅的办公室，门外的守卫拦住了她。沈白露笑盈盈地玩笑道："好凶的两个门神，怕不要吓死人。我就进去聊个闲天嘛，能有什么事。"

沈白露的好人缘此刻派上了用场，两个守卫也不好拒绝，便放她进去，只说一分钟就得出来。

"替我转告若男，我怕是没空去了。天气变了，叫她多加几件衣服。"陈浅说道。沈白露撇撇嘴，娇嗔地抱怨道："怎么回事呀，这个谢冬天，也真够麻烦的。"

沈白露在陈浅耳边密语了几句，还等不到回应，便在守卫催促下走出房间，她不忘和两人又调笑了几句，这才缓缓消失在走廊尽头。

陈浅关上房门，沈白露告诉他老九是自己人。陈浅定了定，仿佛下了某种决心。

谢冬天从老九嘴里挖出陈浅特意带酒过来的事，惊喜不已，此时陈浅的到来却完全出乎了他的意料。

"谢处长，我想我知道行刑时间是怎么泄露的了，那天在老九家里，我看到他床上有本小说，越想越不对劲。对老九这个粗人来说，这本书未免太雅了。"

听到陈浅的话，审讯室内已经被折磨得不成人样的老九破口大骂："陈浅，你陷害我，你个龟儿子！日你仙人板板！你让我去死，你自己好好活着！谢处长，他才是共产党，我做证……"

这话落在谢冬天耳朵里，是老九为了泄愤故意辱骂陈浅。而在陈浅耳中，他知道老九真正要说的无非是那一句：你自己好好活着。

果然，从老九家中的《虎贲万岁》里，谢冬天找到了标记，可见这是密码本。与此同时，陈浅趁机上报关山月，老九在行刑前从白公馆打电话通风报信，等谢冬天赶回时，他恼羞成怒地发现陈浅早就抢了自己的功劳。

老九的死讯在第二天的中午传来，陈浅正在枪房练枪，他默默地装好子弹，随即举枪连射十发，他甚至没有时间去悲伤，因为关山月的最新命令已经下达。陈浅放下枪，心想什么时候去小洞天喝一杯吧，他和老九像茫茫戈壁中行走的孤独旅人，曾经相逢同路，却再没有机会把酒言欢。

第二十九章

慈母堂的空城计

关山月关好书房的门，拧亮台灯，把狸猫送来的情报又读了一遍，把刚刚冲洗出来的两张照片凑近灯光，眯起眼睛瞧了半响，从牙缝里低低地挤出了一句："徐汉辰，你真的回来了！"他似乎陷入一段久远的回忆中，眉毛微微地抖动着，脸色变化不定，在吸完了一根烟后，他才又恢复成了那个喜怒从不形于色的儒生杀手，起身迅速而利落地烧掉了照片，开始在一本颜真卿字帖上用密写药水写下了对狸猫的最新命令。

关山月能感觉到飞天就在保密局的某一处注视着他，那仅仅是多年特务生涯养成的一种直觉，并没有具体的证据和指向。他拎着公文包走过罗家湾19号的走廊，含着隐隐的笑意和每一个见到的下属亲切地打着招呼，这些人有的跟了他七八年，最短的也有三四年，但关山月还是怀疑他们每一个人，他们会不会是飞天？会不会和共产党暗通款曲？随着枪炮声离重庆越来越近，他越发感觉身边几乎没有什么可以绝对信任的人。所以，这一次行动，他决定要出其不意攻其不备，昨晚已经密令安插在第93军里的心腹带一个连的士兵严密把守鸡冠石镇出入路口。

一处和二处的头头脑脑突然被通知去会议室开会，关山月单刀直入，简洁地宣布，据可靠情报，今天在鸡冠石镇慈母堂里，中共地下党高层将召开一个会议，这是一个逮捕重庆地下党的绝好机会，现在对手表，十分钟后，出发！

关山月抬起手腕对表的同时，阴沉的眼光掠过每一张面孔，补充道："各位，从此刻起，保密局的外线电话全部切断，所有人员只准进不准出，直到我们出发！前几天白公馆老看守的事情大家也都听说了，共产党的渗透能力很强，我们不得不防！"

陈浅快步走回自己的办公室，从抽屉里拿出枪来，一颗颗地装好了子弹。他故意没有关紧房门，留了一道缝隙，让隐身在外面的谢冬天能够听见他打给吴若男的电话。

"若男，本来想去给吴将军送行，给吴将军准备了一件礼物，现在去执行任务，怕不能陪你吃饭了，待会儿你自己去我家里取吧，在左边柜子第二个抽屉里。"

吴若男敏锐地捕捉到了陈浅语气里的那一丝不安，在抓捕的车队出发后，她立刻寻了个机会溜出了罗家湾19号，在陈浅的公寓抽屉里找到了那个用缎带精心包扎好的小盒子，盒子里只有一支枯萎的玫瑰，一张纸条，纸条上写着：

去心心咖啡屋，点一首《天涯歌女》。

吴若男瞬间知道自己长久以来的担心就是事实，现在保密局人员不许和外界联络，而陈浅偏偏冒险联系她，那么，《天涯歌女》很有可能就是陈浅向共党提示风险的暗号。陈浅无疑早已经加入了中共。这一刻，她的心如坠冰窖，不知道自己该怎么办。陈浅是她最爱的人，而共产党却是她最不想听到的字眼，但她最后明白，她不能辜负了这份信任。

离开陈浅的公寓，吴若男向心心咖啡屋走去。

跛子叔在教堂前弯着腰用力地扫着地，枯黄的落叶在他扫帚下发出哭泣般的沙沙声。重庆市工委以及万县的地下党员们三三两两，以各种装扮纷纷走进了慈母堂，他们混杂在众多来参加今天布道会的教友中间，并不显眼。跛子叔并未转身抬头，但是利用藏在手中的一小块镜面，他已经瞧见了重庆工委书记纪国明，穿着低调的灰色长衫，黑色皮靴擦得一尘不染。纪国明不时和他身边那个个子稍矮的青年低语几句。跛子叔注意到邱泽走进教堂前在墙角停下弯腰系了一下鞋带，一支香烟从他袖口神不知鬼不觉地滑落，随即又被他的皮鞋踩碎。

果然是他！跛子叔记得，自己和关山月同在鸡鹅巷培训班时，他就曾得意地向自己展示过独创的用香烟的烟灰留下记号的办法。跛子叔不动声色地继续扫着地，决定把邱泽引到自己藏身的密室中除掉，但在此之前，他必须找时机和纪国明通个气。

陈浅到达鸡冠石镇时，关山月已经在茶馆里听取了93军的一个连长的汇报。陈浅借着买烟稍微转悠了一下，所有的士兵都乔装打扮成附近山民和小商小贩的模样，陈浅明白了关山月的部署，他是一个残忍而有经验的猎人，已经在慈母堂周围形成了合围，却故意留着鸡冠石镇这个入口，他要一网打尽，抓捕今天来到慈母堂的所有共产党人。

谢冬天和茶馆里几个扮成伙计的弟兄闲聊着，谈笑风生的同时他一刻也没有忘记盯着窗外不远处的陈浅，他很清楚自己的目标，他期望着陈浅能在今天的抓捕中露出马脚，只要他有一丝想通风报信的迹象，自己就可以立刻出手，把陈浅置于万劫不复之地。陈浅知道自己此刻什么也做不了，他暗暗计算着时间，吴若男应该已经将情报传递给了许桐，而许桐会在最快时间通知飞天。

一切都在掌握之中，关山月掩不住心中的兴奋，端起桌上的茶杯，浅浅喝了一口，随即吩咐左右，叫陈浅和谢冬天一道尝尝野茶。陈浅轻啜一口，抬眼注意到关山月手间小小的动作：转动手腕上的碧玉佛珠。那是他的一个习惯动作，每次要下令处死大批犯人前他总会心理安慰似的转一下佛珠。看来关山月成竹在胸，要让重庆地下党的精英全军覆没。

在悠扬的风琴声中，纪国明排着队，一脸虔诚地走过查理神父的面前，低下头去接受神父赐予的圣水。两鬓已经斑白的神父把一个卷好的小纸条放在他手中，在他耳边低低地说："神将赐福于你，我的孩子，还将把那出卖我主的犹大给你指出，阿门！"

纪国明的心中微微一凛，他缓步走出礼堂的侧门，闪身在一根立柱后的阴影处，迅速展开纸条，那上面分明是跛子叔的笔迹，用密码写着一行字：邱泽是军统卧底，速启动后备计划，善后交我处理。纪国明愣了一下，他虽然震惊疑惑，但跛子叔作为中央特派员的权威毋庸置疑，十几年地下工作的经验让他立刻平静下来，烧掉了纸条，才快步沿着走廊来到慈母堂后院一处存放杂物的储藏间里。窗帘紧紧地拉着，从布道会上悄悄退出的地下党干部们都等待在那里，虽然有二三十人，却鸦雀无声。

纪国明走到前面，用低沉而有力的声音说："同志们，因为紧急情况，我们的会议地点必须立即更改，从此刻起，个人不许单独行动，三人一组，从密道出去，跟着山民李大爷走，至于去哪里，大家在到达之前都不要问。"

所有的参会人员都惊疑不定，但谁也没有多问一句，几分钟内，所有的人都已经从密道鱼贯而出。邱泽走在最后，和两个年轻的干部在一组，他的手悄悄摸向腰间的勃朗宁，但又悄悄放下，此刻，绝对不是自己行动的好时机，而且形势未明，还不能断定自己的身份已经暴露。就在邱泽决定要探明开会地点再发出信号时，纪国明在后面叫住了他：

"邱泽，中央特派员就在慈母堂，需要一位可靠的同志护送他离开这里，你去吧，你的身手枪法我都信得过。特派员同志还有一项特别任务交给你，等你完成了，你再来和我们会合。"

纪国明的脸色神情并没有异常，邱泽一时也找不到拒绝的理由，只能硬着头皮答应下来。走出储藏间时，查理神父已经在等待，两人交换了一个眼神，并未交谈，而是一前一后朝着回廊深处的小礼拜堂走去。那段路不过短短几分钟，邱泽有种野兽般的直觉，仿佛他正在走进多年前76号的那个幽暗的屋子里，无数双潜伏在黑暗中的利爪随时准备撕碎他的喉咙，他感觉到危险已经迫在眉睫。

查理神父只走到门口就转身离去，邱泽一步步戒备地走进小礼拜堂，昏暗的礼堂里却只有跛子叔正在静静点燃一根根白色的蜡烛。摇曳的烛光中，跛子叔肃穆的脸令邱泽不敢正视，他稍稍垂下眼帘，快步走过去，伸出手去，低声说："您是特派员同志吗？我是重庆工委邱泽，纪国明同志派我来，护送您安全撤离！"

跛子叔锐利的眼神在邱泽的脸上停留了几秒，伸出手去轻轻握了握，微微一笑："哦，我听纪书记提过你，你很能干啊，你可以叫我跛子叔。邱泽同志，你先帮我把所有的蜡烛都点起来吧！"

邱泽愣了一下："可是，有紧急情况，我必须马上保护您撤离，没有时间了！"

"不，我现在还不能走，我还要等一个人！"

邱泽明知道自己不该追问，还是忍不住脱口而出："谁？"

薄冰

"飞天,他会来给我送一份重要情报。"跛子叔说着把一根蜡烛递给了邱泽。

邱泽一边点燃着蜡烛一边在心里飞快地盘算着,今天他撒下的大网原本就是为了抓住跛子叔和纪国明,现在纪国明去向不明,但跛子叔还在自己的手中。如果,那个神秘的飞天也会来,对于关山月来说,真是意外之喜,自己仅凭这一项功劳,也足以在保密局登上高位了。

所有的蜡烛都已经点燃,整个小礼拜堂沐浴在柔和的烛光中,跛子叔坦然在第一排的长凳上坐下,邱泽也挨着他坐下,笑得谦卑而小心。

跛子叔看了看腕表,喃喃道:"我正是想让飞天和你见一面,因为飞天现在急需一个机敏干练的人担任助手。按照约定的时间,还有十分钟,邱泽,你说说看,你对如何阻止敌人破坏军工厂和电厂,有什么好办法吗?"

当邱泽滔滔不绝地向跛子叔展示着自己的口才时,茶馆里的关山月心中忽然掠过一丝不安,他再次掏出珐琅怀表看了一眼,共产党的会议应该已经进行到了高潮,狸猫为何还没有发来行动的信号?坐在他对面的谢冬天察觉到了关山月的不安,他果断开口:"区长,下令行动吧!不能再等了!共产党非常狡猾,再等下去恐怕有变!"

关山月沉吟了一下,阴沉的眼神望向陈浅:"陈处长的意思呢?"

"谢处长说得对,再等下去恐怕有变,但如果贸然行动也怕打草惊蛇。我建议,鸡冠石镇的军队暂且不动,我和谢处长,分别带两队便衣,慢慢靠近慈母堂,伺机而动,只要发现共党分子,立即拿下!"

关山月不得不承认，陈浅始终胜谢冬天一筹，他们像自己手中两柄最锋利的匕首，必须让他们不断磨砺，不断互相争斗。

"就按陈处长说的办！我就在这里等你们的好消息！"

邱泽已经开始有些焦急，他悄悄瞟了一眼仍然神闲气定的跛子叔，缓缓起身："跛子叔，已经过了十几分钟了，飞天同志怎么还没有来？不会出什么事吧？要不我去外面看一下，如果情况异常，我就先保护您离开！"邱泽不等跛子叔同意就拔腿往门外走。

"怎么，邱泽，你着急了？急着去报信吗？"跛子叔叫道。

打算走出门给关山月发信号的邱泽停住了脚步，他忽然意识到自己上当了，他缓缓转过身，跛子叔已经走到风琴前，坐下翻开盖子，开始弹一首动听的乐曲。邱泽是时髦青年，当然听得出那是《天涯歌女》，他只是不明白，这样生死攸关的时刻，跛子叔怎么还弹得出这样儿女情长的曲调。

邱泽唰地举枪指住了跛子叔："徐汉辰，你早就识破了我的身份，原来你是在这里拖住我，为了争取时间让纪国明带人逃走！"

跛子叔依然不动声色地弹着《天涯歌女》，他想起多年前和一位清丽的女孩在某个阳光明媚的日子里一起弹这首曲子，后来那个女孩成了他的妻子。

邱泽已经气急败坏，俊秀的脸庞开始扭曲："徐汉辰，你跑不了！起来，跟我去见关区长！"

就在邱泽狂叫的同时，跛子叔突然抽出了藏在风琴下的一把手枪，挺身朝着他连发几枪。邱泽惨叫一声，撞倒了一把木椅。跛子叔正要举枪击毙已经匍匐在地的邱泽，却不料他忽然一个翻身，一颗子弹射穿了跛子叔的肋骨。

顺着枪声，陈浅和谢冬天一前一后跑进了小礼拜堂，脸色苍白的邱泽撇下鲜血淋漓的跛子叔，迎上来，敬了个礼："陈处长、谢处长，我是许奎林，代号狸猫，这是中共特派员徐汉辰！"

陈浅似笑非笑地点了点头。

"兄弟，别来无恙！"谢冬天冷冷瞅了一眼许奎林，"其他的中共参会人员呢？"

"后山，他们往后山跑了！走了大概半个小时，谢处长，你可以派人烧一把山火，他们在树林里就藏不住了，一定会跑下山来！"

许奎林的建议谢冬天当然也想到了，他心里暗暗地骂了一句："狸猫，你不过就是关山月养的一条狗，也敢跟我显摆你的小聪明！"

山火熊熊燃烧的时候，鸡冠石镇上的军队也被调了过来，把整座山围得严严实实。而纪国明和其他的中共干部此刻正坐在一辆载满了美国教友的大卡车里，卡车缓缓地驶过鸡冠石镇的街面，因为证件齐全，而且载着美国人，留守的几个哨兵也只是草草检查，很快放行，卡车沿着颠簸的土路驶向万县。

关山月听到哑巴的报告时，把盖碗茶杯狠狠地砸向地面："好啊，给我唱了一出空城计啊，飞天不见人影，徐汉辰又半死不活，真是白忙乎一场！把徐汉辰送去医院，不，送去枣子湾，叫医生过来给他做手术。再让狸猫写一份名单，让谢处长和陈处长去抓人！"

陈浅本想请命押解跛子叔，不料关山月撇开他和谢冬天，悄悄让哑巴开车送走了，还命令除了他本人，任何人不得见这个中共特派员，他会亲自审问。陈浅送垂死的跛子叔上车时，在他耳边郑重地轻声说道："徐汉辰同志！"跛子叔安心地一笑，他已经无力动弹，感到生命正随着喷涌的血液不断流逝。

徐汉辰，陈浅默念着这个名字。这还是陈浅第一次知道跛子叔的名字。后来陈浅以调查共党分子的名义，顺利地查到了跛子叔的身世：徐汉辰，原籍苏州，黄埔军校学生，和关山月曾同在鸡鹅巷培训班。看来，跛子叔与关山月之间的渊源还不简单。

回到寓所，陈浅一进门就察觉到有人潜入，悄悄拔枪在手，低低喝了一声："谁？"灯光却突然大亮，吴若男坐在桌上望着蛋糕出神，轻轻唱着《生日快乐歌》，一脸不加掩饰的颓丧，这是陈浅从未在她脸上见过的表情。陈浅收起枪："若男，怎么了？"

"陈浅，今天是我的生日，你记得吗？不记得吧，我想也是，你从来都不记得的。"吴若男招呼陈浅坐在她身边，"陪我过生日吧。"

陈浅刚坐下，吴若男从蛋糕底座下迅速抽出一把手枪，抵住了陈浅的太阳穴："陈浅，你是共产党。"

"若男，我想你知道我的选择。"陈浅没有躲避，紧紧抓住了闪着寒光的枪管，"你看到了那些无辜的学生是怎么死的，你也知道，老钱是怎么死的，或许我在那时候就应该和他一起死了。"

"他是叛徒，你也是。我的父亲，我的母亲，他们都是，他们抛弃了我。"吴若男冷冷地说，眼泪从她眼里流了下来，但她手里的枪没有一丝颤抖。她的枪法很好，好到甚至令她自己觉得失望，如果她的手会因此颤抖，陈浅就可以趁机夺枪逃走了。

"不是这样的。我抽屉里有一份资料，本打算找一个好机会再交给你。"陈浅说道。吴若男将信将疑，用另一只手打开抽屉取出资料。随着阅读，吴若男的眼神渐渐动摇，心中被一种陌生而强烈的感情所占据，上面写着吴若男父亲是解放军第二野战军的一位团长，吴若男的照片被送到了他手中，他说这二十几年他一直都在寻找吴若男母女。

吴若男放下枪："谢谢你，陈浅，这一次，我做了我最看不起的叛徒，帮你传了消息，就当是我为我的感情做了交代，以后我不会再来找你。"她把自己偷偷配的钥匙摔在陈浅面前，头也不回地走了。

关山月在枣子湾别墅的地下室里，凑近灯光很专注地看一张有些泛黄的照片，看了一会儿，轻轻叹了口气："汉辰，咱们当年的老同学啊，死的死，走的走，如今还留在国内蹚这浑水的可没几个了，想想咱们俩斗了这么多年，老蒋老毛打来打去，这关咱们什么事，不管谁赢了谁坐江山，咱们这些老百姓还不就是图个家人平安，安度余生。我们何必为他人作嫁衣裳呢？"

关山月说着转过身来，居高临下望向被反手铐在对面皮椅上虚弱的徐汉辰，牵动嘴角笑了笑，声音变得格外柔和："汉辰，我们之间就用不着上刑那一套了吧，我们来谈谈条件吧。你是个聪明人，现在的形势，你非死不可，但是，我可以给你安排个替身被枪毙，然后悄悄送你出国，去美国洛杉矶，当年新月写了退党声明后得到特赦，我就送她去了洛杉矶，你们的孩子也在那儿，你去和他们团聚。我知道你不怕死，但是你不想念新月和你们的孩子吗？"

跛子叔的脸色被昏暗的灯光映照得更加苍白，他微微扬起头，迎着关山月阴沉的目光："新月在美国？这个条件听起来很诱人，那么，我要付出的是什么？"

关山月拿起桌上的杯子，不急不缓地吹了吹茶叶，喝了一口："你了解我，我只要飞天！告诉我，他在不在我的身边？他是谁？"

跛子叔低头沉默了一会儿，似乎刚要开口就爆发出一阵剧烈的咳嗽，身子战栗得如风中落叶。关山月回头给一直站在暗处的哑巴一个眼神，哑巴于是立刻上前解开了跛子叔的手铐，并把一杯茶递到他面前，又悄悄退回墙角。

跛子叔接过茶杯喝了两口，胸口的起伏渐渐平息，他再次抬头望向关山月。关山月走近了一步，似笑非笑地俯视着他，好似看着自己掌中的一只麻雀。

"汉辰，你还想要什么，尽管提！"

"关区长，你想知道飞天在不在你的身边，他是谁吗？我只想知道一件事，你把新月和孩子埋在了哪儿？"

跛子叔的声音很低沉，甚至连哑巴都没有听清楚，可是关山月的脸色却瞬间变了，他忽地一把揪住了跛子叔的衣领，脸部的肌肉轻轻颤动："你，你说什么？不，你不可能知道！"

跛子叔丝毫没有退缩，而是逼视着关山月："没错，我知道，你杀害了她，因为新月她拒绝写退党声明，她拒绝出卖她的同志，所以，你秘密杀害了她和孩子，并且无耻地以她的名义在报纸上刊登了退党声明。你把她埋在一个只有你自己知道的地方，欺骗全世界善良的人，包括你的母亲，说你送她去了美国！"

关山月像一头受伤的野兽发出一声狂叫，一下子掐住了跛子叔的脖子："我要你死！给我死！都是你们这些该死的共产党蛊惑了她，逼得我亲手杀了我妹妹！"

哑巴从没有见过关山月如此面目狰狞，他不敢上前劝阻，只能远远看着。

跛子叔断气的一瞬间，关山月猛然醒悟了过来，他松开手任跛子叔倒在地上，低低狞笑道："徐汉辰，你又算计了我一把！你就是想死个痛快……呵，就算没有你，我照样抓得住飞天，哈哈哈哈……"狞笑退去，关山月陷入无能为力的狂怒中，又用脚狠狠地踢了两下已经慢慢变冷的尸体。

陈浅是第二天傍晚时知道跛子叔死讯的，那时残阳如血，铺满了半边天空，仿佛映照着陈浅心里因悲恸而揪起的血痕。

"把徐汉辰悄悄运回白公馆去，他的死讯对外严密封锁。他是飞天的直接联络人，共产党会不惜一切代价来救他的，我们就等着他们上钩！"陈浅听见关山月的声音毫无温度，隐含着怒而不发的暴戾，只是关山月阴冷的眼神中竟然有一丝一闪即逝的惆怅，难道关山月也会为了同窗之死而难过吗？陈浅怀疑这只是自己面对跛子叔惨白的脸而产生的错觉。即使面对这种局面，关山月仍然能冷静地利用跛子叔的尸体再设局。不过，关山月等待的共产党是不会来的，因为他这颗钉子会将这个消息传给重庆工委。

第三十章

枣子湾别墅的危机

许奎林在镜前精心地把分头梳好,整理了一下崭新的军服,志得意满地走出房间,顺着旋转楼梯快步而下。他走进餐厅时,关太太正在吩咐用人把一道道精美的菜肴摆在紫檀木餐桌上,关家大女儿正在弹钢琴,而关山月则在一旁很慈爱地陪着小儿子下象棋。许奎林承认自己从未见过比关山月更可怕的人,自己当年在香港被军统行动队抓住时,关山月就在一旁端坐,边读《红楼梦》边听着那些便衣拷打他,直到他气息奄奄觉得必死无疑之际,关山月才缓步走过来,帮他整理好纷乱的头发,压低声音在他耳边说:"记住,许先生,你以后就是狸猫,一只在黑暗中蛰伏的猫,帮我去咬断那些共产党的喉咙,用血洗掉你当叛徒的耻辱!"

许奎林还未开口,关山月放下象棋,起身笑眯眯地朝他招手:"来来,奎林,今天是专为欢迎你回来设的家宴,来的都是熟人,不要拘束,你先坐!"

许奎林坚持站着等来宾,微微躬身:"区长!卑职何德何能,身无寸功,在您家里承蒙您和夫人的照顾,哪儿敢让您再为我举办家宴,实在惶恐!"

"不,你有功,前阵子抓捕的那批共党要犯不日即将处决,飞天那天虽然侥幸逃脱,但也是惊弓之鸟了,这一个月电讯科都没有再侦听到那个电波了。我已经代你向局座请功,区区一个行动科科长是太委屈你了,等你在涅槃计划中再立新功,处长都不在话下。至于你在香港的家人,你也放心,局座会派人严密保护。"

关山月的笑容让许奎林心中发毛,他知道所谓严密保护实际是押作人质,以防留在大陆的保密局特务向节节胜利的共产党暗通款曲。但表面上,许奎林还是一副感激涕零的模样。

陈浅和谢冬天的车一前一后到达枣子湾别墅,西装革履的谢冬天刚走上台阶,就被从陈浅车上下来的沈白露从背后叫住,在这种场合,她与谢冬天一贯是舞伴。不料谢冬天推开了沈白露挽上来的手,故作客气地寒暄了几句便走进大门,自从那日他知道沈白露见过被他控制起来的陈浅,他就本能地对沈白露感到怀疑,这种怀疑不分对象,这正是谢冬天足以自傲的控制力,他不会将任何人排除在嫌疑范围外,哪怕是个脑子空空的蠢货。这时,另外四五个处长也纷纷赶来,众人聊着便一起拥入了客厅。

许奎林很快便看出落单的沈白露有些闷闷不乐,于是他便刻意殷勤,帮她挂好大衣,拉开椅子,一副十足的绅士派头。而沈白露正因为谢冬天骤然对她冷淡而生气,此时出现的许奎林,相貌清秀风度翩翩,虽然比她小了好几岁,但恰好满足了她的虚荣心,所以也就和他很快熟悉起来,饭局开始后,两人自然而然地聊得火热,沈白露不时发出咯咯的笑声。吴若男见了表姐这样,不由得轻轻皱眉,她不知道表姐怎么可以这么轻易喜欢一个男人又很快放下,自己是无论如何也办不到,她的眼光第一次被陈浅吸引时,就已经知道自己除了爱他别无他法。吴若男转脸去看坐在身边的陈浅，他正和关太太聊着保密局家属撤退台湾后的安排。

酒过三巡，邱映霞和老汤才姗姗来迟，他们两人最近一直走得很近，有时老汤深夜在电讯科值班，邱映霞也会去聊会儿天送点点心，所以大家暗地里猜测老汤多年苦恋是不是终于打动邱映霞的铁石心肠了。许奎林对保密局内部的人事做了研究，他知道邱映霞是蒋夫人面前的红人，老汤也是关山月的同乡发小，数一数二的电讯专家，所以一见他们，立刻起身迎上，毕恭毕敬的态度让一贯冷淡的邱映霞也只得敷衍了几句。

当最后一道菜毛血旺端上来，众人正纷纷把筷子伸向沸滚的汤锅时，关山月突然让太太把儿女先带下去，并命用人退下。关山月放下筷子，脸色一沉，说道：

"诸位，战局不利，重庆已经成为中共下一步的军事打击重点，保密局全体人员开始逐步迁往台湾，家属会先走，我太太、孩子还有老汤的老母亲，都会在下周从九龙坡机场登机。至于其他人员，再逐步安排。这个时候，共党以为我们只顾着败逃了，但我们自己不能乱，局座昨天和我通了电话，他命令，涅槃计划由我全面负责，即刻开始实施，但关某一个人独力也难以擎天，还望诸位鼎力相助！"

"是！誓死效忠党国！誓死追随关区长！"众人一齐起身敬礼，关山月一摆手，众人才缓缓坐下。

"诸位，此刻涅槃计划就锁在我书房的保险箱里，详细步骤和内容我已经拟好了，潜伏人员名单我参考了上次诸位交来的名单，也做了比较大的调整。总之，诸葛亮的神机妙算都已经在我的保险箱里，只等那东风一吹了！具体何人何时执行哪一项任务，届时由我单独下命令。只是，共党的间谍很厉害，飞天虽然暂时销声匿迹,但是,为保万无一失,从现在起,直到我带着这份计划离开重庆,辛苦在座诸位带队轮流在枣子湾值守!具体的值守名单我已经排好了,大家看看。"

众人传看值守名单时,关山月的眼光在每一个人脸上缓缓扫过,他知道,不,是他能感觉到,共党的卧底就在这些面孔里面,那个让他没能在慈母堂把重庆工委一网打尽的人,此时自己给他准备了一个他无法拒绝的诱饵:涅槃计划。

众人正窃窃私语之际,关山月突然又脸色一变,笑道:"今天的家宴是欢迎许科长从敌营归来,关某却一个劲地给诸位派任务,实在心里不安。所以啊,餐后给大家安排了一点助兴节目,请大家去会客厅,小女给大家弹几个曲子,还有几个乐师伴奏,红酒和点心也是大酒店送来的。诸位尽情跳个舞,放松一下!"

翩翩的乐曲中,沈白露掏出小梳妆镜补完妆,嘟起红唇,抱怨着:"虽然区长照顾我,不用值守,可是下了班还是得轮流过来送餐啊,我还得打包准备带去台湾的东西,我哪儿有时间啊!"旁边几个处长忙打趣她:"Miss沈,你那衣服、鞋子、香水都堆成了山,到时候上飞机可不得把我们的位子都占了!"沈白露却不理会这帮围着她的男人,她的眼睛狠狠地盯住了这时正在大厅中央跳舞的谢冬天。许奎林这时悄然而至,殷勤地递上一杯红酒,微微躬身:"能否有荣幸请沈小姐跳个舞?"沈白露嫣然一笑,伸出白皙的手臂,两人一个回旋滑进了舞池。

吴若男牵着陈浅的手缓缓起舞,见沈白露悄悄朝她挤眼睛,吴若男只得笑了笑。自从得知陈浅的真实身份后,她已经在心里给自己划定了界限,她爱陈浅,也只能远离陈浅,这时不过是为了不引起别人怀疑而已。

一声尖叫突然打破了歌舞升平,吴若男转身一看,连忙往舞池跑去，见沈白露和谢冬天闹得不可开交。起因不过是两对舞伴跳舞时互相轻微的碰撞，本来就心里憋气的沈白露不依不饶，谢冬天陡然冷脸让沈小姐自重，沈白露更加满腹委屈，直骂谢冬天以前献殷勤现在摆脸子，负心薄情，两人你一句我一句，说得激愤起来，沈白露干脆夺过一位劝架处长手中的一杯红酒，不管不顾泼了谢冬天一身。这下，场面失控，众人忙围上来，有的劝有的拉，好不容易平复了两人的情绪。正在这时，一名侍卫匆匆跑入，报告火警，随即整间别墅突然断电，从窗口也开始蹿入丝丝白烟，顿时，大厅内乱成一团，都往门口拥去。而陈浅和谢冬天却逆着人群，几乎不约而同往二楼奔去，陈浅边跑还不忘喊道："快！打开备用电源，所有人不许离开别墅，等区长决断！"

陈浅和谢冬天跑到二楼书房前时，才发现关山月正在打开保险箱检查，两人连忙肃立一旁。哑巴在别墅大门处连开两枪，众人镇定下来，发现烟雾只是从地下室一个窗口冒出，并无大碍。当灯重新亮起时，关山月关好保险箱，对陈浅和谢冬天若有深意地一笑："敲山震虎！看来共产党是想看看我的保险箱里是不是真的有涅槃计划，那我们就在这儿好好地设下个陷阱，守株待兔吧！"

"是！区长高明！"陈浅和谢冬天在心中迅速把大厅中每个人的位置和举动回想了一遍。

三人再次走进大厅时，火已经被扑灭，众人都垂首危坐，等着关山月训话。

关山月却并没有责怪众人刚才的慌乱，只是哈哈一笑："诸位，地下室电线老化而已，不是什么大事，扰了大家的兴。我想大家都累了，说实话，我也累了，你们跳舞的时候我还在上面睡了一会儿，党国危难，谁不揪心。这样吧，大家都回去休息吧，明天就要开始轮流值守了,都养好精神!"

众人如同得了特赦般纷纷告辞,三三两两走出了枣子湾别墅。许奎林三步并成两步赶上来,对沈白露一阵嘘寒问暖,要不是吴若男使劲拉着表姐上了车,两人还不知要聊上多久。

第三十一章

关山月的计中计

谁也没有料到，沈大小姐真的很快就和许奎林打得火热，两人的身影频频出现在舞厅、咖啡厅、电影院，每次轮到许奎林当值的时候，沈白露就会拎着起司蛋糕出现，两人边吃边聊，士兵们都躲得远远的，怕扰了他们的好事。许奎林沉浸在美人在侧的幸福中，沈白露的美貌和家族背景都让他满意，他甚至悄悄打算好了求婚。关山月送妻儿赴台湾前与他的一番谈话更让许奎林感觉备受赏识，他更加起劲地研究起保密局每一个人的档案，他需要找出那个中共卧底，为自己未来在台湾的仕途添上重重的一笔。

一切都在许奎林的算计之中，然而，他却没有算出仅仅在几天后的一个夜晚，他本来青云直上的命运就突然坠入地狱。那个晚上发生的事情，许奎林被关押在望龙门看守所时回想起来依然历历在目。邱映霞的车意外失灵，出了车祸住院，许奎林被急召代替她去枣子湾值守，当晚餐送来时，他心里闪过一丝疑惑，虽然还是平常叫的那家饭店，伙计却换成了一个生面孔。那伙计应答自如，饭菜又可口清爽，实在看不出什么破绽，许奎林仔细盘问了几句，便打发他走了。他惦记着他的沈小姐，吃了几口他平常喜欢的两样小菜，就去打电话，等他把爱意缠绵的电话打完，走回值班室，就察觉情况异常，桌上杯盘狼藉，十几个士兵已经趴着躺着沉沉昏睡。许奎林神经瞬间绷紧，他连忙拿起电话拨号，却发现值班室电话线已经被切断。许奎林虽知此时敌人可能已经潜入别墅，但为了涅槃计划，他不得不硬着头皮拔枪跑向楼上书房。

书房里整齐依旧，只是那洞开的保险箱让他头皮一炸，此时门外一阵跑步声和打斗声让许奎林顾不上细看，拔腿追去。追到别墅后门的许奎林只看见两具士兵的尸体，两个身形迅捷的人影一闪而过，一辆黑色轿车绝尘而去。此时的许奎林已经别无选择，他只能钻进自己的车，追着黑色轿车而去。当他追着黑色轿车来到江边时，空空的车里并没有人影，涅槃计划书被丢弃在后座上。许奎林手伸向涅槃计划书时，后脑一记重击让他瞬间失去意识。醒来后的许奎林已经是戴着手铐在罗家湾19号的办公室里，谢冬天、陈浅、老汤、吴若男都冷冷地盯着他："涅槃计划书呢?"

那一刻，许奎林才意识到自己跌入了一个布置周密的圈套中，他被发现是在城门设卡处的一辆马车上，藏在干草堆中，当士兵们按例准备搜查马车时，赶马车的车夫突然拔枪射击，然后混入混乱的人群逃走，而被查获的许奎林已经换了老百姓的衣服，浑身没有伤痕，腰间的枪射出的子弹也和枣子湾别墅中射死那两个士兵的相同。一切证据都指向许奎林盗走了涅槃计划书并想潜逃。最可怕的是，在随后对许奎林公寓的搜查中，搜出了来源不明的大额支票和一张去香港的机票。

保密局上下都相信变色龙般的许奎林想窃取涅槃计划投降中共，叛变一次的人绝对会叛变第二次。谢冬天和陈浅看过所有证据后，下令将许奎林暂时关押，等待关区长回来处置。"我是冤枉的！我要见关区长！"许奎林狂喊着被拖进了望龙门看守所，被丢进了一个关押过刚刚被枪杀的爱国人士的牢房，地上的斑斑血迹让他恐惧。许奎林颓然坐在墙角，蜷缩起身子啃着指甲，他逼着自己冷静下来，从头到尾把十几个小时里的每一个细节都仔细梳理一遍。他知道，即使所有人都抛弃了他，关山月一定还会来见他，而那是他唯一活命的机会。

许奎林的猜测没有错。飞机刚刚在九龙坡机场降落，关山月一钻进轿车就吩咐哑巴直接开往望龙门看守所。

"您是要亲自审问狸猫？"哑巴小心翼翼地问。

"关了四十八小时了，狸猫也该想明白了，如果被逼上绝路了，他还不能分析出谁是埋在我们保密局里的钉子，那他就是一只没有用处的死猫了！"关山月悠悠地说，随即闭上了眼睛养神，手指却轻轻地拨动着手腕上的一串紫檀木佛珠。

许奎林被带进审讯室时差点直接跪在关山月面前，他哽咽了一声："区长，我……我冤枉。"

关山月点点头，笑眯眯地示意他坐下，随即让哑巴给他松开了手铐，送上了一杯咖啡。

关山月瞧着许奎林如饮甘露般喝着那杯咖啡，眼神瞬间变得冷酷："喝吧，提提神，然后告诉我，你都想明白了什么。"

许奎林放下杯子，直视着关山月："区长，您锁在书房保险箱里那份涅槃计划书是假的！那是您的鱼饵，为的是钓出潜伏在我们内部的那个内鬼。您那天邀请到枣子湾别墅的人都在您的怀疑范围内，这是您的第一计。您早就知道只要涅槃计划一出现，共党必定坐不住，必定会有所行动，您特意送夫人去台湾也就是为了给共产党一个行动的机会，因为只有敌人动了，我们才能发现他们。这是第二计。"

关山月哈哈一笑:"聪明,不枉我栽培你一场。那么,说说,整件事里谁最可疑?"

许奎林不自觉地舔了舔嘴唇,半晌才斟酌着开口:"区长,那天晚上本来是邱处长值守,可是她的车却意外被撞,撞车的人也没抓到,显然这是一场阴谋,为的就是让我来顶班值守。后来,晚餐的饭菜送来了,却换了伙计,结果饭菜里面下了药,所有的守卫都晕了,唯独我没晕倒。接着就是,故意引我去追赶,留下空车打晕我,再把我藏在马车上,造成我逃跑的假象。这一系列的事件,安排得很巧妙,盗走了涅槃计划书,成功把盗窃涅槃计划书的罪名安在我的头上。有一个人,从表面上看,她绝对不可能来枣子湾别墅盗走计划书,可我仔细分析了每一个细节,恰恰是她,从您家宴那天开始,就露出了破绽。"

"谁?"关山月的身子微微前倾,盯住了许奎林那双闪烁不定的眼睛,"调查报告我看了,那天晚上邱映霞在医院包扎伤口,老汤陪着她,陈浅和吴若男在吴将军家里陪吴夫人吃饭,谢冬天回了住处,还有其他几个处长,也都有人证。你说的难道是她?"

许奎林心中微微一震,他没想到关山月已经猜到了答案。

"就是她,只有她在家宴那天故意制造摩擦引起混乱,又在别墅断电后整整十五分钟不知去向。只有她才知道我不会和其他兄弟一起去吃辣,只会单独吃那盘炒笋干,而那盘炒笋干里恰恰没有放迷药。只有她,去过我家做客,能在前一天神不知鬼不觉地进入我家,藏好支票和那张去香港的机票。而整个保密局,谁也不会怀疑她,谁也不会去调查她,因为她的家族实在太显赫,她没有任何理由加入共党。区长,我目前只有猜测和推断,并没有证据,可是如果您允许我去深入调查她,一周,只要一周,我相信我会找到突破口,甚至从她身上挖出飞天。您愿意赌一把吗?"

关山月阴沉地一笑:"许科长,我们俩还真是不谋而合。在全局每个人的背景调查中,我也注意到了她,这次在台湾见到了她表哥,她表哥说,她十九岁在北平女子师范大学时,跟一个写马列主义文章的副教授关系很亲密,大学最后一年,她突然休学离开大学,曾有一年行踪不明。后来,她却突然回来了,只说是跟男友回老家住了一年又分手了,回来之后性情大变,开始生活奢侈,注重打扮,并且考进了浙江女子警官学校,又因为她家里和戴老板的关系很密切,毕业就直接进入了军统机要室。前阵子她家族成员都纷纷逃离大陆,而唯独她却放弃了一次次能够离开重庆的机会,这实在不像一个头脑简单只爱玩乐的女人会做的事。现在,我授权你去秘密调查她,给你十天。十天内给我找到证据,我们撤退的时间越来越近,涅槃计划完全展开之前,必须拔出共党扎在我们心口的这根刺!"

"是!"许奎林一阵狂喜,他行了一个标准的军礼,心里对那个自己曾经心生爱慕的女子生出一股切齿的恨意,"敢利用我?用不了几天,我会让你向我颤抖求饶。"

第三十二章

陈浅的生死劫

沈白露在福昌服装店试穿着一件阴丹布的旗袍,她侧着头对着穿衣镜不断变换着身姿,站在她身后的老板娘不断夸奖着她的身材和美貌,沈白露有一搭没一搭地和她聊着天,但其实,她迅速而准确地从镜子里捕捉到了马路对面鬼鬼祟祟的跟踪者。沈白露知道他们是保密局的便衣,这是个危险的信号,说明她已经在什么地方露出了破绽,而最大的可能是被突然释放的许奎林识破了身份。沈白露在和许奎林相处的这一个月中,已经看出他的确像他的代号狸猫那样狡猾而深沉。沈白露定下了两件旗袍,扭着腰肢出了门。她戴着墨镜撑着阳伞,在街口走走逛逛,瞧见路边有个画家模样的年轻人在招徕顾客,沈白露不急不缓地走上前去,坐下:"替我画幅画吧。"身后的便衣们只得耐着性子等,沈白露换了个舒服的坐姿,心想,就让他们等着。

年轻画家见好不容易有了客人,当下兴高采烈地在纸上描摹起来。几分钟后,一幅素描被呈在沈白露面前:"女士,您看看,还满意吗?如果不满意,我立刻替您修改,重画也可以!"

沈白露秀眉微皱,不满意地轻哼了一声:"我觉得,这里,有点不像。"未等画家说话，她丰润而莹白的手指已经自顾自捏起了画家放在一旁的铅笔，用裁纸刀削尖了，便往纸上唰唰添了几笔，替头发添了纹理，觉得好玩似的，沈白露掩嘴笑笑："这幅画送你了，你留着揽客吧。"

沈白露登上一辆黄包车，几个衣衫褴褛的孩子拥上来乞讨，她用小花手绢像赶苍蝇似的赶跑了他们，结果一个孩子趁机抢下了她的花手绢。

保密局便衣一行人乘上黄包车跟踪沈白露而去，剩下的人立刻分为两边，抢走了小乞丐手里沈白露的手绢，又强行要走了年轻画家的那幅画。两者都被递到了许奎林的面前，无论怎么检查，手帕只是普通的手帕。许奎林将目光集中到了画纸上，据便衣描述，沈白露亲自在头发上添了几笔，按他的经验判断，这很有可能是某种密码。

年轻画家正在收拾被便衣弄得一团糟的摊子，一直隐身在别处的陈浅上前帮助他拾起了画具，画家感激地朝他不停鞠躬："先生，谢谢您，这世道真是不让人活了，到处都是这些人，唉！"

陈浅拿走了画家的一支铅笔，正是沈白露削过的那支。陈浅知道许奎林从那幅画上查不出任何有用的东西，他摸着铅笔上裁纸刀留下的纹路，连在一起是一个暗语：碧玉佛珠。

许奎林知道光凭跟踪监听电话这些常规手段是无法挖出沈白露的什么秘密的，他只是要用这些虚晃一枪，让沈白露紧张起来，逼她去和同党接头。谁知道手下便衣传来消息，沈白露不见了！就在她参加教堂组织的孤儿院探访时，便衣发现自己跟丢了，后来只找到沈白露换下的衣物鞋包，还有一个可怜的富家太太衣不蔽体被困在厕所里，看来沈白露是假扮成她，混在客人中溜走了。

"一群废物！"许奎林在办公室里大为光火。

沈白露正在一条英国商船的船舱里凭窗远望那寒雾弥漫的江面。她的一头卷发已剪短了，肤白如玉的脸经过化妆，看上去像个寻常人家的女儿。沈白露相信陈浅会找到她最后留在画家摊上的消息：碧玉佛珠。那一晚，停电前灯光渐弱的那一刹那，沈白露发觉关山月本能的第一眼并不是望向放有保险箱的二楼，而是落在了手腕上的碧玉佛珠上。尽管转瞬即逝，这仍然没有逃过沈白露的眼睛。

许奎林手下的情报员已经研究了一天那些头发上的笔画，可是一无所获。画纸上沈白露依然笑意盈盈，许奎林猛地将那张脸揉成一团。

谢冬天悠悠地走到许奎林身后："沈白露能潜伏这么多年而不暴露，必然不会轻易留下线索。恐怕这是她在故意干扰你的视线。这件事，我会去调查。"表面上，谢冬天一脸恳切，劝慰了许奎林几句，其实他内心冷哼一声，这个许奎林果然没什么用。

谢冬天独自去了沈白露的公寓，他和给沈白露公寓打扫卫生的大婶聊天，买糖炒栗子讨好她，果然，在纷乱零碎的谈话中，谢冬天抓住了一条重要的线索：在重庆没有什么家人的沈白露每个月都会去万县探望一位老太太，那是她的老乳母刘阿婆。

陈浅边走边沉思，关山月转动碧玉佛珠的场景在他脑海中无数遍重现。他走进心心咖啡屋，找了一个靠后门的位置坐下，只点了一杯咖啡。每一位点歌的客人都会得到年轻钢琴师赠送的一朵康乃馨。陈浅抬手示意侍者拿来点歌单，在最后一页写下了歌单上没有的曲名：《渔光曲》，并夹上了一张用来和许桐接头的银元券。侍者恭敬地拿去了歌单又折回，把一朵康乃馨轻轻放在桌上。

陈浅静静地听完了《渔光曲》，才拿起那朵康乃馨，从后门悄然离去。回到车里，陈浅小心地一片片剥下康乃馨的叶子，取出藏在花心中的一张纸条，握在手心细读，心中一惊，纸条上写着："截获消息，谢冬天已前往江城执行任务。务必破解谢冬天使命，阻止涅槃计划。"

重庆正值用人之际，关山月的得力助手谢冬天却被派往了外地，而现在战事正紧，如此说来，谢冬天的任务成功与否很有可能会对整个战争的局势产生巨大影响。想到这里，陈浅只觉得头皮一阵发麻。

回到军统局，陈浅就被关山月叫了过去。关山月靠在皮椅上闭目养神，听着谢冬天汇报，他是如何假扮沈白露的未婚夫去见了刘阿婆，如何用他清俊的外表和周到的礼貌获取了刘阿婆的信任，如何探知每年沈白露生日前后都会有人寄来一张明信片，而且一定是寄到刘阿婆处而不是寄到沈白露的公寓。谢冬天语气里透着说不出的得意，他加重语气说道："以前的明信片都让沈白露拿走了，只有这张，沈白露还没来得及去取，而这张明信片是沈白露就是中共卧底的铁证。"关山月听到这儿猛然睁开了眼睛，伸手拿起那张搁在办公桌上的明信片。那是一张由英国印制的上海街景的明信片，背面是用漂亮的行书写就的两行诗：年年岁岁花相似，岁岁年年人不同。但整张明信片，上面写着沈白露小姐收，下面却并没有署名。

"查出这是什么人寄的了？"陈浅问道。

"不用查，我套了刘阿婆的话，她还依稀记得沈白露三年前带过一个纪先生来她那里住了几天。区长，我特意请北平站的兄弟帮忙，找到了沈白露在大学里曾经相恋过的那个男教员的档案照片，您看看，这个人就是中共重庆地下党工委书记纪国明，他们俩早就是恋人了，是共产党的一对贼鸳鸯！"

关山月点点头，示意陈浅："这个纪国明由你去调查。谢处长明日就启程，领导江淮地区的谍报小组工作。"说着关山月将碧玉佛珠取下随手递给谢冬天，"党国存亡就看诸位的了，这是我随身的辟邪之物，希望你不负我的期望！"

谢冬天郑重地接过碧玉佛珠，领首："是！"

走出办公室，陈浅看着手中的明信片，谢冬天拍拍陈浅的肩膀："你可不要把我抓在手里的人放跑了。"

陈浅点点头应允，目光却一直停留在谢冬天手上的碧玉佛珠上。表面上关山月是为了激励士气，但他明白，其实这就是谢冬天这次行动的相关资料，看来谢冬天的使命就是执行涅槃计划，必须赶在谢冬天离开之前拿到这份资料。

吴若男将几张明信片翻来覆去地看："就这点线索，可怎么找出纪国明？我看谢冬天就是故意把难题丢给我们。"

陈浅举起那些明信片一张张翻看，冲着吴若男温和地一笑："若男，情报工作就是要观察所有的细枝末节，你看，这些明信片是从不同的邮筒投递的，很小心，但是，纪先生很讲究啊，这上面的字是用派克钢笔写的，兵荒马乱的，这种笔的墨水现在还卖的地方可不多。"

吴若男眼睛一亮，夺过陈浅举着的卡片，果然如此。她狐疑地盯着陈浅："你要去抓他？为什么？"

"若男，以后你就会明白的。"

吴若男咬了咬嘴唇："好，我相信你。我这就叫兄弟们拿着照片去查访。"

陈浅知道，吴若男的调查很快就会有结果。

"陈浅，你可真狠心，你就是知道，我永远不会出卖你。"站在房门前，吴若男的声音听起来很轻，咬字却明明白白。陈浅不禁心酸，但他看不见吴若男的表情，也无暇再去考虑，现在他要赶去心心咖啡屋通知重庆工委当下的险情。

经过谢冬天的办公室，正碰到谢冬天走出，他并未将碧玉佛珠随身携带，陈浅猜测这份秘密文件是被谢冬天藏在了办公室中，只是他没法轻易接近谢冬天的办公室，贸然行动只会引起怀疑。

入夜，陈浅小心地接近楼梯，探出头看了一眼，值班室明晃晃的灯光提醒着他时刻注意危险。这时有人从值班室走了出来，陈浅连忙紧贴着墙壁，大气都不敢出。

"疑神疑鬼的干吗？三缺一，快过来开一局。搞这么紧张有用吗？也不看看这天，说不准什么时候就变了。"走廊上的人闻言，便退回了屋内。人心浮动，连站岗守卫的人也不例外。推牌声哗啦哗啦传了出来，没人看到走廊中闪过一道黑影，无声无息地隐入了夜色中。

陈浅快速走上楼梯，摸到了谢冬天的办公室门口，确定周围无人，就掏出事先配好的钥匙，闪身进屋。看到屋内一角的保险柜，陈浅蹲下身，拿出听诊器贴在保险柜上，边试探着转动密码锁的旋钮边听声音。当终于听见一声细微而不同寻常的碰撞声时，陈浅知道成功不远了，然而柜门并没有开。数分钟后，保险柜仍毫无动静，陈浅一摸额头，已是一手冷汗。

仔细查看，陈浅发现标牌上是几个日文单词，这是日本人所造的保险柜。陈浅想到日本战败后，谢冬天曾受命作为特派员，进行过接收工作，当时特派员中饱私囊的乱象使国民政府的形象一落千丈。这个保险柜大概就是谢冬天从接收物资中带回的，它的构造不同于常见的圆盘式机械密码锁。

于是陈浅放下了听诊器，将两根钢丝插进锁眼，反复撬动，过了一会儿，终于听见了咔嗒一声，保险柜门打开了，碧玉佛珠出现在陈浅眼前。每颗佛珠中都藏着一份微型胶卷，陈浅迅速翻拍下整份资料，然后将佛珠放回了原处。

心心咖啡屋内，年轻的钢琴师告诉店长，他今天就要辞职，要离开重庆了。走出街道拐角，许桐扔掉了钢琴师制服的领结，走入小巷。不一会儿，出来的就是一个普通的工人打扮的男子，他的工具箱里就藏着刚收到的秘密情报。

许桐焦急地等待纪国明将底片洗出来放大，而当一张张照片显示出图像时，他着实被吓了一跳。画面上是一个牧羊人正带领着国军军官查看郊外某处隐藏的山洞，里面藏着黄金和枪支器械等物。然而重点是在其中一张，上面的武器既熟悉又陌生，和现有的武器都不相同，有一架由三片机翼构成的飞行器，还有……

纪国明皱眉："听说东三省有日军仓库，一直没有被发现，看来是真的。"

许桐好奇："这些是什么东西？"

"你看箱子上的日文，这是部队番号。这就是当年我们和蝎子共同对付的敌人，井田裕次郎。这些武器看来是日本战败后留下来的。"纪国明指着一份文件，上面记载着试验记录，说道，"从收录日期来看，关山月很早就开始寻找这批日军武器，最后一份文件表明，当年主导研究新式高威力武器的专家下村诚隐藏在乡间，已经被谢冬天派出的谍报小组寻获。谢冬天这次去，就是要接手这批武器送往前线，一旦顺利到达……"

"后果不堪设想。"许桐和纪国明同时说道。

纪国明走进阡陌书店时，看到熟悉的伙计换了人，但是这个伙计也并没多问，只是殷勤地给他递书，老板还走出来和他打了个招呼，整间书店安静祥和，两个青年学生模样的男子在低头聚精会神地翻书，没有什么人特别注意他。纪国明走过两个男学生身边，他看到他们的腰间都别着枪，幸好陈浅已经提前通知了他。今天纪国明特意来到书店是为了帮助陈浅演一出戏，好让陈浅能顺利回去交差。

陈浅带着七八个二处的便衣埋伏在书店出口对面的巷子里，这时书店里传出混乱的枪声，几个顾客惊恐地逃了出来，此外不见人影。把守书店后门的便衣跑来通知陈浅，纪国明逃跑了。陈浅佯装带领便衣追赶，一路追到防空洞前。

迷茫的雾气中有个影影绰绰的身影奔逃而去，"不好！是烟幕弹！"陈浅掩住口鼻，不待众人犹疑，把手一挥，"兄弟们，抓活的！跟我来！"就率先跃出，朝着雾气浓重的洞口冲去，几个便衣也随着冲入洞口。

纪国明跑向洞口，不料迎面扑来几个人影，他侧身射出几枪。但这些便衣毕竟人数占优，正当纪国明有些招架不住的时候，陈浅出现在了他的面前："其他几个便衣被我打晕了，现在，朝我开枪，然后穿着我的衣服冲出去！"

没有时间了，雾气中，身后追赶的脚步已经越来越近，纪国明射出子弹，奔向雾气迷蒙的洞口。

一直在枣子湾别墅的书房里等消息的关山月听完哑巴的汇报后，静默了几秒后，才追问："陈处长受伤严重吗？"

哑巴神情凝重："医生正在替他紧急做手术，吴小姐在医院哭得死去活来。"

陈浅醒来的时候,面前是眼睛哭得像桃子一样的吴若男,以及和陈浅一样缠着纱布的谢冬天。虽然是如此狼狈的模样,谢冬天仍不肯露怯,他讪讪地朝陈浅笑了笑:"陈处长,我们这次是难兄难弟了。"

在病床上,陈浅得知了谢冬天任务失败的消息。谢冬天护送日本的秘密武器和武器专家回程时,在火车上遭遇了共产党的伏击,整辆火车连同关山月企图扭转战局的春秋大梦一起被炸烂。谢冬天好不容易捡回一条命,然而关山月的态度却比他想象的还要气急败坏,一问才知道,原来陈浅抓捕共党头子失败,而且身负重伤。

谢冬天喃喃自语:"难道真是时也运也?不对……"他用力摇摇头,"中共特工,看来不止沈白露一个!"

陈浅闭上眼睛,难得地沉入了梦乡。

一片愁云惨雾的吴府,一脸泪痕的吴若男从客厅中跑出,陈浅将她揽到胸前,他已收到消息,知道这对吴若男来说必然是晴天霹雳。只听吴若男哽咽着说出噩耗,吴将军于昨夜在前线指挥部战败自杀!

"我妈妈死了,现在舅舅也自杀了,舅妈昏过去了,到现在还在抢救!表姐也不知道为什么突然被通缉了,我该怎么办?"

陈浅沉默了一会儿,低下头在她耳边轻轻说了句:"你表姐让我告诉你,要坚强,以后的路一定要仔细看清楚,好好走下去!"

吴若男猛地抬头注视着陈浅,在保密局多年的经验告诉她,陈浅的话表明表姐的真实身份的确如她猜测的那样,是共产党无疑。她知道,自己已经无法再逃避,抉择的时刻到了。

"我不想再见到有人死去。如果你需要帮助，请一定……要想起我！"吴若男紧紧捏了一下陈浅的手，转身回了内室。陈浅明白，这就是她的选择。

"飞天，我破译出飞天的密电了！"汤尚寿几乎是冲进邱映霞的办公室，邱映霞刚刚放下电话，她抬头看汤尚寿，却发现汤尚寿脸上并没有欣喜之色。

"你一定想不到，潜伏在我们中的中共特工，飞天的同伙，竟然是……"汤尚寿脸上成功破译密电的得意已经渐渐消散，转而变为一种痛惜而忧郁的神情。他将破译后的电文呈给了邱映霞，邱映霞接过来一看，那上面是一个她无比熟悉的名字，既在意料之外，又好像在情理之中。

见邱映霞久久不言，汤尚寿担忧地问："要不要上报关区长？"

邱映霞抬手将眼前这张纸用火柴点燃，看着它化为灰烬飘到了空中，说道："老汤，大势已去了。我们的手上不要再沾更多血了。"

汤尚寿愣住，半响，终于点了点头："映霞，这么多年，我一直有个问题想要问你……你，你愿意接受我吗？到了台湾，还不知道是什么情况，就算你心里没我，搭个伙过日子，总也是可以的……"

"这么多年，或许我们是该过自己的生活了。"邱映霞望向玻璃窗外绚烂的晚霞，关闭了眼前发报的电台。

第三十三章

枣子湾别墅的鸿门宴

伴随着深秋的迷雾和冷雨，位于重庆西郊歌乐山沉寂已久的林园官邸又开始灯火辉煌人来人往，在风雨中奔跑的报童们扯着嗓子叫喊着："蒋总裁已亲自来渝督战，新长江防线固若金汤。"但惶惶不安的市民们此时已经对这个名字失去了信心，被人们随手丢弃的报纸像风中残花，落在湿漉漉的路面上任人践踏。

罗家湾19号里还勉强维持着表面的平静，半个月内，徐远举和关山月跟随毛人凤在林园官邸聆听两次训话后，回来召开了鼓舞士气的紧急例会，但面对他们滔滔不绝的讲述，下属们却显得心不在焉，这些多年来以抓捕和残杀为职业的便衣和密探，目前最关心的只是如何在大厦将倾时保住性命和逃亡。

例会还未结束，徐远举和关山月耳语几句就匆匆离去。关山月笑着宣布今晚他将邀请几位担任要职的处长出席在枣子湾别墅的家宴，共商由谁来负责涅槃计划的潜伏行动。当名单读完，没有被点名的人都暗暗松了口气，谁都明白此时被邀请，无疑就是要承担带人潜伏大陆的苦差事。众人纷纷起身离开时，一个被点了名的资深处长擦着汗喃喃自语："这时候留在大陆潜伏不是找死吗?"陈浅安慰他几句后转身和邱映霞交换了一个心照不宣的眼神,就擦身而过。

陈浅穿过走廊,在几间办公室打了个转,闪身进了空无一人的会客室。陈浅拿起电话分别拨通了渣滓洞和白公馆,以徐远举秘书的身份告知对方徐长官的车出了点小故障,可能会晚一点到,对方并未生疑,而是毕恭毕敬地回答:"一切准备就绪,只等徐长官到就行动!"

"陈处长,在想什么,这么入神?"刚才例会之后被关山月叫去密谈的谢冬天已经无声无息地站在了陈浅的身后。

陈浅猛地转身,逼视着皮笑肉不笑的谢冬天:"谢处长,你这样站在我背后,可是让我脊背上发凉啊!"

"陈处长说笑了,以你的身手,我就算是想偷袭也不能得手。其实,我是特意来给你当司机的。"

"谢处长这是什么意思?"

谢冬天笑容可掬地掏出那块瑞士怀表看了看:"陈处长,晚上的枣子湾家宴,还有六个小时,关区长说,让我陪着你去巡视检查一下埋在各大军工厂和发电厂的炸弹,做好随时引爆的准备,最后的引爆工作,将由我前段时间训练的那一批生面孔的便衣来完成。"

陈浅黑下脸来,单刀直入地问道:"谢处长,你这是打算监视我吗?"

谢冬天见陈浅火了,口气竟立刻软了下来:"陈处长,你误会了,其实,这正是涅槃行动的精妙之处。关区长说,他的安排本来就是每人只负责行动的一部分,而只有他自己掌控全局,这样,任何一个人出了问题,都不会影响整个行动。"

陈浅故意如释重负般地舒了一口气:"原来是关区长的神机妙

算,这么看来我的任务就完成了,太好了,我今晚就要请求飞台湾,不用再待在大陆提心吊胆了!这潜伏、爆炸的苦差事就让别人去干吧。我也得早点去台湾占个位置,以图未来啊!"

陈浅这一副撂挑子急于逃亡台湾的态度倒让谢冬天暗暗吃惊,他一时也摸不清陈浅的真实想法。

"不过,谢处长,去巡查之前,还得劳烦你陪我去一个地方,吴府。若男今天陪吴夫人母子一起飞台湾,吴将军为国捐躯,于公于私,我们俩都该代表关区长去送个行。"

陈浅说完径直走向轿车,谢冬天无可奈何地跟着上了车。

谢冬天在吴府始终不让陈浅离开自己的视线,甚至陈浅和吴若男话别时,他也不远不近地站在几米之外。吴若男被将与陈浅生离死别的预感折磨得愁肠百结,她只是紧紧抓着陈浅的手,仿佛溺水的人抓住唯一的绳索。当大大小小的箱子打包好,管家来催促吴夫人赶快启程时,吴若男突然拉着陈浅往自己房间跑去,原来她忘了送给陈浅一件礼物,一件她从三年前开始织的毛衣。等陈浅穿着那件毛衣和吴若男挥别时,坐在汽车中的吴若男潸然泪下,手中握着陈浅悄悄递给她的纸条。

陈浅和谢冬天是在天快完全黑下来之前赶到枣子湾别墅的,除了被紧急召唤去林园官邸的邱映霞,其他六位被点名的处长都如坐针毡似的在餐桌边围坐等待关山月。当一道道精美的蜀中名菜被摆在桌上后,关山月才姗姗来迟。他满脸春风地举杯告诉在座下属,共军多次进攻皆被打退,重庆高枕无忧!众人也连忙齐齐举杯,勉强挤出笑脸干了一杯不知何味的红酒。一顿各怀心思虚情假意的晚宴之后,关山月让下属们稍等,就匆匆上楼了,在座的八人既不敢追问也不能离开,只能不断地把目光投向墙上的珐琅挂钟,盼着关山月早点决定自己的命运,好早做打算。

难挨的等待后，哑巴拿着八个密封的公文袋回到了客厅。他的话让所有人都吃了一惊："关区长为每个人都准备了一份礼物，拿到金条和机票的长官就可以马上离开，赶今天夜里的飞机飞去台湾。拿到金条和假身份证明的长官就请上楼去书房，区长会跟你谈一谈你的潜伏地点和任务。如果公文袋里只有金条，那就是区长的一点心意，你可以拿着金条去任何想去的地方安度余生。一切都是区长请示了局座之后的决定，诸位只需执行，无须多问。"

屋里的空气瞬间变得诡异，哑巴命令所有侍卫退出，关闭门窗，才按照公文袋上的序号开始分发公文袋。前三个处长心惊肉跳地打开公文袋，看见金条和机票，一名年纪稍大的处长几乎眼前一黑晕了过去。三人千恩万谢地狼狈离去后，剩下的五人中，神情淡然的只有面对面坐着的陈浅和谢冬天。紧接着的两名处长的公文袋中是金条和假身份证，于是他们惶惶不安地被一名侍卫领着上了楼。偌大的客厅中于是只剩下了三个人还坐在餐桌前，在压抑无言中等待了二十分钟后，陈浅、谢冬天岿然不动，那个依然没有拿到公文袋的处长平时就耿直敢言，已经按捺不住烦躁的情绪，他猛地拍桌而起，和一直肃立的哑巴争执起来，并不等哑巴分发，从桌子中间拿起自己的那个公文袋唰地撕开，里面的金条顿时滚得到处都是。"好，区长也算有情有义，老子还不想去那个鸟不拉屎的台湾，老子走了！"那处长狠狠把自己的军帽脱下摔在桌上，拿起金条大步走出了客厅。

砰砰两声枪响后，客厅里的两个人都明白这就是刚才走出去的那名处长最后的结局。

谢冬天首先打破了客厅里的沉默："陈处长，我真想知道你的公文袋里会是什么。"

"谢处长，很遗憾，我不想满足你的好奇心，按照顺序，你在前面,你先请吧!"

陈浅此时已经肯定这是毛人凤授意下关山月操作的一次保密局内部清洗,如果被关山月判断不能为他所用或者是没有过硬后台的人,一定会被毫不留情地除掉。

当谢冬天无奈地打开写着他名字的公文袋时,陈浅注意到他的脸色剧变。余光之中,陈浅观察到里面竟然是几幅优美的画作。谢冬天望向哑巴,质问道:"这是什么?你们居然调查我在美国的生活,我的家庭背景,难道区长怀疑我?"

哑巴微微躬身:"谢处长,请您立刻上楼,区长正在等你!"

谢冬天走出客厅时还深深地望了一眼陈浅,他也许自己也说不清为什么,这个从第一眼就被他当作对手的人,却也会令他时时有惺惺相惜之感。

面对那个放在桌上唯一的公文袋,陈浅的镇静实在令哑巴心生佩服。

"陈处长,你不想打开看看吗?"

陈浅望了他一眼,缓缓道:"戴老板教导过我,每临大事有静气。"说着他伸手去取公文袋,里面是他这些年来的履历,陈浅自信这份资料里应该没有任何破绽。看来关山月仔细调查了他和谢冬天的履历。

哑巴躬身道:"陈处长,请您在此等候,区长和谢处长谈完,我就来请您上楼。"

哑巴退出后,门窗密闭的客厅犹如一座巨大的坟墓,寂静无声,陈浅的耳朵捕捉到了一种嘀嗒嘀嗒的声音,他的目光在屋里环视一周,落在墙上那个精美的珐琅挂钟上,它明显比周围的物件都要新,上次他应邀来枣子湾别墅赴宴时,那里还是挂着一幅关山月高价购买的宋代山水画。一连串的事件在陈浅脑海中很快连成了一条清晰的线索，新长江防线危如累卵，蒋介石将逃离重庆，而关山月也在做逃亡前最后的挣扎。陈浅霍然起身，注视着那个挂钟，没错，刚才哑巴待在客厅期间一直不停地看自己的手表，和挂钟上的时间对照。

陈浅一念至此，毫不犹豫转身拿起椅子砸向那巨大的落地玻璃窗，就在陈浅纵身跃出落地窗滚落在草地上之时，连绵不绝的爆炸声响彻了上空，整个枣子湾别墅像一个被砸碎的玩具般瞬间四分五裂。陈浅被气浪又推出很远，等他爬起跑向花园的大门时，他看见了关山月的座驾从眼前飞驰而去。陈浅果断地舍弃了自己的汽车，而撬开了死去处长开来的轿车，穿过爆炸引起的浓烟，朝着关山月座驾逃去的方向追去。在他的身后，自己开来的那辆吉普军车也被又一次爆炸震上了半空。

整个城市都充斥着爆炸声和浓烟，大量从前线溃败下来的伤兵更加剧了末日将临的恐慌，逃亡的人群和汽车开始阻塞主要的街道。陈浅很快失去了追踪目标，但他可以肯定的是，关山月所逃去的方向也是重庆的达官显要此时要去的地方：白市驿机场！

就在陈浅四处张望想寻找能去往机场的交通工具时，他看到一个熟悉的身影骑着三轮军用摩托朝他用力地招手，春草！久别重逢，陈浅的眼眶不禁一热。这几年来，他脑海中春草的面容一直停留在芦苇荡的烟尘中，飘散不去，她为他表演的最后一个魔术，她消失在壮烈的爆炸中决绝的背影。即使从跛子叔口中得知春草尚在人世的消息，一切还是那么不真实，直到这一刻春草明明白白地出现在他眼前。

"春草！"

"小胡子，别愣着，快上车！"

听到春草清脆的嗓音，陈浅按捺住胸口的悸动，跳上车，和春草一起，带领万县游击队员们马不停蹄赶往机场。

从春草口中，陈浅得知蒋介石此时已经命令毛人凤立即展开对重庆的爆炸和屠杀计划，幸好林园官邸卫队中潜伏的一位中共地下党员及时传递了消息。而春草此时也收到了陈浅通过吴若男向重庆工委传递的消息，立刻兵分两路，一路人去军工厂和发电厂组织工人取出那些埋着的炸药，阻止特务引爆炸药，一路人去找解放军先遣小队营救渣滓洞和白公馆的政治犯。

多年不见，春草原本稚嫩的脸已经显示出了成熟的气度，她迎着风大声告诉陈浅："毛人凤派人炸了綦江公路大桥，还有好几处兵工厂和发电厂也爆炸了，可是，你的地图管了大用，大部分炸弹都挖出来了，工人们也抓住了不少来引爆的特务！"

陈浅望着綦江公路大桥方向冲天的浓烟，也在春草耳边高声喊道："不要紧，他们炸了我们会再修好，等解放了，重庆一定会造更多更大的大桥！"

春草笑道："说得好！对了，若男姐姐替解放军指点了去渣滓洞的路，我告诉她吴团长已经带部队到了重庆城外，可是若男姐姐还是走了，她决定要奉养舅妈的晚年，现在她们应该正在飞机上吧。"说着，春草不禁有些失落。

陈浅望了望辽阔的天空，释然地一笑："吴夫人现在孤身一人，若男一定是放心不下她，要报答她的养育之恩。但若男已经做出了她的选择，她最终还是帮助了我们。从今以后，她和过去一起战斗的同事们就要隔海相望了。"

"我看啊，你太招女孩喜欢。"感到气氛有些低沉，春草调侃起了陈浅。

不想陈浅却格外当真："春草，还记得在芦苇荡吗，我问你，愿不愿意做我的入党介绍人。"

"当然记得。"春草咳嗽了两声,认真地模仿起来,"陈浅同志,加入我党是终身的选择……"

"我已经入党,春草同志。现在我想问的是另一个问题,你愿不愿意……和我做生活上的伴侣?"

看着故作严肃的陈浅,春草也一本正经地说:"陈浅同志,这个生活伴侣呢,也是终身的选择,不能心血来潮,不能……"

"好,我保证。"

炮弹轰鸣的巨大噪声冲散了陈浅的声音,将陈浅和春草两人的心脏鼓动得轰轰作响,爱情的花朵却早已悄悄绽开在滚滚浓烟中。春草仰了仰头,将压抑很久的泪水逼了回去:"陈浅,我一直没有忘记你!这几年我总想拜托跛子叔和白露姐姐告诉你我的消息,但我知道我不能,因为我们是党的秘密特工。"

"春草……你说得对!"陈浅脚踏在摩托车两边,直起了上半身,指着远处大喊,"咱们赶去机场截住蒋介石和关山月,请他们留下来到解放军的军营里做客!"

响应着陈浅的话,摩托车开足马力,冲破了机场临时拉起的铁丝栅栏。

第三十四章

涂山寺的最后一枪

陈浅和春草等人一冲进白市驿机场,就被好几辆抛锚的军车堵住了去路,众人忙抛下摩托车,从拎着财物仓皇逃亡的人群中拼力挤过去,朝着机场跑道奔去。此时远远望去,机场跑道已经停着好几架飞机等待起飞。而一批先行到达机场的游击队员正从机场围栏外把石头滚上跑道,以阻挡飞机起飞。

当陈浅和春草快跑上跑道时,一架试图起飞的飞机因为碰到石头被迫停了下来,另一架隐隐约约标有"中美号"字样的飞机却绕过石头,从跑道的另一头起飞,钻进了黑沉沉的天空。

春草懊丧地喘气,晚了一步,让老蒋跑了!

陈浅的目光从已经消失不见的中美号转向一群正在匆忙登机的林园卫队和军官,其中戴着红色围巾的邱映霞在昏暗的夜色中格外令人瞩目。

陈浅拔枪一边射向天空,一边高喊:"抓住徐远举!解放军就要来了,老蒋也跑了,国民党的弟兄们,不要再为老蒋卖命了!弃暗投明吧!"

这番喊话起了作用,守卫机场的宪兵此时军心已乱,很多都扔了枪,去哄抢满地散落的银元。

"那是邱映霞吧?"春草远远看着一直是他们情报工作劲敌的这个女特工,"之前我们的几份情报被国民党截获,其中就有关于你的信息。其他几份情报涉及的任务相继失败,可见他们已经破译我们的密码,而你的身份却没暴露,真是奇怪。"

已经走到舱门口的邱映霞听到了陈浅熟悉的声音,她转身望去,朝陈浅藏身的军车连开两枪,才转身走进了机舱。这两枪射中的位置未免偏离太远,陈浅恍然大悟,明白了这是邱映霞给他的告别礼。陈浅说:"春草,那是邱映霞和老汤故意放了我一回。"

"什么?"春草一愣,盯着陈浅,随即又似乎明白了什么。

两人正说话间,跑道上又传来一阵枪声,原来是两个军官为了抢着上飞机起了内讧。

这时,陈浅和春草突然想起,他们忘了一个人:关山月!刚才一路而来,乱哄哄的机场里并没有见到关山月和哑巴的身影。他们藏在哪儿?

当陈浅和春草正在机场各处寻找关山月和哑巴之时,纪国明带着解放军先遣小队迅速控制了机场的局势。纪国明见到陈浅和春草的第一句话就是:"关山月不在这里,他去了内江机场!"在驶往内江机场的军车上,纪国明郑重地把一份名单交给陈浅:"谢冬天向我们投降了,这是他交出来的涅槃计划潜伏名单!"

原来,一个小时前,谢冬天独自冒着战火去了解放军的军营投诚,他还带来了涅槃计划的潜伏名单。而现在,谢冬天已经带着解放军的另一个先遣小队去追赶关山月了。

国民党败局已定,他能弃暗投明,也算是悬崖勒马。陈浅默不作声,望向春草,两人的眼神中都交织着疑虑。

"我了解谢冬天,他绝不可能如此轻易认输!这份名单很有可能是谢冬天为打入我们内部而交上来的投名状,未必是真的,必须先核实,内江机场很有可能是个陷阱!"陈浅飞快地翻阅起了名单,此时此刻他只能凭自己的记忆来判断。终于,满头大汗的陈浅看到了一个名字,此人已经不在重庆,可以推定名单是假的,只是关山月的一步迷棋。

军车正急速前行,纪国明还未来得及下决定,突然,前面不足百米,内江机场跑道上传来一声巨大的爆炸声。陈浅早有防备,猛地夺过司机的方向盘拼命往回打方向,司机及时一踩油门,汽车飞快窜出,堪堪避过了爆炸的杀伤,但气浪还是让玻璃震得嗡嗡作响。当众人下车跑向爆炸地点时,两辆军车已经在爆炸的火焰中熊熊燃烧起来。

陈浅打开一辆爆炸车辆,发现谢冬天已经奄奄一息,脸上和身上都有被火焰灼伤的痕迹。一位解放军军官告诉陈浅,他们跟随谢冬天追击关山月的车到机场跑道,才发现车上带有很多炸弹和机枪,此时谢冬天引爆炸弹,开着车冲向解放军。春草打开另一辆车一瞧,抬头对着陈浅大喊:"不是关山月!我们被谢冬天阴了。"要不是陈浅保持警惕,后果不堪设想。

陈浅走到担架前,他蹲下身望向这个浑身是伤紧闭双眼的昔日对手。"陈浅!"谢冬天不知何时睁开了眼睛,他虚弱而清晰地唤了一声。谢冬天正想用最后一点力气咬碎牙齿里藏的毒药,陈浅迅速察觉了他的意图,捏住他的下巴,强迫他将毒药吐了出来。

"说,关山月在哪里?"

谢冬天恨恨地看着陈浅,没有说话,努力抬起拳头挥向陈浅。

"一定要找出关山月,马上送他去我们的野战医院救治!"

陈浅看向解放军军官,军官立刻命令左右的人将谢冬天带走。

陈浅不顾谢冬天伸出的手多么充满恨意，自顾自伸手握住了他的手，轻声说："欢迎你，解放了！"

晨光慢慢照亮黑沉沉的旷野，周围的山林中开始出现越来越多的红旗和解放军战士，震天动地的呐喊声和进军号声瞬间淹没了重庆市区的爆炸声和枪声。1949年11月30日凌晨，当重庆市民度过了惊惶不安的一夜，走出家门时，他们惊讶地发现一队队疲惫不堪的解放军战士正静悄悄地睡在街道两边。而此时陈浅和春草正带着解放军先遣小队按照名单搜捕特务归来。他们刚跳下车，就看到一位魁梧的解放军军官正在埋头喝着热粥，一旁的沈白露军人打扮，与往日的张扬大相径庭，只有眼中的坚定一如既往。

"白露！你平安回来了！"再次见到沈白露，陈浅悬着的心才算放了下来，自从她失踪以来，陈浅一直挂念着她的安危。

"那当然，我可是飞天啊，怎么会轻易被抓！倒是你们……"沈白露眼尖，立刻注意到春草轻轻碰了一下陈浅的手，她悠悠地用眼神在两人脸上扫来扫去，"老实说，什么时候谈的对象？到时候要不要我来给你们当证婚人？"

"看来，你在军统局的形象也不全是演的……"陈浅苦笑。

始终沉默的军官抬头望了望陈浅和春草，陈浅明白他眼神中的焦急，然而只能说出那个令他失望的消息：他等待的女儿已经飞往台湾。陈浅将身上的毛衣递给军官："这是小丫头亲手织的。"高大的男子用黢黑的手抚摸着毛衣上密密的针脚，眼中涌出了泪花。

通过了一道道看守严密的铁门，牢房的门缓缓打开，陈浅拿着一张画板走进来，一直专注地在白纸上画着素描的谢冬天头也没抬,轻轻哼了一声:"你来了!我要的画板和颜料带来了吗?"

陈浅走过来,把画板和一些颜料放在桌上,然后坐在他对面:"没想到你在美国学的是画画,或许本来你会是一个优秀的画家。"

谢冬天缓缓抬起头:"你想问我是不是知道关山月去了哪里,我只能说无可奉告,他永远都不会相信任何人,更不可能把自己的后路告诉我。"

陈浅微微点头:"我相信你不知道关山月在哪儿,不过,我想你应该知道重庆市区内还有哪些地方藏着炸药和枪支,在这里好好地写下来,争取从宽处理!至于画画,当然可以,你可以画一画现在的重庆,对比一下,是不是比国民党统治的时候要好?"

谢冬天冷冷一笑:"现在这个城市是属于你的,不属于我,再好再繁华也与我无关了。我就等着被枪毙或者坐牢了!不过我可以肯定他交给我的那份潜伏名单也不是真的,他手里应该还有涅槃计划第三份名单。"

陈浅打断他:"你错了,这个城市属于人民,不属于某个人。至于你,你的伤好了以后会被送去歌乐山战犯管理所。"

"歌乐山,歌乐山!"谢冬天苦笑了起来,"昔日是我关别人,今天轮到别人关我了!报应报应!"

谢冬天吞下了半瓶颜料,却并没有中毒迹象,他捂着肚子:"你,你早知道我在颜料里掺了砒?你换了颜料?你为什么不让我死?"

陈浅坚决而低沉地说:"好好活着,看着祖国一天天强大起来!"

病房的门缓缓打开,陈浅走进屋内,便看见了躺在病床上,瘦得只剩一把骨头的哑巴。

哑巴朝陈浅伸出了手，陈浅忙屈身向前，握住了那只手："兄弟，谢谢你还肯来看我这个快死的人！"

"别这么说，你的肺病虽然难治，但不是没有希望，要有信心，上海的医生过几天会来帮你诊治！"

哑巴剧烈地咳嗽，强撑着坐了起来，断断续续地说："我这个病根是在秀山土匪窝里留下的，政府很照顾我，想了很多办法帮我治疗，我知足了。翠喜她们娘俩来探监，告诉我你如何接济她们。我悄悄跟踪你，检查了那些炸弹，看到引线都被破坏了，而且都留下了记号，我就明白你是中共特工。可你却一直在帮我照顾家小。兄弟，我起不来了，不然我应该给你磕个头，谢谢你的大恩大德！"

陈浅忙倒了一杯水递给他，哑巴喝了几口水，才勉强止住了咳嗽，哑巴继续说道："兄弟，有件事本来我想带进棺材里，但是，我现在想说出来，也许对你有用。关司令这个人冷酷无情，谁也别想猜透他的心思，但是只有一个人，自从杀了这个人，他从来没有睡过一个好觉，如果说他有什么心结，那就是这个人，就是他的妹妹关新月！"

陈浅暗暗一惊，追问道："关山月亲手杀了他妹妹？在哪里？"

哑巴使劲地点点头："我亲眼所见，关司令去白公馆提出了他妹妹，带到了涂山寺的后山，他劝他妹妹写悔过书，说出她丈夫的下落，再离开共产党去香港。可是关小姐怎么也不肯，她抱着那个刚出生不久的婴儿，很坚决地说，她永远是个共产党员，还说关司令是个刽子手。关司令假意说放她走，却在她背后开了枪，将她和婴儿一起杀死了。关小姐死了以后，关司令大哭了一场，把她和她的孩子埋在了那个山坡上，立了块墓碑。"

涂山寺，后山，陈浅突然想起以前关山月几乎每次去涂山寺

薄冰

都会独自待上半天，重庆解放前一周，他还去了一次涂山寺。所有的线索在他脑海中连成了一条完整的链条。陈浅紧紧握了握哑巴的手："谢谢你，兄弟！你还记得那块墓碑上刻着什么吗？"

"那块墓碑没有名字，可是在背面的右侧，刻着据说是关小姐最喜欢的两句诗：沧海月明珠有泪，蓝田日暖玉生烟。关司令说，就算死了，也不能让她丈夫和共产党人找到她！"

秋意萧森的涂山寺，香客们都虔诚地在大殿里烧香祈福，绝少有人踏足荒凉的后山。陈浅和春草在一块树林中找到了那块埋在荒草中的墓碑，两人抹去墓碑上的灰尘，果然看到了那两句诗，墓碑上的每个字都刻得遒劲有力。陈浅绕着墓碑转了一圈，找到了几枚浅浅的布鞋脚印。他伏在地面上，用手仔细丈量着几枚脚印的步距。好一会儿，他起身对春草会意地一笑："关山月他就在这儿！"

涂山寺的一个偏院里，几个年轻工匠忙得热火朝天，他们正在赶制几天后就要放入正殿的新佛像。春草静静地走进，她微笑着说明要雕刻一块墓碑，需要找一位经验丰富的石匠。几个年轻木匠便冲着厢房里喊了声："乔师傅！"一个头发斑白略有些驼背的老者闻声从里院走了出来，手里还拿着刻字的榔头和凿子，一脸和善的笑容在见到春草的那一刻稍稍一僵，但随即又神情自若。被称为乔师傅的老者随着春草缓步爬上了山坡，走到那块墓碑前，深深望了一会儿，哑着嗓子问春草："小姑娘，你想在这块墓碑上刻什么字？"

陈浅在他身后冷冷地说："关司令，你该刻上关新月烈士之墓！"

关山月慢慢站直了身躯，转过身来，他一把撕去了胡须，露出了自己的本来面目。他嘿嘿冷笑了两声:"陈浅,你还真要赶尽杀绝,都不给我一个机会在这儿陪着我妹妹的墓了此残生!"

"关山月,你连自己的妹妹都不放过!你就是一个魔鬼!"春草怒喝道。

关山月气急败坏地望着春草,迅捷地拔出一把早藏在怀中的手枪,射向春草,却被早就防备着他的陈浅抢先射出一枪。枪声响过,关山月托着手腕摔倒在地,春草箭步向前,捡起他丢下的手枪,指住他。

关山月依然嚣张地笑着:"陈浅,你杀了我吧,我输了,可是还有后来人,你们共产党别想坐稳江山!"

陈浅自腰后拿出手铐,一边给他铐上一边笑道:"关司令,你是不是还想着十天后,佛像放入大殿时,借举行庙会之际,召唤那些隐藏的特务现身?用不着了。你以为,把潜伏名单刻在捐钱修佛像的善男信女的名字里面就万无一失了?我们的战士已经按照你刻在石碑上的那份名单去抓人了。"

关山月此时现出绝望的眼神,他突然转身扑向那块墓碑,双手紧紧抓住墓碑,颤声说:"新月,妹妹,我早就应该向你赎罪了!"

当说到最后一个字时,他的身子微微抽搐了一下,缓缓倒下。

陈浅走过去试了试关山月的鼻息,和春草交换了一个眼神,两人都明白他已经咬碎牙齿中的毒药自杀了。

第三十五章

尾声

  1950年，重庆，秋意浓重，整个城市开始渐渐摆脱战争的阴霾，重新繁荣起来。

  在下浩正街一个收拾得干干净净的小院里，一群穿着军管会公安部政治保卫处制服的年轻人叽叽喳喳地拥入。新郎陈浅和新娘春草也是一身崭新的军服，胸前佩戴着大红花，拿着糖果和香烟招待屋子里坐得满满登登的亲朋好友。沈白露与纪国明并肩而坐，两人十分恩爱，在一块自制的小黑板前，教孩子们学习识字读儿歌。许桐轻柔地演奏着手风琴，随着他的动作，悠扬的歌声传遍了每个角落。

  朴素而热烈的婚宴进行到高潮，一个年轻的情报科科员起身敬酒，笑着问道："陈科长，请你说说，你这个侦察科科长是如何把我们美丽的情报科科长追到手的？我们要听你们的恋爱故事！"

  陈浅对着春草一笑，大大方方地高声回答："我第一次见到你们科长时，她正在变魔术，而我是个日本间谍，要说我们的媒人哪，那还得说是梅机关的情报科科长，井田裕次郎！"

  话音一落，引起满屋的欢笑。一石激起千层浪，几个熟悉情况的重庆老地下党就开始绘声绘色地对年轻人们讲起新郎新娘的传奇经历……

两年后。

纪国明、许桐和沈白露牵着一个男孩站在站台上,朝着远去的一辆火车不断挥手。

小男孩奶声奶气地问:"我爸爸妈妈干什么去了?"

沈白露爱怜地摸了摸他的头发,柔声说:"他们去执行党交给他们的任务了!"

"那他们什么时候回来?"

纪国明忙把自己的军帽摘下来戴在他头上,笑着说:"等你会读书会写字,像个解放军战士了,他们就回来了!来,敬礼!"

男孩使劲地点点头,朝着远去的火车郑重地敬礼!

图书在版编目(CIP)数据

薄冰 / 陈东枪枪著. —杭州：浙江文艺出版社，
2020.8（2023.2重印）
 ISBN 978-7-5339-6088-9

Ⅰ.①薄… Ⅱ.①陈… Ⅲ.①长篇小说—中国—当代
Ⅳ.①I247.5

中国版本图书馆CIP数据核字（2020）第060608号

策划统筹	王晓乐
责任编辑	丁　辉
营销编辑	张恩惠
装帧设计	人马艺术设计·储平
责任校对	唐　娇　牟杨茜
责任印制	张丽敏

薄冰

陈东枪枪　著

出版	浙江文艺出版社
网址	www.zjwycbs.cn
经销	浙江省新华书店集团有限公司
印刷	杭州富春印务有限公司
制版	浙江新华图文制作有限公司
开本	710毫米×1000毫米　1/16
字数	245千字
印张	20.25
插页	1
版次	2020年8月第1版
印次	2023年2月第3次印刷
书号	ISBN 978-7-5339-6088-9
定价	49.80元

版权所有　违者必究
（如有印、装质量问题，请寄承印单位调换）